ROWOHLT

BERLIN

Paweł Huelle

Silberregen

Danziger Erzählungen

Aus dem Polnischen
von Renate Schmidgall

Rowohlt · Berlin

Die Übersetzung wurde gefördert vom Literarischen
Colloquium Berlin mit Mitteln des Auswärtigen Amtes
und der Senatsverwaltung für Wissenschaft,
Forschung und Kultur, Berlin

1. Auflage Juli 2000

Die polnische Originalausgabe erschien 1996 u. d. T.
«Pierwsza miłość i inne opowiadania»
bei Puls Publications, London

Lektorat Katharina Raabe
Umschlaggestaltung Walter Hellmann
Satz aus der Caslon 540 PostScript PageOne
Gesamtherstellung Clausen & Bosse, Leck
Printed in Germany
ISBN 3 87134 343 9

Die Schreibweise entspricht den Regeln
der neuen Rechtschreibung.

Silberregen

Erste Liebe

Jedes Jahr, wenn es Frühling wurde, ging Jazz in den Schuppen im Garten und holte sein Motorrad heraus. Ich mochte die Farbe, ich mochte den Geruch von Benzin und Teer, der dann über den Beeten aufstieg, und vor allem mochte ich Jazz: Ich wusste, dass die Zeit, die ich in seiner Gesellschaft verbrachte, wenn ich ihm die Schrauben hielt, die auseinander genommenen Teile reinigte, Zigaretten und Bier aus Cyrsons Laden holte, nicht vergeudet war. Wenn die dunkelrote Fumka endlich fertig war, wuschen wir uns ausgiebig die Hände in einer großen Schüssel, Jazz zog die amerikanische Fliegerjacke an, band sich ein kariertes Tuch um den Hals, und schon starteten wir zur ersten Rundfahrt. Manchmal hatten wir Ärger mit dem Vergaser, die Fumka ballerte dann fürchterlich aus dem Auspuffrohr, und die Leute zeigten mit dem Finger auf uns und tippten sich an die Stirn, als könnten sie nicht begreifen, dass die Fumka keine Sokół von vor dem Krieg war und schon gar keine Harley-Davidson. Am Waldrand, dort, wo Frau Buerger wohnte, legte sich Jazz in die Kurve wie bei einem Speedwayrennen. Dicke Staubwolken stiegen auf, die Hühner gackerten, die Hunde bellten und wir waren glücklich.

«Jazz!», rief ich und übertönte den Wind und das Knattern des Motors. «Gib Gas!»

Er nickte, und gleich darauf jagten wir wie die Verrückten davon, hinunter durch den Sand, über das Katzenkopfpflaster, über den Asphalt, bis hin zu den Kastanienbäumen, wo uns manchmal ein Fuhrwerk entgegenkam. Das Quietschen der Bremsen mischte sich mit dem Wiehern der Pferde, dem Knallen der Peitsche und den Flüchen, an denen der Kutscher nicht sparte.

Jazz fuhr mit der Zwei zur Arbeit. Er verdiente nicht viel auf der Werft, daher wartete die Fumka im Schuppen ebenso gespannt auf die Sonn- und Feiertage wie ich. Wenn Jazz etwas vorhatte, verschwand er einfach bis zum Abend; wenn nicht, dann nahm er mich mit, und wir fuhren aus der Stadt hinaus, in ein Tal, an einen See, ans Meer oder an den Kanal. Wir sprachen nicht viel. Im Sand oder im hohen Gras ausgestreckt, beobachteten wir die Wolken. Jazz rauchte eine «Grunwald», ich kaute an einem Gänsefußhalm oder lutschte Pfefferminzbonbons aus Cyrsons Laden. Ich wusste, dass Jazz keine Eltern hatte. Ich wusste, dass er die Schule nicht abgeschlossen hatte. Ich wusste, dass sein Onkel fünfundvierzig nicht aus dem Krieg wiedergekommen war, wo er als Partisan gekämpft hatte. Er war verraten, von den Sowjets erwischt und erschossen worden, Jahre vor meiner Geburt. Jazz wusste, dass ich die Schule nicht mochte, dieselbe, aus der sie ihn rausgeschmissen hatten. Er wusste, dass der Biologielehrer meinen Namen verdrehte, mich verächtlich einen «Schwaben» nannte, mich immer im Verdacht hatte. Über all das mussten wir also nicht reden; und wenn uns ab und zu doch ein Wort über die Lippen kam, so ging es meist um Motorräder.

«So eine Zündapp», seufzte Jazz, «hat mehr PS als vier von meinen Fumkas.»

«Na ja, die Zündapp ...», erwiderte ich, «aber wenn wir eine Hanomag hätten ...!»

Jazz hatte mich noch nie zu sich eingeladen. Er wohnte im Nachbarhaus, unter dem Dach, wo die Blätter der Kastanie sein Fenster verdeckten. Im Winter sah ich dort Licht bis spät in die Nacht, im Sommer hörte ich, wie er bei offenem Fenster Altsaxophon spielte.

«Jazz», fragte ich manchmal, «spielst du eigentlich in einem Orchester?»

Dann lächelte er viel sagend und meinte, er habe ein

eigenes, bestimmt das beste an der mittleren und östlichen Ostseeküste, ein Einmannorchester. Ich mochte sein Lächeln. Es war spöttisch, distanziert und herzlich.

In dem Jahr, als Frau Buerger starb, begann unsere Motorrad-Saison wie immer. Wir fuhren dieselbe Strecke zum Waldrand, der Motor der Fumka knatterte wie immer, wir nahmen die Kurve, dicke Staubwolken stiegen auf, die Hühner gackerten, die Hunde bellten und wir waren glücklich. Und doch war es nicht so wie früher; ich begriff es, als Jazz, anstatt sofort Gas zu geben und Hals über Kopf bergab zu jagen, das Motorrad anhielt und fragte: «Hast du sie gesehen?»

«Frau Buerger?», rief ich erschrocken, weniger im Gedanken an das Begräbnis als wegen seines plötzlichen Bremsens.

«Die Neue, bei Cyrson», erwiderte Jazz ruhig, «wir fahren jetzt gleich hin!»

Sie hieß Basia und war die Tochter des neuen Ladenbesitzers. Ihre zarten Finger tauchten mit beängstigender Behändigkeit in die Gläser mit Fruchtbonbons, als berührten sie nicht eine klebrige, süße Masse, sondern die Tasten eines Klaviers.

«Ich mag am liebsten die grünen», sagte Jazz, «und mein Freund die weißen.»

Nie zuvor hatte er mich seinen Freund genannt. Nachher saßen wir am Schuppen und lutschten ein Bonbon nach dem anderen. Sie waren fürchterlich süß.

«Jazz», seufzte ich, «du hast noch nie Fruchtbonbons gekauft!»

«Ab heute», antwortete er, «ist alles anders.»

Ich wusste nicht, was ich dazu sagen sollte. Basia hatte einen dicken dunklen Zopf, der auf ihre Schultern fiel und irgendwo am Rücken endete, und ich mochte keine Mädchen mit langen Zöpfen, jedenfalls nicht die aus meiner Klasse.

«Sie ist überhaupt nicht hübsch», meinte ich vorsichtig, «und bestimmt kaut sie Fingernägel!»

«Soll sie doch», sagte Jazz kategorisch. «Ich werde sie trotzdem heiraten.»

«Quatsch!» Ich spuckte den durchsichtigen Rest des letzten Bonbons aus. «Die hat doch Angst, sich auf die Fumka zu setzen.»

Aber Jazz dachte nicht mehr an die Fumka, und überhaupt sah es so aus, als hörte er mir nicht mehr zu. Ich betrachtete die Ameisen, die, wie Fliegen auf einem Stück Fleisch, jetzt um das Bonbon herumwuselten. Von der Bucht her war ein Donnern zu hören, und ein lauer Windhauch erinnerte daran, dass bald die heißen Sommertage beginnen würden.

«Jazz», sagte ich, «es ist alles so seltsam.»

Er antwortete nicht. Schwere, riesige Regentropfen sickerten in die Erde und hinterließen dunkelbraune Flecken im Sand.

Ein paar Tage später traf ich Basia auf unserem Schulhof. An den Ärmel ihrer weißen Bluse war das rote Abzeichen des Lyzeums genäht. In den Händen hielt sie ein Buch und blätterte langsam um, während sie an der Mauer entlangspazierte. Es war der erste Band des Romans «In Schutt und Asche». Ich weiß nicht, was mir besser gefiel – ihr goldener, pfirsichzarter Teint, der schwarze, fast bläulich schimmernde Zopf, ihre Finger, die die Seiten umblätterten, oder die Tatsache, dass sie in der Pause las, konzentriert und abwesend. Ich wollte ihr nahe sein. Wollte den langen Zopf und die samtene Haut ihrer Arme berühren, wollte fragen, wovon der Roman handelt, ob sie Motorräder mochte, ob sie lieber an den Strand von Jelitkowo oder an den von Brzeźno ging und ob sie Schallplatten sammelte, aber nicht diese billigen Postkartenplatten, sondern richtige große schwarze Scheiben, so wie Jazz. Aber ich fragte nichts. Das Abzeichen an meinem Ärmel war blau wie die Abzeichen aller Grundschüler, ich konnte das Buch «In Schutt und Asche» noch nicht lesen, und den linken Flügel des Gebäudes, in dem Basia gleich nach dem Läuten verschwand, durfte ich nicht betreten. Ein Abgrund trennte uns, und diese plötzliche Erkenntnis erfüllte mich mit Wehmut. Zum Glück nicht restlos. Der Rest war von Glaube und Hoffnung besetzt – Hoffnung darauf, dass sie mich dennoch eines Tages bemerken würde. Von da an wartete ich jeden Tag nach dem Unterricht unter der Gedenktafel für Jurij Gagarin, und sobald sie auf der Treppe auftauchte, folgte ich ihr bis nach Hause. Sie wohnte in einer alten, ehemals deutschen Villa in der Ulica Polanki. Wenn sie hinter dem mit wildem Wein bewachsenen Eisentor verschwand, sah ich den akkurat geschnittenen Rasen und den kleinen Teich. Bei unserem Mietshaus gab es keinen Rasen und keine Teiche mit Grottensteinen. «Sie wohnt wie im Paradies», sagte ich mir oft, «bestimmt schaut sie mich deshalb nicht an.» Sie wusste nämlich, dass ich ihr folgte. Doch nie verlangsamte sie ihre Schritte, nie wandte sie sich um, und nie sagte sie ein Wort. Mir verging allmählich die Lust. Aber lassen konnte ich es doch nicht. Bis zu den Ferien waren es nur noch wenige Tage. Ich hoffte, dass doch noch etwas passieren würde. Und tatsächlich: Es war an einem Samstag, als das Eisentor den Blick in den Garten versperrte und ich wie immer noch eine Weile auf dem Bürgersteig stehen blieb, um mir das Bild der Wasseroberfläche heraufzubeschwören, in dem sich Kalmus, Alpenblumen und der lange schwarze Zopf spiegelten, da kam unverhofft die Fumka angebraust mit dem lachenden Jazz. Er hatte die schicke Fliegerhaube auf, trug eine echte Schutzbrille wie ein Motorradfahrer bei einem Rennen und ein kariertes Flanellhemd mit aufgekrempelten Ärmeln.

«Bittet, so wird euch gegeben», sagte er. «Man geht ihr also nach?»

«Ach was, Jazz.» Ich zuckte mit den Schultern. «Bloß so, um die Zeit totzuschlagen.»

«Weißt du, wie viel ihr Alter für das Haus da drüben bezahlt hat?» Er zeigte auf den Sattel und bedeutete mir, ich solle aufspringen. «Anscheinend eine Million zweihunderttausend! Und weißt du, wer hier im Krieg gewohnt hat?»

Ich wusste es nicht. Wir jagten über die Ulica Polanki und nahmen dann am Bahndamm entlang, im Schatten der Bäume und an der Kirche vorbei, eine Abkürzung nach Hause.

«Der Gauleiter Albert Forster», verkündete Jazz endlich, «der, den sie gehängt haben!»

Das hatte ich gesehen, im Film. Der Platz in unserer Stadt voller Menschen, das Holzpodium, der Galgen. Und Forster, der in seiner grauen Gefängniskleidung gar nicht gefährlich aussah. Als er am Galgen baumelte, ging ein dumpfes Murmeln durch die Menge, und auf der Leinwand erschienen Bilder aus der Vergangenheit: Tribünen, Blumen, Ansprachen, Fackelzüge, Stacheldraht, Wachtürme, Gaskammern, Krematorien und Berge nackter Leichen. Forster redete, Forster schrie, Forster schloss unsere Stadt ans tausendjährige Reich an, Forster, in einer wunderschönen Uniform, begrüßte Hitler und weinte vor Glück. Als der Henker ihm die Schlinge um den Hals legte, verriet sein mageres, ausdrucksloses Gesicht keine Gefühlsregung. Einen Pfarrer hatte er anscheinend nicht gewollt. Die Kamera richtete sich auf die sowjetischen Generäle, die bei der Hinrichtung anwesend waren.

«Jazz», fragte ich beunruhigt, «glaubst du, sie weiß das?» Wir saßen vor dem Schuppen, neben der Fumka, unter den dichten Blättern der Johannisbeersträucher.

«Warum sollte sie es nicht wissen?» Jazz zündete sich eine «Grunwald» an und blies ein paar kunstvolle Ringe in die Luft. «Ihr Alter ist sicher Jude.»

«Vielleicht spukt es in dem Haus?», sagte ich unsicher. Er schwieg eine Weile. Über den Dächern von Wrzeszcz dröhnte der Motor eines Passagierflugzeugs.

«Hör mal, ich hab was mit dir zu besprechen.» Jazz riss ein Johannisbeerblatt ab und knickte es in der Hand. «Ich hab sie zu einem Ausflug eingeladen, sie ist einverstanden, aber sie will, dass du mitkommst.»

Ich konnte kaum glauben, was Jazz sagte, obwohl er niemals leere Worte machte. Sie mussten sich getroffen haben. Er musste ihren Zopf berührt, die goldene Pfirsichhaut ihrer Wange geküsst haben, nicht nur einmal.

«Wieso denn ich?», sagte ich unsicher.

«Weißt du» – Jazz drückte auf dem trockenen Sandboden des Beetes die Kippe aus –, «sie mag dich sehr.»

In dieser Nacht konnte ich lange nicht einschlafen. Ich hörte die Straßenbahnen, die zum Depot fuhren. Ich hörte die letzte S-Bahn aus Danzig. Ich hörte die Hafensirene, die vom Kanal her tönte, die zirpenden Grillen und das schrille Geräusch der Fledermäuse, die sich auf dem Dach sammelten. All dies schien mir, im Sternenlicht, immer wieder zu sagen: Sie mag dich sehr. Gegen Morgen fand ich mich in Basias Zimmer in der Ulica Polanki wieder. Behutsam, um sie nicht zu wecken, näherte ich mich und berührte sacht ihre Wangen. Ich empfand eine seltsame, mir unbekannte Süße, die mich mit Feuchtigkeit erfüllte wie roter Wein eine trockene Feldflasche. Ich wollte noch einmal diesen Satz sagen, noch einmal ihre Wangen berühren, diesmal mit den Lippen und nicht so vorsichtig, als plötzlich hinter mir die Tür knarrte. Das war er, in hohen, blank gewichsten Stiefeln, in seiner mit Orden behängten Uniform, er – Albert Forster, Gauleiter von Danzig und Westpreußen.

«Wie kannst du es wagen, meine Tochter anzufassen?», fuhr er mich mit leiser, metallischer Stimme an.

Ich schrie, er sei ein Lügner. Sie hätten ihn längst gehängt. Ich schrie, er solle verschwinden, sonst würde ich Jazz und seine Kumpel holen. Er lächelte wohlwollend und meinte: «Schau dich um!» Basia war nicht mehr Basia. Sie hatte hellblondes Haar, das ihr in einem Lockenschwall über den Nacken fiel. Ihr Gesicht, voll und rosig, war das Gesicht eines Engels aus dem Katechismus. Jetzt konnte ich nicht mehr schreien. Ich spürte Angst, kalt wie der Hauch des Nordwinds. Ich konnte mich nicht bewegen. Der Gauleiter kam auf mich zu und riss das blaue Abzeichen von meinem Schulhemd. In einer Kaskade von höhnischem Gelächter zeigte er seine gesunden weißen Zähne. Er nahm eine Binde aus der Tasche seiner Uniform und befestigte sie an der Stelle des blauen Abzeichens. Sie war gelb und mit einem Davidstern versehen. Ich fürchtete mich noch mehr. Dann führte er mich über die Treppe nach unten, bis zum Garten. In dem Teich schwammen kleine goldene Karpfen. Der Kalmus war grün, der Himmel blau, die Alpenfelsen grau. Wo das Eisentor gewesen war, stand jetzt ein hölzerner, von wildem Wein umrankter Galgen. Auf der anderen Seite, auf der Straße, wartete die schweigende Menge. Groß wie die Fensterscheiben des Magistrats wehten Porträts von Stalin, Marx und Engels neben Hakenkreuzfahnen im Wind.

«Nein, nein!», schrie ich. «Das ist ein Irrtum!» Die Schlinge zog sich immer fester um meinen Hals. Die Menge erhob die Hände zum Hitlergruß. Ein Orchester spielte die Internationale. Ich dachte schon: Jetzt muss ich sterben. In letzter Sekunde kam mit Vollgas Jazz angebraust. Mit einem Pfadfindermesser schnitt er die Hanfschnur durch, und wir jagten Hals über Kopf über die Ulica Polanki und nahmen dann am Bahndamm entlang, im Schatten der Bäume und an der Kirche vorbei, die Abkürzung nach Hause zum Holzschuppen. Jazz ging hinein und holte aus einer Werkzeugkiste eine «Sten», die noch vom Aufstand stammte. Ich wusste, dass diese Waffe seinem Onkel gehört hatte, dem, der verraten, erwischt und erschossen worden war. Wir jagten weiter – Jazz gab Vollgas, und ich schoss auf den braunen Mercedes, mit dem Gauleiter Forster uns gnadenlos verfolgte. Die Stadt wimmelte von Schupos, Gendarmen und Miliz, jeden Augenblick würden wir umkehren müssen, überall waren Straßensperren und Schlagbäume errichtet worden. Auf dem Viadukt, über den Gleisen der S-Bahn, schwang sich die Fumka in die Luft. Wir flogen lange, lange über den Flugplatz, über die Dächer von Wrzeszcz, Zaspa, Letniewo, Brzeźno und Nowy Port, bis uns schließlich der Sprit ausging, der Motor der Fumka zu stottern begann und wir jäh hinabstürzten, direkt in den Garten an der Polanki. Das Herz pochte mir in der Kehle, ich spürte die furchtbare, kosmische Beschleunigung, dann den schweren Aufprall. Im schweißnassen Bett erwacht, erinnerte ich mich an Jazz' letzte Worte: Sie mag dich sehr. Die Straßenbahnen verließen schon das Depot. Die Hafensirene vom Kanal schwieg. Die Sterne waren verschwunden. Über der Stadt, über den Stränden und der Bucht rötete sich der Himmel. Ich sah aus dem Fenster. Der Sommer begann. Ich war dreizehn.

Damals, an jenem Tag, war ich zwischen ihnen gewesen. Zuerst auf dem Sattel der Fumka: Ich hatte meine Arme um Jazz' Taille gelegt und schmiegte mich an seinen Rücken. Basia hatte ihre schlanken Arme um meine Taille geschlungen und schmiegte sich an meine Schulter. Wir jagten über die asphaltierte Chaussee, dann über den sandigen Waldweg, Kiefern flimmerten vorbei, Gänse kreischten, Dorfhunde bellten, und wir waren glücklich. Dann auf der Wiese: Jazz lag auf der linken

Seite, Basia auf der rechten, ich in der Mitte. Wir plauderten, schwiegen, aßen, der süße Blütenstaub der Gräser flog mit dem Wind auf und bedeckte Pfefferminze, Kamille und Klee. Später im Wasser: Jazz ging als Erster auf den Steg und durchschnitt wie eine Klinge den Wasserspiegel; nach ihm sprang ich, zum Schluss schwamm Basia in die kühle grüne Tiefe hinein. Wir übten uns im Kraulen, Brust- und Rückenschwimmen und tauchten immer wieder bis zum Grund. Ich sah den reinen, hellen Kies, sah Pflanzen, Fischschuppen, sah die Füße von Jazz und die Füße von Basia, oben, da, wo das Licht herkam. Dann waren wir wieder unterwegs: am Rain entlang, durch die Felder. Jazz schob die dunkelrote Fumka durch den lockeren, morastigen Sand, ich ging hinter ihm, schleppte die Tasche mit dem Saxophon, und hinter mir kam Basia mit dem Rucksack auf dem Rücken. Genauso während der Messe: Es war schon Abend, in der Dorfkirche roch es nach Getreide und Weihrauch, unter den Dachsparren schossen die Schwalben hin und her, und ich betrachtete die Gesichter der beiden – links, im Kerzenschein, sah ich die dunklen Bögen von Basias Augenbrauen, rechts, vor dem Kirchenfenster mit den Fischern, schimmerte das konzentrierte, klare Profil von Jazz. Und nachher in der Gartenlaube: Herr Bieszke brachte eine Flasche Wein, den wir in die schweren Kristallgläser gossen; um die Petroleumlampe kreisten Falter, irgendwo am See schrie ein Nachtvogel, Herr Bieszke erzählte von Jazz' Onkel – wie sie ihn festgenommen und durchs Dorf geführt hatten –, und ich spürte ihren heißen Atem, die Wärme der von der Sonne erhitzten Körper – links Jazz, der diese Geschichte schon kannte, rechts Basia, die über alles staunte und ständig schüchtern und leise nach Details fragte. Ich war zwischen ihnen, eine ganze lange Nacht. Wir gingen in die Scheune, Jazz nahm sein Saxophon aus der Tasche, spielte ein paar Läufe rauf und runter, und gleich darauf begann das Konzert, zuerst eine langsame Einleitung mit «La petite fleur», dann brachte er sich mit Armstrong in Schwung, bis er schließlich zu improvisieren anfing. Am liebsten nahm er als Thema einen abgedroschenen Slowfox, eine sentimentale Melodie, einen Tango von Carlos Gardel oder eine russische Romanze, aber nur, um aus dem Gewöhnlichen etwas Außerordentliches zu machen, ja, er konnte aus einem schlichten Marsch die Melodie eines Gebets, eine Hymne an Gott machen – und umgekehrt: aus einem Kirchenlied einen beschwingten Walzer. Wir hörten ihm gebannt zu, Basia und ich. Jazz spielte wie ein Wahnsinniger, unter seinen Füßen stieg silberner Staub auf, die wirbelnden kleinen Säulen kreisten um uns herum, fielen herab und erhoben sich wieder wie unsichtbare Noten, und der Mond, der durch die Dachritzen in die Scheune hereinsah, streute über die Klappen des Instruments kleine diamantene Funken. Ich weiß nicht mehr, ob Basia zuerst tanzte oder ich. Mitgerissen von den synkopischen Rhythmen, einander umarmend, wurden wir eins mit der Musik, Jazz drehte sich zwischen uns und tanzte ebenfalls, dann lachten beide laut; Jazz gab Basia das Instrument und brachte ihr bei, wie sie die Lippen um das Mundstück legen musste, und sie begann zu spielen, anfangs noch ziemlich unsicher, doch nach den ersten missglückten Versuchen erinnerte sie sich wohl an den Klavierunterricht und brachte lange, immer bessere Tonfolgen hervor und spielte schließlich «Für Elise» und die «Träumerei», ganz so, als hätte Beethoven oder Schumann diese Stücke nicht für Klavier, sondern für Jazz' Altsaxophon geschrieben. Ich war zwischen ihnen bis zum Morgengrauen, als wir müde ins duftende, frische Heu fielen. Über meinem linken Ohr schnarchte leise Jazz, und ins rechte drang das stille, gleichmäßige

Atmen Basias. Bei strömendem Regen kehrten wir in die Stadt zurück. Die Fumka lavierte zwischen den Pfützen hindurch. Unter dem Umhang hielt ich Jazz um die Taille gefasst und lehnte mich an seinen Rücken. Basia hatte ihre Arme um meine Taille geschlungen und schmiegte sich an meine Schultern. Lastwagen und Pferdefuhrwerke fuhren an uns vorbei, der Wind schnitt uns ins Gesicht, wir waren unruhig. Die Lügengeschichten von Basia und mir, von einem Schulausflug in die Kaschubei, wurden rasch aufgedeckt. Jazz hatte niemanden zum Anlügen, niemand machte ihm Szenen, versohlte ihm den Hintern oder gab ihm Hausarrest.

Wieder war ich zwischen ihnen, wenn auch anders. Jeden Morgen, bevor er zur Arbeit ging, hinterließ Jazz für mich ein Briefchen in einem Versteck am Schuppen. In der ersten Pause gab ich es Basia, und vor der letzten Stunde nahm ich auf dem Schulhof ihre Antwort in Empfang. Jazz schrieb seine Bekenntnisse auf ein frisches Blatt von einem Briefblock, das er anschließend zweimal faltete. Umschläge benutzte er nicht. Basia dagegen antwortete ihm auf vornehmem Briefpapier, das mit den Signets aller möglichen Branchen von der Konsumgüter- bis zur Schwerindustrie versehen war. Ich kaufte mir eigens eine dicke Kladde, in die ich wie ein Chronist täglich in Schönschrift die Briefe der beiden eintrug, mitsamt Datum und Anrede.

«Ich glaub, ich werd verrückt», schrieb Jazz, «können wir uns nicht irgendwo treffen?»

«Du weißt doch», antwortete Basia, «dass mein Vater mich zur Schule bringt und nach dem Unterricht schon wartet, und von zu Hause darf ich nicht fort.»

«Hat er großen Stunk gemacht?», fragte Jazz.

«Furchtbar», erwiderte Basia, «am schlimmsten war der Besuch beim Arzt, ekelhaft, du kannst dir gar nicht vorstellen, Jazz, wie ich sie hasse!»

«Gestern bin ich wie immer die Polanki entlanggefahren, pünktlich auf die Sekunde, und du warst nicht am Fenster!», beklagte sich Jazz.

«Sie wissen jetzt schon, dass du es bist, und wenn Mama nur den Motor hört, schickt sie mich runter in die Küche oder Klavier üben», erklärte ihm Basia. «Wenn unsere Liebe nicht wäre, Jazz, würde ich mich umbringen, mit Gift oder Benzin oder sonst was.»

«Mach bloß keine Dummheiten!», schrieb Jazz aufgeregt. «Sei anständig und tu so, als ob du alles vergessen hättest. Ich finde bald einen Ausweg, wir fliehen in die Beskiden oder ins Ausland, ich liebe dich immer mehr, warte auf mich.»

«Mein Vater nennt dich Abschaum, Rowdy und Angeber und sagt, wenn er noch so viel Einfluss hätte wie vor einigen Jahren, dann würdest du längst im Gefängnis sitzen», verriet ihm Basia.

«Ich hab schon im Gefängnis gesessen», erwiderte Jazz beschwichtigend, «und was deinen Vater betrifft, mach dir nichts draus, der tut mir nichts, du musst nur alle meine Briefe vernichten und auf mein Zeichen warten.»

Die Zettel von Jazz legte ich nach dem Lesen wieder zweimal zusammen. Schwieriger war es mit Basias Briefen. Der Klebstoff der Umschläge war schlecht; sie ließen sich über Dampf zwar leicht öffnen, aber es war schwierig, sie wieder so zuzukleben, dass keine Spur mehr zu sehen war an den Signets der Konsumgüter- und der Schwerindustrie.

Tage vergingen. Das erhoffte Zeichen von Jazz kam nicht. Vielleicht hatte er Ärger. Ich fragte nicht. Ich war nur der Bote. Mehr nicht.

Am letzten Schultag, bei der Abschlussfeier und der Ausgabe der Zeugnisse, wurde Basia von ihrem Vater begleitet. Ich konnte seine buschigen Augenbrauen, seine

Tweedjacke und die Samtkrawatte aus der Nähe sehen, mitten im Gedränge vor dem Schulgebäude, nachdem alles vorüber war. Die Autotüren knallten, und der hellblaue Škoda-Oktavia fuhr, auf dem Katzenkopfpflaster der Ulica Nowotki leicht schaukelnd, in Richtung der früheren deutschen Villa davon.

«Jazz», sagte ich und heulte beinahe vor Wut, als ich ihm seinen Brief zurückgab, «es ging nicht, er hat sie keinen Moment aus den Augen gelassen, Jazz, hörst du mir zu?»

Wir saßen am Schuppen, neben der Fumka. Er steckte das zerknitterte Blatt Papier in die Tasche und gab keine Antwort.

«Jazz», rief ich noch lauter, «ich hab alle eure Briefe gelesen, warum bist du nicht abgehauen mit ihr, mein Rucksack war gepackt, ich hab nur auf dein Zeichen gewartet!»

Auch dieses Bekenntnis berührte ihn nicht. Er trommelte mit den Fingern auf den Gashebel, als wäre er mit den Gedanken ganz woanders.

«Jazz», sagte ich leiser, «sie fährt heute mit ihrer Mutter weg, mit dem Schlafwagen nach Zakopane, sag nur ein Wort, man könnte doch ...»

«Ich hab eine Idee», meinte er schließlich, «und ich werd dich brauchen, aber vorläufig – pst, noch ist es nicht so weit!»

An Samstagnachmittagen oder sonntags nahm er mich wie früher mit, und wir fuhren aus der Stadt raus, an einen See oder ans Meer oder an den Kanal. Wir sprachen nicht viel. Im Sand oder im hohen Gras ausgestreckt, beobachteten wir die Wolken. Er rauchte eine «Grunwald», ich kaute an einem Gänsefußhalm oder lutschte Pfefferminzbonbons aus dem Kiosk neben dem Straßenbahndepot. Sie waren schlechter als die aus Cyrsons Laden. Aber um die grüne Bude, wo jetzt Basias Vater und seine neue Verkäuferin residierten, machten wir einen großen Bogen.

«Jazz», fragte ich, «ist es schon so weit?»

Er blies Ringe in den Himmel und lächelte. Ich starb fast vor Neugier. Bestimmt merkte er es, aber er schwieg hartnäckig. Mitte Juli schickte mir Basia eine Ansichtskarte. «Es ist prima», las ich in der mir vertrauten, leicht schrägen Schrift, «ich habe Freundinnen und Freunde hier und gehe in den Bergen spazieren. Grüß Jazz von mir und sag ihm, ich werde ihm auch schreiben.» Lange betrachtete ich die Gipfel der Felsen und die spiegelglatte Fläche des Morskie-Oko-Sees.

«Jazz», fragte ich, «wärst du jetzt gern dort?»

Er gab mir die Karte zurück und zuckte mit den Schultern.

«Ich möchte immer woanders sein», erwiderte er.

Endlich, eines Nachmittags, kam Jazz mit der Fumka und holte mich ab. Wir jagten durch unsere Straße, im Schatten der Kastanienbäume, dann bergauf über das Katzenkopfpflaster bis zum Waldrand. Das Motorrad heulte wie ein Düsenflugzeug: zwischen den Lärchen, auf den ausgefahrenen Wegen nahm Jazz die Hindernisse wie ein Weltmeister im Motocross. Die Maschine riss sich vom Boden los, flog einige Meter und stürzte dann jäh hinab. Unter den sich drehenden Rädern spritzten Schotterstückchen, vergilbtes Gras, Tannenzapfen und Sand in die Gegend.

«Jazz», schrie ich entsetzt, «du bringst uns um! Was machst du denn? Hör auf!»

Er hörte nicht auf mich. Er brachte die Fumka noch mehr in Schwung. Fuhr Slalom. Sprang. Drosselte das Gas. Auf dem steilen Weg, der über den mit Nadeln bedeckten Waldboden abwärts führte, kamen wir ständig ins Schleudern. Jedes Mal meisterte er die Situation vorbildlich: Gas, Kupplung, Drosseln, dann wieder Gas. Er stoppte die Fumka auf dem Bahndamm. Schaltete den Motor aus. Nahm die Fliegerhaube ab. Unter der Schutzbrille, unter der Lederjacke lief ihm der Schweiß in Strömen.

«Das war erst die Ouvertüre», sagte er lachend. «Die richtige Vorstellung kommt gleich.» Aus den Haselsträuchern, aus Büschen von Weißdorn, Flieder und Kornelkirschen zogen wir die Bretter für die künftige Sprungschanze. Unter ihnen waren leere Blechfässer versteckt. Die Bretter rochen nach Teer und Hafen, die Fässer nach Dieselöl und Truppenübungsplatz. Die Konstruktion war durchdacht. Die einzelnen Teile gut vorbereitet. Die Montage ging schnell. Als wir den letzten Keil eingefügt hatten, wischte sich Jazz mit dem karierten Tuch die Stirn, knöpfte die Jacke zu, setzte Schutzbrille und Fliegerhaube auf und trat auf den Starter. Er fuhr vierzig Meter, dann drehte er die Maschine, blieb stehen, war bereit. Ich sah, wie er mit tief gesenktem Kopf loslegte. Ich sah, wie er beschleunigte. Wie er den schmalen Holzsteg hinaufjagte, der direkt in den Himmel zu führen schien. Ich beobachtete, wie die Fumka sich von den Brettern löste. Ich sah die flatternden Bänder der Fliegerhaube. Das Motorrad flog, wie von einem Katapult emporgeschleudert, in einem weiten Bogen über meinen Kopf hinweg und landete auf der harten Erde, ohne dass die Räder durchdrehten, ohne zu kippen, ganz gerade. Ich lief zu Jazz hin. Er kam mir entgegen. Wir waren glücklich.

Mit jedem Nachmittag verbesserte sich das Ergebnis. Manchmal nur um einige, manchmal um mehr als zehn Zentimeter. Wir untersuchten den Neigungswinkel der Konstruktion, die Länge des Anlaufs, die Zeiten und die Geschwindigkeit. Jeden Nachmittag markierte ich, mit der Stoppuhr in der einen und dem Fähnchen in der anderen Hand, die genaue Stelle der Landung. Notierte

Daten und Bemerkungen. Aber Jazz war immer noch nicht zufrieden.

«Was willst du eigentlich, Jazz?», sagte ich enttäuscht. «Du hast den Rekord von Clark gebrochen, und zu dem von diesem Amerikaner, von Blais, fehlen dir kaum mehr als zehn Zentimeter!»

«Die Rekorde können mich mal, amerikanische oder englische. Das ist mir piepegal. Mir geht's um die abgerissene Brücke», erklärte er.

«Nein», flüsterte ich, «das meinst du doch nicht im Ernst.»

Er nickte, was heißen sollte: Und ob.

«Hör zu, Jazz», versuchte ich ihn zu überreden, «die beiden Brückenteile sind zu weit auseinander, das kann nicht gut gehen.»

«Es wird gut gehen», kommentierte er meine Zweifel.

Jetzt wusste ich, was er wollte: Erfolg, Anerkennung, Ruhm. In meiner Phantasie las ich schon die Schlagzeilen der Zeitungen: «Der Sprung des Jahrhunderts», «Amateur als Meister», «Werftarbeiter fordert den Weltrekord heraus». Ich sah den überraschten Ausdruck in Basias Gesicht. Das Erstaunen ihres Vaters, die Bewunderung der Nachbarn und Vorgesetzten von Jazz. Er würde durch ganz Polen fahren können. Vielleicht sogar durch die DDR, die Tschechoslowakei oder Bulgarien. Er würde Interviews geben, würde sich eine große Maschine kaufen – eine Harley-Davidson zum Beispiel –, würde Geld haben, ein eigenes Haus.

«Jazz», sagte ich, «von den abgerissenen Brücken gibt's aber sieben Stück, glaube ich!»

«Dann suchen wir uns die beste aus», erwiderte er.

Von da an jagten wir nach jedem Training am Bahndamm der zerstörten Eisenbahnlinie entlang, von Wrzeszcz nach Brętowo und weiter, bis Piecki. Vorbei an

Hügeln, Wäldchen, an der Kirche, an einsamen Gehöften, am blauen Rinnsal der Strzyża und am verlassenen Friedhof. An jeder gesprengten Brücke hielt Jazz an, kletterte auf das eine Brückenende, prüfte den Zustand der Zementschwellen, untersuchte den Bodenbelag und schüttelte den Kopf. Ich warf ihm von der anderen Seite ein Seil über den Abgrund zu. Jazz ergriff das Ende des Seils, zog es straff, zählte die Knoten und rief: «Dreißig Meter zwanzig, das ist zu wenig!» Obwohl wir schon alle Angaben beisammenhatten, wiederholte Jazz mehrmals diese Erkundungsfahrten. Als würde er unseren Berechnungen nicht trauen. Als wollte er ganz sicher sein, auf welcher der Brücken er unsterblichen Ruhm erlangen könnte. Wir kamen spät nach Hause, staubbedeckt und müde. Immer öfter trafen wir unterwegs den Laternenanzünder. Ich mochte sein altes, kaputtes Fahrrad. Ich sah ihm gerne dabei zu, wie er es an den gusseisernen Laternenpfahl lehnte, seinen langen Schlüssel hervorholte, den Hahn aufdrehte und ein weiteres Licht in der Straße anzündete, das anfangs noch blass, dann aber immer stärker leuchtete. Am Wasserhahn im Garten, neben dem Schuppen, tranken wir gierig Wasser. Es schmeckte nach Rost, hatte die Farbe von Moos und war warm wie der ganze Sommer damals.

Basia war längst zurückgekehrt, aber darüber sprachen wir nicht. Ich zählte die Tage bis zum Sprung. Jazz zählte die Kilo, nahm von der Fumka den Sattel ab, die Schutzbleche, den Windschutz. Nachts brummten Militärflugzeuge über der Stadt und der Bucht. Irgendwo in Asien sollte ein Krieg beginnen. Im Radio hieß es, Bundeskanzler Adenauer lecke sich schon die Finger nach einer Landung in Danzig. Ich wollte nicht für Danzig sterben. Ich wollte in der Ulica Polanki sein, in Basias Zimmer, wollte mit ihr über die Berge sprechen, über Jazz und das Motorrad. Ich blickte durchs Fenster in den

Sternenhimmel und konnte lange nicht einschlafen. In das düstere, monotone Jammern der Düsenflugzeuge, die über der Stadt und der Bucht kreisten, mischte sich Kanonendonner.

Ich hatte eine Parabellum am Gürtel, trug eine Offiziersuniform und Schaftstiefel. Die Räder der Draisine klopften in einem gleichmäßigen Rhythmus. Wir fuhren langsam. Von den schneebedeckten Feldern her wehte der Geruch von Tauwetter. Zwischen den Schwellen sah man bisweilen ein Stück Erde, auf dem der Schnee schon getaut war. Aus der Ferne, aus der Stadt mit den gotischen Türmen und den engen Gassen, wehte Glockengeläut herüber. An jeder Brücke erwartete uns eine Streife. Jazz prüfte die Ladungen, ich nahm schnell den Rapport entgegen. Wir verbanden die Kabel, ich drückte auf den Knopf, und Tonnen von Stahl, Zement, Ziegeln und Eisenbahnschwellen flogen in die Luft wie Bauklötze. Bei Piecki. In Brętowo. Beim Friedhof. Auf der Brücke, die über die Ulica Polanki führte, versperrte uns eine Lokomotive den Weg. Von einem sowjetischen Flieger in den Tender getroffen, war sie stehen geblieben und keuchte wie eine müde alte Frau. Die Wächter waren längst von ihren Posten geflohen. Wir hatten keine Zeit. Jazz prüfte die Ladungen, ich drückte auf den Knopf. Die Lokomotive erbebte und stürzte zusammen mit dem Eisengeländer der Brücke in die Tiefe, auf das Straßenpflaster. Die Schnauze in den Schnee gegraben und zugleich wie eine Fackel in die Höhe ragend, sah sie seltsam aus. Wir jagten zum Haus des Gauleiters, um Meldung zu machen, dass der Befehl ausgeführt sei. Im Teich, zwischen Eisbrocken, schwamm der Kadaver eines Hundes. In der Villa war niemand. Aus den leeren, geplünderten Zimmern strömte uns Kälte entgegen. Weiße Laken hingen als Banner an den Fenstern und an der Dachrinne. Die Polanki entlang fuhren Lastwagen.

Irgendwo spielte eine Ziehharmonika. In der Luft lag der Geruch von Machorka, selbst gebranntem Schnaps und Fett. Rotarmisten umringten uns. Mit erhobenen Händen gingen wir auf den Bahndamm zu, im feuchten, matschigen Schnee.

«Wie dumm, dass wir sterben müssen», flüsterte Jazz.

«Ja, wozu das alles», sagte ich.

Die Soldaten losten. Ich betrachtete ihre Kalmückengesichter, die Läufe der MPs, ich schaute in die Augen des Offiziers, der Basias Vater war. Der blaue Rand seiner Mütze hob sich in einem dunklen Streifen vom grauen Himmel ab. Jeden Morgen erwachte ich nach einer Salve, erstaunt, dass ich nicht blutete, erstaunt, dass Jazz nicht bei mir war und dass ich statt im Schnee in meinem Bett lag und lebte.

Ich lief zur Villa des Gauleiters, sah zu den Fenstern hinauf, ging um die grüne Bude des Ladens herum. Alles vergebens. Basia war eingesperrt, unerreichbar.

«Jazz», fragte ich bisweilen, «glaubst du, sie kommt zu deiner Vorstellung?»

Er sagte, sie werde kommen. Sagte, er habe die geeignete Brücke ausgesucht: Er werde über die Ulica Słowackiego springen, an der breitesten Stelle, fast vierzig Meter. Ich war beruhigt. Als wir auf dem Bahndamm trainiert hatten, war er einundvierzig Meter gesprungen, manchmal sogar zweiundvierzig. Die Fumka erinnerte jetzt an das Rennrad eines Profis. Der frisierte Motor hatte einige PS mehr als vorher.

«Jazz», sagte ich und gab keine Ruhe. «Und wenn sie nicht kommt, springst du dann trotzdem?»

Er sagte, er werde springen, weil er es sich vorgenommen habe. Auch wenn niemand käme, werde er es tun. Man müsse immer tun, was man sich vorgenommen habe.

Ich wusste nicht, wie er sie benachrichtigen wollte.

Die Plakate, die wir im Schuppen gemalt hatten, waren nichts sagend und grau. Als ich sie am Samstag aufhängte, regnete es. Wassertropfen wuschen die Farbe ab. Die Buchstaben wurden unleserlich. Der Leim löste sich auf. An den Gaslaternen, den Baumstämmen, den Latten morscher Zäune hingen erbärmliche nasse Fetzen.

Aber sie kam. Als alles vorbereitet war, als sich unter der gesprengten Brücke eine kleine Menge versammelte, die den Gottesdienst hinter sich hatte, als Jazz hoch oben auf dem Bahndamm die Fumka anließ, Kreise und Kurven fuhr, Kerzen und Achten, da sah ich, wie zwischen den Bäumen, von der Backsteinkirche her, der hellblaue Škoda-Oktavia näher kam. Die Türen knallten. Der Vater hielt Basia an der Hand. Er trug einen Tweedanzug und ein blütenweißes, gestärktes Hemd, dazu eine braune Krawatte und eine dunkle Brille. Sie blieben in gebührender Entfernung stehen, um sich nicht unter die Schaulustigen zu mischen. Ich winkte Jazz. Jazz winkte mir. Wir waren glücklich. Wir konnten anfangen.

Mit der Blechbüchse lief ich zwischen den Zuschauern hin und her. Das Klirren der Münzen, die schnell und immer dichter fielen, erfüllte die gespannte Stille. Ich wollte zu Basia gehen, wollte ihrem Vater die viereckige russische Teebüchse mit der Aufschrift «Čaj pervogo sorta» hinhalten, doch er kam mir zuvor.

Er ließ seine Tochter stehen und schritt auf mich zu. Rasch nahm er einen Geldschein aus der Brieftasche, und bevor ich danke sagen konnte, machte er kehrt und ging mit schneidigem, festem Schritt zu Basia zurück. Auf Jazz' Wunsch verbeugte ich mich vor dem Publikum. Ich überquerte die gepflasterte Straße und kletterte ruhig und ohne Eile den Bahndamm hinauf. Auf dem zementierten Brückenende blieb ich stehen. Ich hob das Fähnchen. Drüben, auf der anderen Seite, fuhr

Jazz langsam auf die Startlinie zu. Ich sah seine Schultern in der Lederjacke, eine Ecke des karierten Tuchs. Ich sah die Hügel, den Wald, den Kirchturm, den alten Friedhof, sah, wie Jazz anhielt, ein Stück zurückfuhr, den Kopf senkte und loslegte. Auf der Rampe aus Brettern riss er die Fumka in die Luft und flog, ans Lenkrad geschmiegt, über die Köpfe der Schaulustigen hinweg, über die Straße, über die hellblaue Karosserie des Škoda-Oktavia, über unser ganzes Leben. Er kam immer näher. Jetzt sah ich deutlich die Lederriemen der Fliegerhaube, den silbernen Druckknopf, die Gläser der Schutzbrille. Ich sah, wie er mit dem Vorderrad gegen den Brückenpfeiler prallte, hörte das dumpfe Ächzen des Motors. Die Fumka raste in die Tiefe, jetzt sah ich sie nicht mehr. Jazz, vom Sattel geschleudert, flog weiter, über meinen Kopf hinweg, und stürzte auf dem Bahndamm ins Gras.

«Jazz!» Ich knöpfte seine Jacke auf. «Was soll's, die Fumka ist futsch, aber es hat geklappt, du bist auf der anderen Seite!»

Aus dem Mund rann ihm ein dünner Faden Blut. Ich konnte nicht weinen. Ich konnte nicht glauben, dass er tot war. Konnte die Ansichtskarte aus dem Gebirge nicht lesen, die aus seiner Tasche ins Gras gefallen war. Hörte nicht den Krankenwagen. Das Geschrei der Leute. Die Fragen der Milizionäre. Ich sah nicht, wie der hellblaue Škoda-Oktavia sich von der Brücke entfernte und zwischen den Bäumen verschwand. Ich hatte nicht gewusst, dass zu Jazz' Begräbnis nur wir drei kommen würden: der katholische Pfarrer, Herr Bieszke und ich. Ich hätte auch nicht gedacht, dass die Beamten alle seine Sachen beschlagnahmen würden: das Saxophon, die Noten, die amerikanische Lederjacke, die Fliegerhaube, die Schutzbrille und sogar das, was von der Fumka übrig geblieben war: den Schrott.

Das Schuljahr begann. Wieder sah ich Basia regelmäßig auf dem Schulhof, oft zwischen ihren Freundinnen, lachend. Ich wusste nicht, wie ich auf sie zugehen, wie ich sie ansprechen sollte. Sie hatte sich den langen Zopf abgeschnitten, und mit dem kurzen, in den Nacken fallenden Haar sah sie eher wie eine junge Lehrerin als wie eine Schülerin aus. Ich wollte ihr von Jazz erzählen. Von unserem Training, unseren Gesprächen. Wollte fragen, ob sie sich an den Ausflug zum See erinnerte, an Herrn Bieszke, an das Konzert in der Scheune, das Saxophon, den Silberstaub. Ich wollte ihr die Karte mit dem Bild des Morskie-Oko-Sees wiedergeben, die, die ich bei Jazz auf dem Bahndamm gefunden hatte. Wollte ihr sagen, dass ich die Briefe gelesen hatte, aber diese Karte nicht. Aus alldem wurde nichts. Sie schaute mich an, als sähe sie mich zum ersten Mal.

«Die Ansichtskarte?» Sie zuckte mit den Schultern. «Na und?! Behalt sie, wenn du willst.»

«Aber die ist nicht für mich», versuchte ich zu erklären, «du hast sie an Jazz geschrieben!»

«Jazz, was für ein blöder Spitzname, wirklich nicht sehr originell», lachte sie und ging weg.

Lange betrachtete ich die felsigen Gipfel und die spiegelglatte Fläche des Morskie Oko. Lange zögerte ich, ob ich das Letzte, was ich von Jazz hatte, nicht in die Ulica Polanki schicken sollte. Lange las ich immer wieder Basias Worte: «Du solltest kapieren, dass das keinen Sinn hat, Mama hat Recht, und Papa auch.» Langsam, Stück für Stück, riss ich die Ansicht vom Gebirge in Fetzen. Riss mein Herz in Stücke. Es dauerte lange. Wie die erste Liebe.

Gute Luisa

Der Scherenschleifer erschien gewöhnlich im September oder in den letzten Augusttagen, wenn sich an dem reinen, glühenden Himmel zaghaft, aber unabwendbar Haufenwolken zusammenballten, die ihr Entstehen und ihre phantastischen Formen einem Übermaß an Wasser in der Bucht verdankten. Wenn er näher kam, schlug er mit einem Hämmerchen auf einen dünnen Eisenstab, und dieses eigenartige, mit nichts vergleichbare «deng-dele-deng-dele-deng» kündigte den Messern, Scheren und Beilen die Zeit der Erneuerung an. Die rostige Gleichgültigkeit, die abgestumpfte Existenz, die sie, mehr schlecht als recht von der Hausfrau am Leben erhalten, in den Schubladen und Fächern fristeten, wurden dann von herrlichem, scheinbar ewigem Glanz abgelöst – dank eines Mysteriums, das Jahr für Jahr an den Toren, in den Höfen und Gärten seine Anhänger versammelte.

Zuerst verwandelte der Scherenschleifer sein unscheinbares Fahrzeug in eine Antriebsmaschine, deren vermeintliche Ähnlichkeit mit einem Fahrrad nur Neulinge und Laien täuschen konnte. Als dann das Schwungrad in Fahrt gekommen war und der Riemen die Steinscheibe antrieb, blickte er in die Runde, von wem er den ersten Gegenstand annehmen sollte, um seine magische Kunst auszuprobieren – als Kostprobe sozusagen. Wie Lug oder eine andere keltische Gottheit neigte er sich über den wahnsinnig kreisenden Stein, legte die Finger an die leblose Klinge, und ein Bündel weißer und hellgelber Funken, geboren aus Stahl und Stein, stob in die Luft und schoss in Schwindel erregendem Tempo empor, um gleich darauf unwiederbringlich zu verschwinden – an einem Punkt, der weder zeitlich noch räumlich zu bestimmen war. Die Stahlklingen kehrten zu häuslichen Ehren zurück und konnten sich fortan wieder in die blutige Realität des Fleisches versenken, in die Selbstverständlichkeit des Weizenbrots, die zweideutige Weichheit der Butter, die dreiste Härte der Knochen oder in die beschämend menschlichen Bereiche von Haut und Haaren.

«Was starrst du denn aus dem Fenster?», tönte Lucjans nasale, etwas schulmeisterliche Stimme hinter der spanischen Wand hervor. «Das ist nur der Beschleunigungseffekt, die Atome kreisen immer schneller, und schon hast du deine Funken!»

Es war Mittag, Lucjan war gerade aufgestanden. Vielleicht nervten ihn deshalb die Geräusche der Welt, die den Schleier der trägen, noch geheimnisvoll traumwarmen Gedanken zerstreuten. Er machte nie das Bett, warf nur einen huzulischen Kelim darüber und schwebte unausgeschlafen, im achtlos über den Pyjama gestreiften Schlafrock, mit einem lässigen Seidentuch um den Hals aus seiner Ecke wie ein exotisches Schiff aus einer Grotte, in deren Tiefen – hinter dem mit der spanischen Wand verlängerten Schrank – neben Wörterbüchern des Griechischen, Lateinischen, Gälischen, Persischen und Sanskrit, neben Bänden von Larousse, Brockhaus und Webster, wie ein magisches Auge ein Vorkriegsradio blinkte.

«Ich versteh nicht, was du darin siehst», sagte Lucjan und schlich um die Kredenz, wo er die Schüssel, den Rasierpinsel und die Handtücher aufbewahrte. «Das ist doch eine ganz primitive Technik, da, schau her» – und er nahm das Rasiermesser aus dem Futteral –, «das kann er bestimmt nicht schleifen, denn das ist Präzisionsarbeit!»

Zum Beweis ging Lucjan zur Tür, hängte den breiten

Matrosengürtel mit der Schnalle an einen Nagel im Türrahmen und fuhr dann mal mit der einen, mal mit der anderen Seite des Rasiermessers schnell über das glatte Leder, was von einem monotonen «klapp, klapp, klapp!» begleitet wurde. Dann verschwand er im Bad und rief in der folgenden halben Stunde alle paar Minuten zu mir heraus: «Bring mir die Creme, sie ist im Koffer, aber nicht die Rasiercreme, sondern die für die Haut», «ich hab die Socken vergessen, nimm die ohne Muster, die hellen» – bis er endlich im Zimmer erschien: frisch, duftend, bereit, meine Vorschläge anzuhören.

«Vielleicht an den Strand?», begann ich schüchtern. «Oder in den Zoo?»

Seine Unterlippe blähte sich in solchen Momenten in einem Anflug von Zorn, die Augenbrauen hoben sich unmerklich, und mein Cousin Lucjan bekam, vor allem im Profil, Ähnlichkeit mit einem römischen Senator.

«Mein Lieber», sagte er salbungsvoll, «am Strand waren wir am Donnerstag, am Freitag und am Samstag, den Zoo haben wir schon zweimal besucht. Hast du keine originellere Idee?»

Das Wort «originell» sprach Lucjan mit einem spezifisch englischen Akzent aus, das «r» dagegen klang aus seinem Mund, als hätte er nie die Boulevards an der Seine verlassen.

«In Sopot ist eine Hundeausstellung», meinte ich beiläufig, «in Danzig ist ein Speedwayrennen angekündigt, in Oliva könnten wir in den Park gehen ...»

«Jetzt reicht's aber!» Lucjan kam mit einem Toast auf dem Teller aus der Küche. «Hab ich dir nicht schon oft gesagt, dass der Mensch mehr braucht?»

Ich wusste, was dieses «mehr» heißen sollte. Im Museum ging Lucjan immer langsam durch die Säle, oft hielt er bei einem Bild oder Exponat an und entwickelte mit ernster Miene seine Theorien auf eine so einnehmende Weise, dass uns nach kurzer Zeit ein Kreis von Zuhörern umgab, die Lucjan mit «verehrte Herrschaften» anzureden begann und mit seiner Gelehrsamkeit fesselte, wie damals, beim «Jüngsten Gericht», wo er nicht nur erzählte, wie die Piraten das Bild erbeuteten, die Zuschauer nicht nur durch Einzelheiten zur Technik des Meisters Memling beeindruckte, sondern einen ganzen Vortrag zur Theologie der Hölle hielt, zur Apokalypse, zu den Briefen des Apostels Paulus an die Korinther, zu den Polemiken des Augustinus, der Häresie der Albigenser und so weiter, wobei er seinen Auftritt mit einer wahrhaft intellektuellen Pirouette krönte – in seinen blitzartigen Wendungen glänzten griechische Phrasen des Origenes, aus denen unumstößlich hervorging, dass es keine Hölle gäbe, bzw. wenn es sie gäbe, dann auf ewig: Gott lasse nicht zu, dass auch nur ein Teilchen des Seins von ihm abgetrennt sei. Lucjan verbeugte sich und nahm den Applaus entgegen, ich betrachtete erstaunt sein Gesicht, das eben noch – während er den Zuhörern das seltsame, geheimnisvolle Wort *Apokatastasis* zuwarf – in prophetischem Glanz erstrahlt war. Ich wusste also, was es hieß, «mehr zu brauchen», doch ich wollte das gar nicht, und um den Augenblick der Verurteilung hinauszuzögern, tat ich so, als sei ich am Fenster beschäftigt, wo der Scherenschleifer gerade seine Arbeit beendete.

Ich guckte, wie er die Antriebsmaschine in ein unscheinbares Fahrzeug zurückverwandelte, die Hände an der Schürze abwischte, die Hand voll Münzen aus der Tasche nahm und in den Geldbeutel steckte, auf den Sattel stieg, in die Pedale trat und sich aufmachte zum nächsten Hof, eine Straße weiter, wo gleich darauf sein Klingeln die staubige Luft des Augustnachmittags erhellen würde.

«Schaust du ihm immer noch nach?» In Lucjans Stimme war ein gutmütiger Ton zu spüren. «Also, mein

Bester, was machen wir denn mit dem angebrochenen Tag?»

«Vielleicht fischen gehen?», fragte ich.

Lucjan schluckte den letzten Bissen seines Toastbrots hinunter und wischte mit einer weißen Serviette, die ein Monogramm von Tante Eufrozyna trug, ein Fleckchen Pfirsichmarmelade von seiner Oberlippe.

«In der Tat», nickte er, «Angeln ist ein Sport für Gentlemen, aber wo denn dieses Mal?»

Ich wusste, was ihm Freude machte: Es war weder der helle Seesteg in Sopot noch der in Orłowo, es war die Backsteininsel. Deshalb zögerte ich etwas und sagte dann leichthin:

«Beim alten Speicher, auf der andern Seite des Flusses.»

Noch nach Jahren sehe ich dieses Bild vor mir, als wäre es gestern gewesen: Kaum sind wir in die Straßenbahn eingestiegen, richten sich sofort alle Blicke auf uns. Wir stehen auf der hinteren Plattform, gleich neben der Schranke zum Schaffner, Lucjan in einem weißen Leinenanzug, Sommerschuhen mit Gummisohle und einem hellen Strohhut, ich in kurzen Hosen und einem Hemd mit Kragen à la Jul Słowacki. Wir sind beide beladen wie Packesel, die zugestiegenen Fahrgäste bleiben an uns hängen, doch jeder Versuch, sich durch das Gedränge weiterzuschieben, ist zum Scheitern verurteilt: Über unseren Schultern hängen wie Flinten die Futterale der Angeln, in den Händen halten wir die Taschen mit dem Proviant und den Ködern, ganz zu schweigen von den Brotbeuteln, den Klappstühlen und Körben, mit denen wir bepackt sind.

«Guck mal, Papa», ertönt eine singende Stimme mit östlichem Akzent. «Weihnachten ist erst in einem halben Jahr, und die sehen aus wie Christbäume!»

Die Straßenbahn bricht in ein gesundes plebejisches

Lachen aus, ich möchte am liebsten hinter dem Rücken des Schaffners verschwinden, aber Lucjan nimmt diese Beleidigung hin wie jemand, der Marc Aurel und Seneca gelesen hat, wie jemand, für den der Mangel an Geld fürs Taxi kein Thema ist, über das es sich zu diskutieren lohnte, schon gar nicht im Sommer, in der Straßenbahn der Linie zwei. Indessen jagt der Waggon die Ulica Grunwaldzka hinunter und saugt die Ingredienzen des Hochsommers auf: den strengen Geruch des Asphalts, den Staub der gepflasterten Vorortstraßen, den Duft der Wassermelonen an den Obstständen, den Blütenstaub von Gräsern und die Brise, ohne die die Stadt verbrennen und die Menschen – wie Lots Frau – unter dem sich vom Himmel ergießenden Feuer erstarren würden.

Endlich ratterte die Straßenbahn durchs Goldene Tor und fuhr in die schattige Schlucht der Langgasse. Lucjan sprang als Erster hinaus, reichte mir die Hand, und wir gingen über die Brücke auf die andere Seite des Flusses, wo zwischen Unkraut und Kletten, überwuchert von gigantischen Brennnesseln, Gänsefuß und Thymian, die Ruinen der Speicher lagen.

«Vornehm geht die Welt zugrunde», brummte Lucjan vor sich hin. «Da siehst du, was von der stolzen Hanse übrig geblieben ist, die einst ...»

Doch er brachte den Satz nicht zu Ende, da er über einen Ziegelstein stolperte. Er hob ihn auf und untersuchte ihn genau.

«Da siehst du die Spuren eines Brandes, von vor zweihundert Jahren etwa, aber der Ziegel selbst ist aus dem Mittelalter, weißt du, woran ich das erkenne? Hier sieht man noch Reste der Markierung, jeder hundertste Ziegel bekam ein Zeichen, damit man beim Bauen leichter zählen konnte.»

Wir kamen schließlich bei den morschen Pfählen an, die früher sicher einmal eine Brücke getragen hatten. Ich rüstete die Angeln aus, Lucjan stellte die Tischchen und den Schirm auf und beendete seine Ausführungen:

«Ja, mein Lieber, das ist nicht Payerne, wo man den Stein für die Kathedrale aus den Ruinen des römischen Aventicum mit Flößen über den Fluss transportierte, hier sind wir im Reich von Lehm, Stockfisch, Erdäpfeln, Wodka und Kohl.»

Ich wusste, dass er Heringe, Kartoffeln, Schnaps und Bigos nicht ausstehen konnte, doch hatten die aufstrebenden Türme von St. Marien, St. Nikolai, St. Petrus und Paulus, St. Katharinen, St. Johannis und St. Bartholomäus etwa nichts Besseres verdient? Ihre dunklen Körper aus rotem Backstein sahen wir vor uns: Die nördliche Gotik schwamm in der trägen Strömung des Flusses, wie die Zeit versunkener Glocken, zwischen meinem und Lucjans Schwimmer. Doch nicht auf die Wasseroberfläche fiel der Blick meines Cousins.

In flimmernden Sonnenflecken, den Staub auf dem vertrockneten Gras aufwirbelnd, nahmen die Jungen einige Meter Anlauf, stießen sich von der Ufermauer ab und sprangen in die Tiefe des dunkelgrünen Wassers. Gleich darauf tauchten ihre braun gebrannten Körper auf, um mit ein paar kräftigen Stößen zur Dalbe zu schwimmen. Und hier gab es eine echte Vorstellung – nur einigen, den Geschicktesten, gelang es, den glitschigen ovalen, von Algen bewachsenen Pfahl zu erklimmen. Sie versuchten nach oben zu klettern, wo sie auf einem Querbalken Fuß fassen konnten: schlank, mit funkelnden Wassertröpfchen auf der Haut, verharrten sie einen Augenblick in der Siegerpose, um sich dann zu bücken und mit einem Satz hinabzuschießen, wie eine jähe Klinge aus Licht, diesmal von weiter oben. Lucjan verfolgte reglos und schweigend das Spiel mit größtem Entzücken, denn auf dem Seesteg in Sopot oder Orłowo war dieses Schauspiel nicht mehr das gleiche. Dort fischten die Jungen unter dem Beifall der Feriengäste Muscheln und Münzen heraus, für ein paar armselige Groschen, ein anerkennendes Brummen oder auch Klatschen; hier waren sie unter sich, ganz natürlich, nicht an fremde Blicke gewöhnt.

Wer weiß, ob für Lucjan nicht gerade diese Umstände das Wesentliche waren. Es waren nicht die sonnengebräunten Nacken, die schlanken Schenkel oder auch der feuchte Stoff, der die Anzeichen ihrer künftigen Männlichkeit umspannte, was ihn in Ekstase versetzte, sondern seine eigene Überzeugung, dass sie das für ihn taten, nur für ihn, ausschließlich, und dabei völlig unbewusst. Ein verheerendes Durcheinander musste dieses geheime Verlangen in seiner Seele anrichten, doch nach außen war mein Cousin Lucjan ein Musterbeispiel an Selbstbeherrschung: lediglich ein paar Tropfen Schweiß, die hervortretende Ader an der Schläfe und die etwas raschere Bewegung seines Adamsapfels, wenn er schluckte, verrieten die starke Erregung seiner Sinne. Von Baron de Charlus war er weit entfernt, dem Kaplan der stürmischen Fermentation von Eros und Sodom, der, hätte ihn die unerforschliche Vorsehung an die Ufer der Mottlau verschlagen, sicherlich systematisch den slawischen Typ der Rasse und Schönheit untersucht hätte, indem er sich den Jungen mit kleinen, nervösen Schritten genähert, hier und da ein Auge riskiert, Bonbons angeboten und nach dem Wetter gefragt hätte.

In solchen Momenten meinten es auch die Fische nicht gut mit Lucjan. Nach einer großen Brasse zog ich schon den dritten Barsch heraus, während sein Schwimmer sich kein einziges Mal bewegte. Träge und nachlässig drehte Lucjan hin und wieder an der Haspel, schaute nach dem Köder, warf ihn an derselben Stelle wieder aus, obwohl ihm ohnehin nur an einem lag: dass dieser Augenblick des zu Ende gehenden Sommers ewig dauern möge. Dass er nicht ins Leere entschwände, aus dem das Gedächtnis nur unvollkommene, blasse Imitationen herausschält. Doch die Sonne stand schon tiefer als zwei Stunden zuvor, die orangerote Kugel drückte ihren wütenden, blutigen Glanz ins Wasser und in die Luft, und Lucjan spürte, wie sich in dem Zittern und Wogen der ewig gleiche, erbarmungslose Dämon der Zeit offenbarte. Ich spürte, dass in dieser Begegnung etwas Heiliges lag, mehr vielleicht noch als in der Kirche, deshalb überließ ich die anderen sich selbst, von Angesicht zu Angesicht. Leise entfernte ich mich vom Ufer und ging den Weg zwischen den Speicherruinen entlang.

Nie zuvor war ich im Inneren der Insel gewesen. Dies war ein Geheimnis, das ich aus dem Straßenbahnfenster oder vom Deck eines Ausflugdampfers aus betrachtet hatte. Jetzt, da ich vorsichtig über schwarze Höhlen von Kellern, über abgebrochene Treppen oder an Winden hängende Reste von Dachfirsten sprang, konnte ich hier nichts Besonderes entdecken. Es war ganz nett, über den Fenstersims ins Erdgeschoss einer einsamen, schief stehenden Wand zu klettern, wo im Fenster eine Birke wuchs, die sich gegen den Himmel abhob, im kniehohen Gras auf die Spur von Bahngleisen zu stoßen oder in einem Trümmerhaufen von Ziegeln unverhofft eine verrostete Karabinerkugel zu finden, die zwischen den Fingern zerfiel; aber diese kleinen Freuden waren nichts Außergewöhnliches in unserer Stadt. Das Einzige, was hier wirklich anders war, waren die Eidechsen: Sie wärmten sich auf Mauerresten, zwischen duftenden, unbekannten Kräutern, reglos wie Exponate im Terrarium. Sobald sie jedoch Schritte hörten, rissen sie sofort aus und versteckten sich in den Trümmern, wo die Sonne nicht mehr die sonderbaren Arabesken in Braun, Rot, Ocker und Hellgelb zeichnen konnte, mit denen ihre Schwänze während der flinken Flucht glänzten. Schon hatte ich einen von ihnen in der Hand, schon spürte ich zwischen den Fingern die kalte, glitschige Berührung – die Lucjan sicher fasziniert hätte –, als die Eidechse plötzlich mit den Beinen raschelte, sich dem Griff entwand und ich allein blieb, mit ihrem farbigen und barbarisch überflüssigen Schwanz in der Hand.

«Mach dir keine Sorgen», hörte ich eine dünne Mädchenstimme über mir. «Das wächst wieder nach, genau wie bei den Regenwürmern!»

Ich sah mich um, aber ringsum war niemand.

«Aber wirf ihn nicht weg», wurde ich belehrt, «wenn er trocken ist, muss man ein Pulver daraus machen!»

«Pulver?» Ich sah sie immer noch nicht. «Aus einem Eidechsenschwanz? Wozu denn das?»

«Gegen Erkältung, Zahnschmerzen, Liebeskummer und Schielen, und wenn man ein bisschen Kräuter und Spiritus dazugibt, dann kann man sogar einen Toten aufwecken. Na, warum sagst du nichts?»

«Wie soll ich denn was sagen, wenn ich nicht weiß, zu wem?!»

In einer grünen Wand aus Efeu, wildem Wein und Winden regte sich etwas. Erst jetzt sah ich, dass die Pflanzen ein Skelett von Balken verdeckten, Reste eines Fachwerkhauses.

«Na, geh schon weg, sonst spring ich dir auf den Kopf», sagte sie.

Zuerst sah ich die schwarzen Lackschuhe mit dem Riemchen und der Schnalle, danach krochen die Kniestrümpfe hervor, dann rauschte das Röckchen, schließlich kamen die weiße Bluse und die zwei mit Gummis zusammengehaltenen Zöpfchen. Sie war zierlich, hatte helle Haut mit Sommersprossen, und in ihrem Blick spürte ich die Unsicherheit, was ich wohl zu ihren roten Haaren sagen würde. Sie hüpfte ein paar Mal auf einem Bein und sagte summend:

«*Gute Luisa, Gute Luisa**, ich bin die Gute Luisa, und wer bist du?»

Ich nannte meinen Namen.

Sie hüpfte nun auf dem anderen Bein und fragte:

«Bist du allein hier oder mit Mama oder Papa oder vielleicht mit deinem Bruder? Ja, der mit dem Hut, mit der Angel, das ist bestimmt dein älterer Bruder!»

«Das ist mein Cousin Lucjan», erklärte ich, «er kommt aus Warschau.»

«Und deine Eltern?», unterbrach sie mich. «Hast du Mama und Papa zu Hause?»

«Ja, aber sie sind zu Eufrozynas Beerdigung gefahren, nach Krakau.»

«Ist das weit?», fragte sie.

«Weißt du das nicht? Hast du das nicht in der Schule gelernt?» Ich konnte mein Erstaunen nicht verbergen.

«Die Gute Luisa geht nicht in die Schule», sagte sie fast etwas kokett.

«Was machst du denn dann?», fragte ich noch verblüffter.

«Ich pass auf Papas Töpfe auf, gucke nach dem Feuer», sagte sie tänzelnd. «Was denkst du denn? Wir sind wie die zwei Stecknadeln im Heuhaufen, so sagt Papa, wenn er von der Arbeit zurückkommt.»

«Also ich geh jetzt», sagte ich. «Wiedersehen, Luisa.»

«Ich heiße nicht Luisa, sondern Gute Luisa.» Sie schnappte nach meiner Hand. «Und du gehst nicht weg, weil ich furchtbar Angst habe, und dein Bruder Lucjan hat's gar nicht eilig, und ...»

«Nicht Bruder, mein Cousin», unterbrach ich sie. «Und wovor hast du Angst?»

«Vor Zdanowski», flüsterte sie. «Das ist ein schrecklicher Bandit, er stiehlt, schlägt einfach zu, ich muss ihn

* Im Original deutsch (A. d. Ü.)

dir zeigen, für alle Fälle. Weißt du», sagte sie, während sie mich auf dem Weg zwischen den mit Ginster bewachsenen Schutthügeln weiterzog, «dieser Zdanowski war Papas Kumpel, aber später, als es dann schon passiert war, da sagte Papa: Zdanowski, du setzt deinen Fuß nie wieder hierher. Na, und so war's dann, weißt du.» Mir wurde immer seltsamer zumute. «Du könntest doch mein Bruder sein und ich deine Schwester, und wir könnten zusammen sein bis ans Ende der Welt?»

Sie war ausgelassen, hüpfte mal auf dem einen, mal auf dem anderen Bein, und die roten Zöpfchen schlenkerten ihr um den Kopf wie zwei Fähnchen auf einem schaukelnden Boot. Wir gingen nicht lange. Nur ein paar Schritte weiter, zwischen einer heilen und einer zerstörten Speichermauer, hinter dem Gebüsch von Jasmin, verwilderten Pflaumen und Holunder verborgen, stand ihr Zuhause – wenn auch «stand» nicht so ganz wiedergibt, was ich damals sah. An den Ruinen waren, wie in einem Gerüst oder einem aufgehängten Rahmen, Balken festgemacht, hier und da etwas vermauert. Die zwei Fenster und die Tür stammten wohl aus zerfallenen Häusern, das Dach dagegen, aus steil gefügten Brettern, mit Pappe und Blech gedeckt, trug den Stempel der ewigen und unermüdlichen Kunst der Improvisation.

«Wenn du Pipi musst, dann besser im Gebüsch», sagte sie an der Schwelle und wandte das strahlende Gesichtchen ab, «im Klo steht ständig Wasser, und es stinkt fürchterlich.»

Ich wollte nicht aufs Klo. Das Haus sah innen wesentlich besser aus als außen. Es hatte zwei Zimmer, einen Ofen, einen Kohlenherd mit Ringen, einen ordentlichen Tisch, ein Sofa, eine Kredenz, zwei altmodische Betten mit Eisengittern und sogar einen Ledersessel, der sicher – wie alles andere auch – aus den Ruinen stammte.

«Furchtbar heiß heute», meinte sie, «du musst was trinken!»

Die Sommermilch war grässlich, hatte eine Haut und roch nach Fett.

«Das ist mein Papa» – sie reichte mir ein Foto –, «als er noch Fährmann war. Schön, nicht wahr?»

Mir blieb die Sprache weg. Das Foto war von der gleichen Stelle aus gemacht, wo ich mit Lucjan gesessen hatte. Auf der anderen Seite des Flusses waren aber keine Straßen, Häuser, Kirchen, Tore und Dächer. Auf der anderen Seite des Flusses waren nicht einmal Ruinen. Dem Erdboden gleich, in einem Netz provisorischer Straßen, wartete die Altstadt wie ein geräumter Platz auf die Bautrupps. Nur der Korpus von St. Marien stand groß, wahrhaftig und mächtig in dieser Wüste wie ein Nilpferd aus Backstein.

«Na, gefällt er dir nicht?»

Erst jetzt betrachtete ich den Fährmann. Er stand mit erhobenem Ruder am Heck. In einer Seemannsmütze mit Schild, in einer Weste und weißem Hemd mit aufgekrempelten Ärmeln blinzelte er fröhlich, wie jemand, der das Leben liebt.

«Der Scherenschleifer! Ich kenne ihn von unserem Hof», sagte ich schnell, «heute war er bei uns, aber Lucjan ...»

«Der andere ist Zdanowski» – sie hörte mir gar nicht zu –, «bevor er gesessen hat wegen der Messerstecherei.»

«Was für einer Messerstecherei?»

«Mit meinem Papa.» Ihr Finger wies wieder auf den Fährmann. «Der ist doch viel schöner als dieser Zdanowski, stimmt's?»

Ich gab ihr Recht. Sie erklärte mir, dass ihr Vater immer weniger Geld verdiente, seit die Fähre ging, bis er schließlich seinen Kahn aufgab und sich ans Scherenschleifen machte.

«Und dieser Zdanowski», fügte sie nach einer Pause hinzu, «soll bald rauskommen.»

«Und wo arbeitet deine Mama?», fragte ich.

Sie nahm das Springseil, schwang es ein paar Mal schnell in der Luft und lachte laut.

«Mama ist eine Nutte», antwortete sie, «weil sie mit diesem Zdanowski gegangen ist.»

«Ins Gefängnis?», rief ich erschrocken.

«Sie ist mit ihm zum Tango gegangen und wird nie wiederkommen, denn Papa hat gesagt, wenn sie auftaucht, schlägt er sie tot. Aber sag du mir lieber, ob du mein Bruder werden willst? Gute Luisa, Gute Luisa», sie klatschte in die Hände und tanzte um mich herum, «Gute Luisa wird einen älteren Bruder haben, wird den älteren Bruder lieben!» Plötzlich wurde sie ernst und fragte: «Wie alt bist du?»

«Dreizehn.» Ich schummelte um ein Jahr. «Und du?»

«Zwölf.» Sie tat wohl das Gleiche. «Na toll, aber du musst mich lieben, schwöre, dass du mich lieben wirst, so sehr wie niemanden auf der Welt, ja?»

Bevor ich antworten konnte, steckte sie sich einen Pfefferminzdrops in den Mund, zerbiss ihn rasch und näherte ihr Gesicht dem meinen, sodass ich ihren warmen Atem spürte. Unser Kuss, plötzlich und unverhofft, in einer Stille, die nur vom Summen goldener Mücken erfüllt war, hatte keinen rein brüderlichen Charakter. Ihre Lippen spitzten sich zu, und mit der Zungenspitze gab mir Gute Luisa die Hälfte des Bonbons. Eine Weile lutschte ich und sagte nichts. Erst als sie sicher war, dass ich den Drops nicht ausspuckte, hüpfte sie ein paar Mal auf dem einen und auf dem anderen Bein und sang leise:

«Ich liebe bis zum Tod, wen ich küsse, und der, der liebt, wird nicht ausspucken müssen!»

«Machst du öfter solche Reime?», fragte ich.

«Ach nein, aber sie gefallen dir, oder?»

Ich sagte, nicht besonders. Aber das war ihr egal. Auf dem schmalen Weg folgte sie mir hüpfend bis ans Ufer, wo mein Cousin Lucjan über der reglosen Angel saß, in Gedanken versunken, in das rote Licht des Sonnenuntergangs getaucht.

«Bitte, bitte», zwitscherte sie fröhlich dicht an Lucjans Ohr, «ich bin eine Schulfreundin, wir haben uns hier getroffen, und er hat mich eingeladen, denn mein Papa ist noch nicht zu Hause, Papa kommt sehr spät von der Arbeit, er hat mich eingeladen und gesagt, wenn Sie einverstanden sind, darf ich zu euch kommen, für ein Weilchen, bis Papa zurückkommt.»

Auf dem Fluss herrschte absolute Stille. Die Knaben waren in den sanften Abendschatten gegangen und hatten in ihren Körpern das Fieber dieses Tages mitgenommen, für immer. Lucjan schaute uns an. Sein Blick, müde vom Verlangen und gequält von dem blendenden Licht, irrte durch die gerade erst vergangene Zeit, deren flüchtiges Phantom, immer vager, aber trotzdem irgendwie gegenwärtig, wie ein Schleier über dem Wasser schwebte. Er schwieg, strich dem Mädchen nur sanft übers Gesicht, stand auf, holte die Angelschnur ein, und erst jetzt, als wäre er gerade in die Wirklichkeit zurückgekehrt, sagte er mit gedämpfter Stimme:

«Aber ja, natürlich, mein Kind.» Worauf er sich mir zuwandte und flüsterte: «Unterwegs besuchen wir Ida.»

Das war ein vertrauliches, fast geheimes Bekenntnis, das uns zu Mitwissern eines schweren Verbrechens machte, denn Tante Ida, deren Name nicht einmal bei den Mahlzeiten erwähnt wurde, war in unserer Familie das, was Martin Luther für das Papsttum war: eine ständige Fackel der Zwietracht, eine häretische Existenz, tausendfach verflucht und nach allen Regeln der Kunst verdammt, obwohl ich – ehrlich gesagt – nicht so recht wusste, wofür. Vielleicht war es ihr früherer Lebenswandel, die Freiheit, mit der sie ihre – außerordentlich exzentrischen – Geliebten wählte und wieder verließ, vielleicht auch ihre unverblümten Ansichten über Liebesgeschichten und Sex, die ihr keine Anhänger einbrachten. Ich wusste, dass Lucjan und sie sich mochten, und ich wusste auch, dass unser Besuch bei ihr ein Tabu verletzte und den Anweisungen zuwiderlief, die meine Eltern Lucjan gegeben hatten, als er sie zum Bahnhof brachte. Doch war nicht der glühend heiße Hochsommertag am Ende der Ferien, voll vager Versprechungen und Überraschungen, voll Glanz und Verlangen, war nicht der Tag, der jetzt mit einem Grillenkonzert, mit dem Geruch des Holzes im Hafen, der warmen Ziegel und des Flusses in der Dämmerung verschwand – war all dies für uns nicht Grund genug: Alibi und Ausrede?

«Na gut, aber Luisa?» Ich hoffte, Lucjan würde den Unwillen in meinem Ton spüren. «Tante Ida kennt sie nicht und ist vielleicht sauer?»

Lucjan brach in lautes Lachen aus.

«Ida? Sauer? Sie liebt Gäste, auch unbekannte, nicht wahr, mein Kind?» Er nahm sie an der Hand. «Du sagst, dein Vater arbeitet heute lange? Gut, wir bringen dich nachher nach Hause, alles wird in bester Ordnung sein.»

Sie hatte ihn sofort bezaubert. Sie plapperte nicht mehr ohne Sinn und Verstand und hüpfte nicht mehr von einem Bein aufs andere. Ihr Vater war Brigadeleiter und arbeitete auf der Werft, und Mama war zur kranken Oma gefahren, weit weg nach Krakau.

«Nach Krakau?», wunderte sich Lucjan.

«Ja, nach Krakau.» Sie nahm sofort den Faden auf. «Und wissen Sie, dass man auf dem Wawel diesen Sommer einen Stein mit der Inschrift *Gloria Victis* entdeckt hat? Das ist lateinisch, stimmt's? Aber ich weiß nicht, was das heißt, denn wir haben in der Schule, wissen Sie, wir haben gar kein Latein.»

«Ihr habt gar kein Latein in der Schule», wiederholte Lucjan begeistert, «*so* eine Schule. Nun ja, mein armes Kind, ich erklär es dir gleich.»

Und noch bevor wir auf den Langen Markt kamen, erreichte sein Vortrag über das Schloss der polnischen Könige, über die nationalen Aufstände, über Sibirien, die Gräber der Dichter und romantischen Hirngespinste seinen Höhepunkt.

«Wir haben alles verspielt, was zu verspielen war», schloss er am Neptunbrunnen seine Rede, «und sogar in der Kirche haben sie uns das Latein genommen.»

Der letzte Satz Lucjans, den er mit Schmerz äußerte, hatte einen dramatischen Aspekt. Mein Cousin akzeptierte die Veränderungen des Konzils nicht, aber selbst hier, auf dem Territorium der päpstlichen Jurisdiktion, feierte der verhasste Geist der Geschichte unheilvolle Triumphe: umsonst hatte Lucjan an den Kardinal ellenlange Memoranden geschickt, in denen er nachwies, dass die Liturgie ohne Latein sich gegen die Gläubigen wende, umsonst hatte er dem Bischof gedroht, er würde zum jüdischen Glauben übertreten. Man hielt Lucjan – zumindest auf diesem Gebiet – für einen Verrückten, und welcher Reformator, selbst aus dem Vatikan, würde auf einen Verrückten Rücksicht nehmen?

«Ich kann aber ein Gebet auf Lateinisch», sagte die Gute Luisa freudig, «das hat Mama mir beigebracht!»

Dieses Bekenntnis, das sie Lucjan mit einem diskreten Knicks und dem entsprechenden Augenaufschlag präsentierte, stimmte ihn so weich, dass er ihr, als wir zehn Minuten vor Ladenschluss das Delikatessengeschäft betraten, keinen Wunsch abschlagen konnte. Die Gute Luisa stand mit gerecktem Kopf an der steinernen Theke, suchte mit dem Zeigefinger die Leckereien aus und sagte mit süßer Stimme: «Bitte diese Schokolade», «Ist das richtiges Halwa?», «Die Rosinen hab ich noch nie probiert», «Oh, was für schöne Kabanossi!», während Lucjan von einer Theke zur anderen flitzte, kaufte, bezahlte, einpackte und völlig gleichgültig blieb angesichts der hasserfüllten Blicke der Verkäuferinnen, deren ewig onduliertes Haar, rote Fingernägel und Ringe das Stigma ihres Berufs waren in diesem Staate der Gleichheit, des Fortschritts und der aufgeklärten Diktatur. Im letzten Moment kaufte Lucjan das, was man für den Besuch bei Ida brauchte: eine Büchse Sardinen, eine Flasche bulgarischen Wein, ein Päckchen Pumpernickel – woraufhin er endlich den Geldbeutel wegsteckte, seinen Strohhut zurechtrückte, mit dem Futteral der Angel an der Palme am Eingang hängen blieb, die mit Getöse zu Boden stürzte, und auf den Schrei des Geschäftsleiters – «Sie werden hier nichts mehr kaufen!» – nur geringschätzig abwinkte und uns zu Tante Ida führte, deren Wohnung genau über dem Geschäft lag und in das violette Neonlicht getaucht war, das leicht französisch daherkam: «De..kates...».

Ida war zu schön, als dass ich selbst jetzt, dreiunddreißig Jahre nach jenem Abend, ihre Anmut wahrheitsgemäß wiedergeben könnte. Mit blitzenden Klipsen, in einem Seidenkleid und einem goldenen Band im Haar kam sie durch den schmalen, langen Flur und führte uns zwischen abblätternden Wänden, Gasherden und Zählern hindurch in ihr Zimmer. Ihre schmalen, zarten Fesseln, deren Linie sich in der übermütigen Form der Pumps fortsetzte, ihre Taille, die Hüften, die Schlüsselbeine, zwar verdeckt, doch durch den luftigen roten Stoff unterstrichen, ihr Gesicht, in dem die byzantinischen Augenbrauen mit der klassischen griechischen Nase konkurrierten – all das war vollendet, trotz ihres Alters, das dem Jungen damals astronomisch vorkommen musste: Genau wie mein Cousin Lucjan war Tante Ida in jenem Sommer einundvierzig Jahre alt.

«Du bist's, Lucek!», lachte sie und bat uns herein. «Du hast dich überhaupt nicht verändert! Weißt du noch, damals in Kleck, der Zug hatte Verspätung, wir warteten zwei Stunden an der Station mit den Pferden, bis der junge Herr endlich ausstieg, und bitte – den gleichen Hut hast du damals aufgehabt, einen Strohhut!»

«Nicht den gleichen, sondern denselben», sagte Lucjan immer besser gelaunt, «glaubst du's nicht? Da schau» – er schwang den Hut wie ein Jongleur –, «hier ist das Band von Anita, das war doch meine Verlobte!»

«Das hätte deine Verlobte *sein sollen.*» Ida berührte zärtlich Lucjans rabenschwarzes Haar, auf dem hier und da etwas Graues schimmerte. «Zu ihrem großen Glück brach gleich nach den Ferien der Krieg aus, und wenigstens diese Tragödie blieb Anita erspart.»

Über Lucjans Gesicht huschte ein unmerkliches Zucken, doch er konnte Ida nicht böse sein.

«Und du, warum hast du nicht geheiratet?», fragte er und schenkte Wein ein. «Hast wohl nicht genug Mut gehabt?»

Die Tante lachte lang mit hoher Stimme, fast im Sopran. «Mut?», sagte sie schließlich, als sie wieder Luft bekam. «Ich habe genügend Mut, um kein Arbeitspferd aus mir machen zu lassen, denn in ein solches verwandelt ihr ja nach einigen Ehejahren jede Frau. Ist das vielleicht ein Zuckerlecken? Solange ich Liebhaber habe, bestimme ich die Spielregeln. Und wenn ich verheiratet wäre? In diesem Land wird die Frau von der allerheiligsten Dreifaltigkeit regiert: Mann, Staat und Kirche! Ist das nicht zu viel des Guten? Und außerdem» – sie fuchtelte unwillig mit der Hand –, «du weißt doch, dass ich keine Kinder mag.»

Es wurde still. Die beiden schauten in unsere Richtung, als fürchteten sie, der letzte Satz Tante Idas könnte Fürchterliches anrichten. Doch nichts dergleichen geschah. Ich war so angetan von Idas Charme, dass ich ihr stundenlang begeistert hätte zuhören können, auch wenn sie noch viel schlimmere Dinge gesagt hätte. Und die Gute Luisa? Die Gute Luisa war ebenfalls begeistert. Nach den kleinen Häppchen, von denen sie etwa zwei Dutzend verdrückte, nach einer kalten Frikadelle, Fisch auf Griechisch, einer Portion Gemüsesalat, nach einem Ei in Mayonnaise, marinierten Pilzen und Hering mit Zwiebel goß sie sich Wein ein, trank ein Schlückchen, worauf sie sich mit demselben völlig gleichgültigen Gesichtsausdruck an die Kabanossi machte, bis schließlich, als das letzte Stückchen in ihrem Mund verschwunden war, ihr Blick, nicht mehr gierig-naschhaft, aber vollkommen rücksichtslos, auf den kleinen sandfarbenen Hügel des Halwa fiel. Stück für Stück mahlte sie jetzt die süße Masse im Mund, mit restloser Hingabe.

«Na, aber an Gott glaubst du doch?» Lucjan kam auf das Gespräch zurück. «Und das hat mit dem Heiraten wohl nichts zu tun!?»

«An welchen?» Ida hätte beinahe ihren heißen Tee herausgesprustet. «Es gibt so viele davon, dass man sich kaum auskennt!»

«Ida» – Lucjan erhob sich sogar von seinem Stuhl –, «wenn ich von ‹Gott› spreche, dann ist doch klar, dass es mir nicht um Zeus, Baal oder Świętowid geht, sondern um den Einzigen, den Herrn der Heerscharen, der von sich sagt: Ich bin Alpha und Omega, der Erste und der Letzte, Anfang und Ende.»

«Ja, ja», unterbrach ihn Tante Ida, «wenn du diesen Satrapen, diesen Chauvinisten, den größten Feind der Frauen meinst, dann kann ich dir gleich sagen, dass ich mit dem nichts am Hut habe!»

«Aber Idalein», diesmal war Lucjan ganz im Ernst beunruhigt, «die Bibel ist schließlich eine Offenbarung.»

Tante Ida winkte ab, nicht mehr unwillig, sondern in höchstem Maße verärgert, und fiel Lucjan heftig ins Wort:

«Eine Offenbarung, in der die Frau schlechter behandelt wird als ein Zugtier, ist es das, was du meinst? Als die Engel im Hause Lots waren und die Menge forderte, er solle sie herausbringen, was tat da der rechtschaffene Mann? ‹Ich habe zwei Töchter, die wissen noch von keinem Manne; die will ich herausgeben unter euch, und tut mit ihnen, was euch gefällt› – so sprach er zu den Männern, die die Tür aufbrechen wollten … –, was sagst du dazu?»

«Aber Idalein», versuchte Lucjan zu opponieren, «es ging ihnen nur um die Engel, sie sagten doch ausdrücklich: ‹Führe sie heraus zu uns, dass wir uns über sie hermachen.› Lot war sich im Klaren über diese …» – Lucjan suchte nach dem richtigen Wort – «speziellen Neigungen. Er wusste, dass sie keine Frauen wollten, selbst wenn sie Jungfrauen gewesen wären.»

«Eben», sagte Tante Ida. «Ein Engel muss natürlich ein Mann sein! Ist das nicht schon wieder ein Symptom eures Chauvinismus? Abraham war übrigens nicht besser als Lot: Er gab seine Frau dem Pharao, einfach so, aus Höflichkeit, und er sagte, sie sei seine Schwester! Da gibt's gar nichts: Wir Frauen sind in deinem Buch der Offenbarung nur Werkzeuge!»

Lucjan war in der Defensive. Alles, was er tun konnte, war, sich auf bereits bekannte Positionen zurückzuziehen. Und das tat er auch. Mit fast demütiger Stimme flüsterte er:

«Aber wir sind doch alle Werkzeuge.»

«Aber ich will kein Werkzeug sein, von niemandem, auch nicht vom lieben Gott.» Ida lachte ein lautes, spöttisches und unbarmherziges Lachen, das Lucjans Gelehrsamkeit zu Staub zerfallen ließ. «Na», sie klatschte in die Hände, «wir haben gegessen und getrunken, es wird Zeit, das Grammophon anzustellen!»

Die Metamorphose war erstaunlich: Als wären sie nicht dieselben Menschen, glitten Ida und Lucjan nun einträchtig durch das Zimmer, so harmonisch verbunden im Tanz, dass sie eine Einheit zu sein schienen. Die zerkratzte Platte blieb ständig hängen, doch das störte sie überhaupt nicht; mit der Geschicklichkeit von Affen näherten sie sich dem Radio, beugten sich hinunter, ohne den Tanz zu unterbrechen, und einer von ihnen gab dem Tonarm einen Schubs; dann sprang die Nadel in die nächste Rille, und der Tango führte sie immer weiter, tief in die Zeit hinein, wo ihre Jugend begonnen hatte. Lucjan wollte damals Orientalistik studieren, Ida Bildhauerei. Das Schicksal erfüllte ihre Wünsche: Lucjan lernte Kirgisisch, Turkmenisch, Persisch und Altaisch, als er im Arbeitslager Holz sägte, Ida schlug im Steinbruch hinter dem Ural die schönsten Brocken heraus, und dann, als sie sich im neuen Polen zum Studium einschreiben wollten, er mit der Kenntnis von vier orientalischen Sprachen, sie mit der Fähigkeit, auf alle möglichen Arten Stein zu bearbeiten – da wurden sie nirgends angenommen, denn ihre Zeit war vorbei, der Wind der Geschichte war über sie hinweggefegt, sie waren nur noch Relikte einer nicht mehr existierenden Kaste. Er wurde Buchhalter im Warschauer Kohlendepot und sie Platzanweiserin in einem Provinzkino. Doch sie brachten es nicht fertig, unglücklich zu sein, sie stellten nie ihre Vergangenheit zur Schau. Er hatte seine theologischen Spekulationen, seine Wörterbücher und Antiquariate und konnte einundzwanzig Sprachen aus dem Ärmel schütteln, sie betete das Leben an, das Kino und ihre Geliebten, die sie circa einmal im Jahr wechselte.

Die Gute Luisa war eben mit der Schokolade fertig, und während sie die beiden mit abwesendem, vielleicht auch nur gleichgültigem Blick betrachtete, nahm sie sich von den Rosinen, steckte sie in den Mund und kaute sie mit regelmäßigen Bewegungen ihres kleinen Kiefers. Erst bei der nächsten Platte, als der Tango von Foxtrott und Slowfox abgelöst wurde, spürte ich ihren Fuß: der kleine schwarze Lackschuh mit dem Riemchen und der Schnalle klopfte den Rhythmus auf meiner Sandale, die zum Tanzen überhaupt nicht geeignet war.

«Sind die immer so?» Sie deutete mit einer Kopfbewegung auf Tante Ida und meinen Cousin. «Das sind vielleicht Nummern. Ich lade sie zu mir ein, Papa wird einverstanden sein.»

Doch als für eine Weile die Musik verstummte und Lucjan und Ida wie ein Liebespaar auf dem Sofa neben dem Radio saßen, lief die Gute Luisa mit beschwingten, tänzelnden Schritten auf sie zu und fragte:

«Kann man hier baden? Bei uns gibt's nämlich kein Bad.»

Lucjan blickte von dem Album auf, in dessen sepiabraunen Bildern die Vergangenheit gebannt war, und schaute Ida fragend an.

«Aber ja, mein Kind», antwortete die Tante. «Man muss den Ofen heizen, vielleicht kannst du» – sie sah mich an – «deiner Freundin helfen?»

Ida konnte man sich nicht widersetzen. Wir gingen ins Bad. Während die Gute Luisa aus dem Handtuch einen phantasievollen Turban zauberte und sich dabei im Spiegel betrachtete, machte ich unter den Holzspänen Feuer, legte dann Kohle nach, bis schließlich in dem schmalen verzinnten Kessel warmes Wasser zu rauschen begann. Sie warf alles in die Wanne, was sie an Fichtennadeltabletten fand, und als die Schaumwolken schon den Rand erreichten, zog die Gute Luisa, ohne sich zu genieren, die schwarzen Lackschuhe, die weißen Kniestrümpfe, das schwarze Röckchen und die weiße Bluse aus und hüpfte ins Wasser.

«Hast du keine Unterhose an?», fragte ich.

«Über Schweinereien unterhalt ich mich nicht», sagte sie, «auch nicht mit meinem großen Bruder.»

«Ach so», nickte ich. «Gut, dann gehe ich rüber, und du beeil dich, vielleicht braucht ja jemand das Bad zu anderen Zwecken als du.»

«Du liebst mich überhaupt nicht!» Sie bespritzte mich mit Schaum. «Mein Papa hat immer gesagt, große Brüder sind schrecklich!»

«Ich bin überhaupt nicht dein Bruder, dieses ganze Spiel ist blöd!» Ich schrie beinahe. «*Du* bist schrecklich!»

«Ich dachte, du würdest mir mit der Bürste den Rücken schrubben, und ich würde dir das größte Geheimnis erzählen, aber wenn nicht, dann eben nicht, du brauchst dir gar keine Mühe zu geben!», sagte sie und drehte das Gesicht zur Wand.

«Keine Mühe für dumme Kühe», sagte ich, warf die Wurzelbürste ins Wasser und ging.

Im Zimmer war inzwischen ein neuer Gast. Lucjan unterhielt ihn, und obwohl sie sich kaum zehn Minuten kannten, war deutlich zu sehen, dass mein Cousin ihn faszinierte. «Die unglücklichste der römischen Matronen, da Sie dieses Thema angesprochen haben, war Antonia, die Tochter des Claudius und der Elia Petina, seiner zweiten Frau. Könnt ihr euch vorstellen, meine Herrschaften, dass ihr eigener Vater, als er schon Kaiser war natürlich, den Mann seiner Tochter, Gnaeus Pompeius, wegen einer angeblichen Verschwörung beseitigen ließ? Danach heiratete Antonia Lucius Sylanus, den wiederum Nero beseitigen ließ. Nero hatte selbst Appetit auf Antonia, und da sie ihn nicht heiraten wollte, ließ er sie ebenfalls umbringen.»

«Genau wie Anita», Tante Ida kam aus der Küche, mit einer Kristallkaraffe Kirschlikör in der Hand. «Erinnerst du dich an diesen bolschewistischen Kommissar, Lucjan, Lukaschenka?»

«Ich kann mir die einzelnen Bolschewiken nicht merken», sagte Lucjan und schenkte den Likör ein. «Sie waren, sind und bleiben alle gleich.»

«Ach, da bist du ja.» Ida bemerkte mich erst jetzt. «Darf ich dir Herrn Ryszard vorstellen?»

Ich drückte ihrem Geliebten die Hand. Er hatte ein sonnengebräuntes junges Gesicht, und die schöne Ausgehuniform eines Unteroffiziers der Kriegsmarine unterstrich seine schlanke, sportliche Figur.

«Also, dieser Lukaschenka war, kaum hatte er sich am Hof etabliert» – Tante Ida stieß mit Herrn Ryszard an –, «völlig verrückt nach ihr, er trank nächtelang und sang ihr die Ohren voll, und als sie ihn zurückwies, ließ er sie nach Kamtschatka deportieren, und sie kam nie wieder zurück.»

«Ich bin schon früher gefahren», sagte Lucjan und reichte Herrn Ryszard den Teller mit den Vorspeisen. «Aber was für ein Vergleich, liebes Idalein: ein russischer Kommissar und Claudius oder Nero.»

«Ich meinte diese Antonia, nicht die Kommissare oder Kaiser.»

«Eigentlich», Herr Ryszard rutschte unruhig auf seinem Stuhl hin und her, «betraf der Film, den ich erwähnte, die Zeit der römischen Republik und nicht die der Kaiser, stimmt's, Ida?»

«Über uns wird nie jemand einen Film drehen.» Lucjans Ton wurde plötzlich traurig. «Anita, Onkel Henryk, Onkel Damazy, Tante Helena, meine Mutter, dein Vater, Jerzyk, mein Cousin Piotr – wir wissen nicht einmal, wo ihre Gräber sind.»

«Na, dann lasst uns was trinken!» Ida klatschte in die

Hände. «Und du, Lucjan, hör auf, Trübsal zu blasen, mach lieber den Plattenspieler an!»

Luisa hatte ich völlig vergessen. Aber sie mich nicht. Während ich die wirbelnden Gestalten betrachtete und fast wie im Schlaf hörte, wie sie lachten, mit den Gläsern anstießen, sich umarmten, Witze erzählten, spürte ich plötzlich ganz nah an meinem Ohr den warmen Hauch von Luisas sanften Worten:

«Bist du noch böse? Sehr böse? Die amüsieren sich, und du? Die brauchen dich nicht. Weißt du, ich hab mir gedacht, wenn du nicht mein großer Bruder sein willst, dann könnten wir ja einfach normale Freunde werden.»

Die Gute Luisa duftete nach Tante Idas Parfum, hatte ihren Lippenstift, den Augenbrauenstift und ihr Rouge für die Wangen benutzt.

«Wie du aussiehst!», sagte ich leise. «Wisch das sofort ab!»

Sie ging wortlos ins Bad und kam gleich wieder zurück.

«Ich wollte *dir* gefallen, nicht ihnen. Und die Badewanne hab ich ganz sauber geputzt», fügte sie hinzu, «du brauchst dir gar keine Sorgen zu machen.»

Ich machte mir keine Sorgen. Zumal ich Lucjan einen Streich spielen konnte. Wir schlichen uns aus der Wohnung, wo das Fest in Fahrt kam. Ich reichte der Guten Luisa die Hand, sie hielt sie fest, und wir marschierten durch die dunklen, leeren Straßen wie ein Paar von Nachtschwärmern. Auf der Langgasse versperrte uns eine einsame Straßenbahn den Weg. Das von unten angeleuchtete Gesicht des Fahrers, hager und blass, flimmerte in dem leeren Waggon wie ein elektrisches Gespenst. Der Neptunbrunnen war ausgeschaltet, der müde Gott neigte das Haupt, und es schien, als ließe er gleich den untrennbar mit ihm verbundenen Dreizack fallen, der dann mit Getöse auf den Grund des trockenen Brunnens donnern würde. Auf der Brücke ließ die Gute Luisa meine Hand los und sagte mit ruhiger, tiefer Stimme:

«O Gott, ich muss kotzen!»

Ich hielt sie am Arm, während sie sich über das Geländer beugte und alle Köstlichkeiten Lucjans der Reihe nach dem Fluss übergab. Ich reichte Luisa mein Taschentuch.

«Hier», sagte ich, «wisch dir den Mund ab.»

Sie zitterte.

«Das ist nicht die Kälte», versuchte sie mit einem Lächeln zu erklären. «Ich hab nur daran gedacht, dass du mich jetzt vielleicht verlässt, und da drüben» – sie zeigte auf die dunklen Umrisse der Ruinen – «spukt es manchmal.»

Ich wollte lieber nicht fragen, was da spukte, aber auf der anderen Seite des Flusses begann sie von selbst zu sprechen. Da schüttete jemand Sand in die Speicher, manchmal stritt sich jemand um Geld, da knarrten schwere Seilwinden, Schiffstaue knirschten, ein leeres Fass donnerte über den Steg, ein Backstein fiel ins Wasser, eine Ratte kletterte die Wand hoch, bis zum Mond.

«Und dieser Zdanowski?», fragte ich.

«Der ist schon tot», erwiderte sie rasch, «und lebendig wird der nicht mehr.»

Sie kannte jede Biegung des Weges im Schlaf, jedes heimtückische Loch, jeden Knick in den Mauern. Hin und wieder verlor ich sie aus den Augen, ich musste ihr blind und schnell folgen, um sie nicht zu verlieren, um nicht allein hier zurückzubleiben. Aus dem Haus, in dem ein schwaches Licht brannte, war ein lauter Schrei zu hören.

«Oh», sagte sie, «Papa hat wieder einen Anfall, wart mal, da muss ich mich mal drum kümmern.»

Der Scherenschleifer lag in Kleidern und Schuhen auf dem Bett. Sein Gesicht, bleich wie der Neumond, von

Schweißtropfen bedeckt, verzerrte sich immer wieder, ein Krampf ging durch den ganzen Leib, ein entsetzliches, tierisches Geheul kam aus seiner Kehle und füllte das Zimmer aus.

Die Gute Luisa holte ein feuchtes Handtuch, machte ihrem Vater eine Kompresse, hielt seine Hand, aber all das brachte nur wenig Erleichterung, nur für den Augenblick. Ich sah entsetzt zu, wie er sich gleich wieder auf dem Bett hin und her warf, mit immer größerer Anstrengung nach Luft schnappte und mit den Schultern flatterte wie ein im Netz gefangener Vogel.

«Was ist denn mit ihm?», fragte ich leise. «Soll ich vielleicht einen Doktor holen?»

Sie schaute mich an, ohne Vorwurf, eher etwas mitleidig.

«‹Zu den drei Kronen›», begann sie aufzuzählen, «‹Die Bude›, ‹Bei den Schustern›, ‹Unterm Gerüst›, zum Schluss ‹Lońka› und wahrscheinlich noch ‹Kriegsmarine› – ist das vielleicht nichts? Immer, wenn er nach der Arbeit nicht nach drei Kneipen aufhört, sondern auch nur in eine mehr geht, erwischt es ihn. Mach dir nichts draus, das ist ein ganz normales Delirium.»

Als hätte er die Worte seiner Tochter vernommen, erhob sich der Scherenschleifer plötzlich vom Bett, schnappte sich, ohne auf uns zu achten, den ersten Stuhl, der ihm in den Weg kam, hielt ihn hoch über den Kopf und schmetterte ihn gegen die Wand.

Ich wollte weglaufen, aber die Gute Luisa hielt mich an der Hand fest. Bevor der Scherenschleifer den nächsten Stuhl greifen konnte, gelang es ihr, eine Kerze von der Kommode zu holen, sie anzuzünden, vor das Bild des heiligen Johannes zu stellen und die Hände zum Gebet zu falten.

«Das wirkt», flüsterte sie, «mach das Gleiche wie ich.»

Ich glaubte nicht die Spur daran, aber Flucht war unmöglich. Der Scherenschleifer stellte sich mit dem nächsten Stuhl in der Hand an die Tür und ließ seinen leeren Blick durch das Zimmer schweifen, und als Luisa mit zitternder Stimme die ersten Worte des *Pater noster qui es in coelis* aussprach, zerschmetterte er das Möbelstück mit noch größerer Wucht als beim ersten Mal.

«*Sanctificetur nomen tuum*», sprach ich ihr nach. «*Adveniat regnum tuum*» – ich versuchte ihre sorgfältige Aussprache nachzuahmen –, «*fiat voluntas tua.*»

Bei diesen Worten zögerte der Scherenschleifer einen Moment, als wäre sein Wahn etwas abgeschwächt. Und in der Tat, seine Kraft reichte gerade noch für die Scheibe der Kredenz, und als wir den nächsten Vers zitierten – *Sicut in coelo et in terra* –, zerdrückte er nur enttäuscht ein paar Gläser zwischen den Fingern. Als wir dann nach dem inständig bittenden *Panem nostrum quotidianum da nobis hodie* zu dem reumütigen *Et dimitte nobis debita nostra, sicut es nos dimittimus debitoribus nostris* kamen, setzte er sich resigniert aufs Bett und begann zu weinen wie ein Kind, um nach den Worten *Et ne nos inducas in temptationem* mit uns zusammen zu flüstern *Sed libera nos a malo* und dann mit einem inbrünstigen *Amen* in einen tiefen und sündlosen Schlaf zu fallen.

«Hab ich's nicht gesagt?» Die Gute Luisa löschte die Kerze und klatschte in die Hände. «Das klappt immer!»

Wieder machte sie das Handtuch nass. Sie wusch das Blut von der Hand ihres Vaters, sammelte das kaputte Glas und die Reste der zertrümmerten Stühle auf.

«Aber geh nicht weg, geh bloß nicht weg!», flüsterte sie, am Fußboden kauernd. «Ich zeig dir was, was du noch nie gesehen hast.»

«Ach?» Ich war nicht neugierig auf die nächsten Überraschungen. «Ich danke dir für alles, ich muss jetzt gehen, auf Wiedersehen!»

«Nein, nein», sie stellte sich vor den Ausgang. «So was hast du bestimmt noch nie gesehen und wirst es auch nie sehen!»

«Ist das dein Geheimnis?», fragte ich.

«Ja», flüsterte sie.

«Das größte?»

«Ja, das größte», versicherte sie.

In einem winzigen Schuppen neben dem Haus stand sein unscheinbares Fahrzeug. Sie half mir, den Motor aufzubocken, und nahm das erstbeste Messer vom Regal.

«Na, probier's», sagte sie, «das machst du doch bestimmt gern.»

Behutsam hielt ich die Klinge an den kreisenden Stein. Ein Funkenschweif schoss in die Höhe und erlosch.

«Du musst es so halten» – sie berührte die Klinge mit der Hand –, «dann schlagen die Funken ununterbrochen.»

Endlich, nach einigen misslungenen Versuchen, lag das Messer dicht am Stein, und ein langer weißgoldener Funkenschweif stob in die Luft. Die Gute Luisa stand direkt daneben, und plötzlich, als ich den Blick auf sie richtete, sah ich, wie die Funken in ihre Hand liefen, kurz darin verweilten wie in einer Dose, um danach einen Bogen über ihrem Kopf zu bilden und dann in die andere, offene Hand zu springen.

«Und jetzt», sagte sie laut, um den Lärm zu übertönen, «dreh noch schneller!»

Ich trat in die Pedale, so gut ich konnte, der Stein drehte sich wie verrückt, der Stahl lag ganz dicht an, und die Gute Luisa stand vor mir und lächelte in der goldenen Lichtkuppel, die über ihren roten Schopf lief, von einer Hand in die andere, wie ein wogender, vibrierender Strahl.

«Es reicht», befahl sie nach einer Weile, «mir tun schon die Hände weh!»

Als hätte sie gewusst, was ich fragen wollte, hob sie ihre beiden geöffneten Hände in die Höhe.

«Du hattest einen Magnet», sagte ich, weil ich der Sache nicht traute, «oder ein Stück Eisen?!»

«Die Gute Luisa», sagte sie, «braucht so was nicht, die Gute Luisa kann das selber!»

«Das kann nicht sein», rief ich, «wir probieren es nochmal!»

Sie war einverstanden. Dieses Mal hatten die Funken, die für einige Sekunden über ihrem Kopf schwebten, einen rotgoldenen Schimmer.

«Wie machst du das?», flüsterte ich. «Das ist doch unmöglich!»

Sie hüpfte auf dem einen, dann auf dem anderen Bein, als wären ihr meine Begeisterung und meine Fragen völlig gleichgültig. Schließlich gähnte sie ausgiebig und sagte:

«Weißt du was? Du kannst jetzt gehen. Ich muss Papa noch schlafen legen. Na, worauf wartest du?»

Ich murmelte mein «auf Wiedersehen» und rannte den Weg zwischen den Ruinen hindurch, ohne mich umzusehen. In Idas Fenster brannte kein Licht mehr, also ging ich weiter, über den Irrgarten und die Große Allee bis nach Wrzeszcz. Hin und wieder funkelte am dunklen Himmel eine Sternschnuppe, aber ich wusste, dass keine von ihnen für mich leuchtete.

Wie durch ein Wunder wartete Lucjan nicht in der Küche auf mich, machte mir keine Vorwürfe und hatte absichtlich die Tür nicht abgeschlossen. Ich sah, wie mein Cousin in seiner Ecke zwischen Wörterbüchern und Notizen lag, während aus dem Röhrenempfänger melancholische Phrasen von Brahms wogten. Er träumte seinen Sommertraum, in dem sich bestimmt auf dem Gesicht des Unteroffiziers der Kriegsmarine der Widerschein des Flusses mit Idas Make-up vermischte.

Ich stellte das Radio ab. Lucjan stöhnte ein unverständliches Wort, vielleicht auf Gälisch, vielleicht war es auch Latein, und wanderte weiter durch die Flure des Traums. Ich hätte ihm gern von allem erzählt: vom Scherenschleifer, von dem Haus auf der Speicherinsel, von der Guten Luisa und ihren Händen, die die Funken hielten. Doch sein Gesicht, auf dem sonst immer eine kaum sichtbare und dennoch deutliche Spannung lag, war jetzt durchgeistigt und ähnelte einem Heligenbild. Und die Absicht, ihn zu wecken, verharrte in der Leere jener Morgendämmerung, und alles blieb ungesagt für immer, wie auch für immer der Scherenschleifer aus unserer Stadt verschwand.

Vergeblich wartete ich im folgenden Jahr auf ihn, als sich Ende August am reinen, glühenden Himmel Haufenwolken zusammenballten. Niemand klingelte auf der Straße mit dem Amboss oder entließ goldene Funken in den Raum. Nach einigen Jahren, als von unseren Straßen das Pflaster und die Gaslaternen verschwunden waren, nach weiteren Jahren, als Tante Ida gestorben war und kurz danach Lucjan, nach Jahrzehnten, als durch die Nieder- und die Rechtstadt keine Straßenbahnen mehr fuhren, hatte ich den Scherenschleifer und ehemaligen Fährmann völlig vergessen. Auch seine rothaarige Tochter, die Gute Luisa, und ihr magisches Kunststück hatte ich vergessen.

Ein reiner Zufall hatte die vier aus dem Schlamm des Gedächtnisses zutage gefördert. Als ich vor einigen Tagen am Kanal entlangging, sah ich, wie ein Bulldozer die letzten Ruinen auf der Speicherinsel zermalmte. Und anstatt mich zu freuen, dass die Backsteinauswüchse und verstümmelten Glieder im Herzen der Stadt endlich aufhörten, ihren Spuk zu treiben, spürte ich ein schmerzliches Bedauern. Denn der Scherenschleifer, die Gute Luisa, Lucjan und Tante Ida erschienen in meinen Gedanken nur für einen Augenblick, um gleich darauf, zusammen mit den letzten Wolken des Ziegelstaubs der Hanse, wieder zu verschwinden.

«Was starrst du denn so?», flüsterte ich zu mir selbst. «Das ist die ganz normale Bewegung der Atome, sonst gar nichts, glaub mir.»

Silberregen

Für Zbigniew Żakiewicz

Anusewicz glaubte eigentlich nicht an prophetische Träume, die Weissagungen der Sibyllen oder das Wahrsagen aus der Hand. Und doch spürte er, als er an jenem Tag schweißgebadet und voller Beklemmungen erwachte, dass etwas geschehen würde. Die zwanzigjährige Nina, schön und kokett, hatte auf der Wiese getanzt, eigens für ihn. Langsam war er auf sie zugegangen, die weichen, kitzelnden Grashalme unter den Füßen. Sie hatten einander heftig umarmt, unverhofft nackt wie Adam und Eva unter dem Apfelbaum. Quälende Lust hatte ihn durchdrungen, als seine Lippen ihre vollen Brüste berührten. Gleich darauf erschien – wer hätte sagen können, warum und wozu – Pfarrer Wołkonowicz auf der Wiese. In seiner geflickten Soutane, mit seinen abgetragenen Schuhen und mit Schweißtropfen auf der Stirn verkündete er donnernd und dröhnend mit Jesajas Worten, wie der Herr die Erde mitsamt den Frevlern, die sie bewohnten, in Asche verwandeln werde. Doch warum fanden sich einen Augenblick später alle drei im Saal eines Palastes wieder? Und was sollte die Militärkapelle – Musiker in deutschen Uniformen – bedeuten, die ihnen vom Hof her aufspielte? Pfarrer Wołkonowicz, nun mit gestärkter Hemdbrust und in tadellos geschnittenem Frack, tanzte einen Walzer mit Nina, die wie eine Braut gekleidet war, und er, Anusewicz, lief hinter ihnen her durch Fluchten von verwüsteten Sälen, Galerien und Treppen.

Der Traum hatte kein eindeutiges Ende gehabt. Eine Zeit lang schaute Anusewicz zur Decke und war sich nicht sicher, ob er in seiner Wohnung war oder in jenem seltsam leeren, unbekannten Palast. Doch als er aufstand und seine Gestalt im Spiegel erblickte, überkam ihn sogleich eine tiefe Enttäuschung. Auf der Wiese war sein Körper geschmeidig und gelenkig gewesen. In der Wirklichkeit, in der er sich jetzt wieder fand, bot er keinen sonderlich verlockenden Anblick. Der dicke Hängebauch, die spärlichen grauen Haarbüschel auf dem Kopf und die abfallenden Schultern erinnerten unbarmherzig an die verflossenen Jahre. Die magische, verjüngende Kraft des Traums jedoch gefiel ihm. Beim Frühstück wurde ihm bewusst, dass er schon seit mehreren Jahren keine Begierde mehr gespürt hatte. Warum aber Nina? Und warum Pfarrer Wołkonowicz? Nina hatten die Russen gleich zu Beginn, neununddreißig, abtransportiert. Pfarrer Wołkonowicz hatten drei Jahre später die Deutschen als Geisel erschossen. Von Nina fehlte seither ebenfalls jede Spur. War sie im Lager gestorben? War sie mit General Anders hinausgekommen und hatte ihren Lebensweg viele Jahre später in London oder in Kalifornien beschlossen? Doch was hatte dies heute für eine Bedeutung? Wo konnten sie jetzt sein?

Als Anusewicz aus dem Haus ging, stellte er sich diese Fragen mehrmals, und sie schmerzten ihn. Zwar glaubte er fest an die Unsterblichkeit der Seele, aber dass dann auch gleich die Körper wieder auferstanden? War das wirklich so sicher? Wenn der zu Staub zerfallene Körper seine frühere Form wiedererlangte, würde er womöglich nicht nur Nina, sondern irgendwann jene ganze untergegangene Welt wieder sehen. Die Waldwege zwischen den Kiefern im Morgengrauen, die Leintücher auf den Wiesen, die Häuser in der Gegend von Rudzieniec mit ihren Balken aus Lärchenholz, den Vater in seinen Reitstiefeln oder eine Schneeflocke auf dem Pelzkragen der Mutter. Aber ob Gott sich mit solchen Kleinigkeiten befasste? Vieles deutete darauf hin, dass er hundertmal wichtigere Probleme hatte. Von auseinander treibenden, zerfallenden Galaxien über nicht enden wollende Kriege bis hin zu Vulkanausbrüchen und gewöhnlichen Überschwemmungen. Anusewicz ging an der Brauerei vorbei und kaufte in der Unterführung unter den Geleisen der S-Bahn drei purpurrote Rosen.

Als er in die Straßenbahn stieg, war er schon fest davon überzeugt, dass sein Traum kein Zufall war. Dafür sprach die Anwesenheit von Pfarrer Wołkonowicz. Ein Geistlicher, einerlei welcher Konfession, bedeutet immer irgendeine Veränderung. Würde er womöglich einen Brief von Nina vorfinden, wenn er vom Theater heimkam? Das wäre eine Überraschung: «Ich komme in einem Monat und möchte mir deine Enkel anschauen.» Wundersame Errettung nach Jahren des Hungers und der hoffnungslosen Hoffnung – ja, es gäbe genügend Gesprächsstoff bei einer Karaffe Kirschlikör. Doch schon als er unweit des Uphagen-Palastes aus der Straßenbahn ausstieg, war er zu dem Schluss gekommen, dass er Nina als alte Frau mit Falten nicht sehen wollte, auch nicht mit einem künstlichen amerikanischen Gebiss. Die Nina, die er im Traum erblickt hatte, war unsterblich und glücklich. Die, die er an der Schwelle seiner Wohnung begrüßen würde, könnte nur eine missglückte Kopie sein, eine Nachahmung der anderen. Aber für weitere Überlegungen hatte er keine Zeit. Wie immer überreichte er Frau Andruszkiewicz die Blumen, und sie gab ihm wie immer den Schlüssel zum Magazin.

In völliger Dunkelheit tastete Anusewicz nach dem Schalter des Scheinwerfers, und der gebündelte Lichtstrahl, der an den Regalen und Kleiderhaken entlangglitt, holte die reglosen Köpfe und Körper der Puppen aus der Finsternis hervor. Sindbad der Seefahrer betrachtete mit gläsernem Blick Alice aus dem Wunderland. Der Schusterjunge Dratewka saß zusammengekauert neben dem Esel Schlappohr. Der traurige Ali Baba lehnte sein Kinn an Dziadek Utopeks Haupt, und der Steinkauz hockte mit klappernden Flügeln auf Pinocchios Nase – wie ein Huhn auf der Leiter. Mitsamt ihren Gesten, Abenteuern und lustigen Sprüchen hatte Anusewicz sie alle viele Male lebendig werden lassen, indem er ihnen seine Stimme und die Bewegungen seiner Hände lieh. Jetzt, seit er Rentner war, kam er einmal im Monat her und spielte mit ihnen seine eigenen, improvisierten Szenen. Es kam vor, dass die böse Stiefmutter mit Worten von Lady Macbeth sprach oder dass das dumme Hänschen wild mit den Händen fuchtelte und denselben Unsinn redete wie frühere und gegenwärtige Politiker. Ohne lange zu überlegen, nahm Anusewicz den weißärmeligen, in ein Bettlaken gehüllten Sensenmann vom Haken. Er entwirrte die Schnüre, korrigierte die Befestigung der silbernen Sense und trippelte mit ihm hin und her, wie auf der Bühne. Der Sensenmann klapperte heftig mit seinen hässlichen Zähnen und klirrte mit der Sense, ganz wie es sich gehörte. Doch Anusewicz war irgendwie nicht zufrieden. Erst als er im Rhythmus eines leise gepfiffenen Swing zu steppen begann, blickte er ihn lächelnd an und sagte: «Jetzt sehe ich, dass dir eine große Zukunft bevorsteht, Alter.» Der Sensenmann breitete die Arme aus und verbeugte sich artig vor dem unsichtbaren Publikum. Aber das war alles. Keine neue Idee, keine Improvisation, kein witziger Sketch kam Anusewicz in den Sinn. In der Regel verbrachte er mindestens eine Stunde hier, ohne auf die Uhr zu schauen, und jetzt zog sich jede Minute unerträglich hin. Dabei hatte er ein unangenehmes Gefühl. Ihm war, als ob ihn von außerhalb des Lichtstrahls, aus der Dunkelheit, wohin das Licht nicht reichte, vier Augen beobachteten: die von Nina und von Pfarrer Wołkonowicz. Als er die

Deckenlampe anschaltete, wurde ihm mitnichten besser, denn nun verfolgte ihn ein anderer Gedanke, und er wurde ihn nicht wieder los. Jemand, der mit dem heutigen Traum in Verbindung stand, wartete zu Hause auf ihn, während er hier seine Zeit vergeudete. «Das muss ein Ende haben», sagte er laut. «Am schlimmsten ist die Ungewissheit.»

Ein wenig verwundert packte ihm Frau Andruszkiewicz den Sensenmann in eine Plastiktüte. Dann machte er sich, ohne das übliche Schwätzchen, auf den Weg zur Haltestelle. In der Straßenbahn überkamen ihn abermals Zweifel. Wozu kehrte er nach Hause zurück? Ein Traum ist ein Traum – ein Hirngespinst, das wusste man doch. Er hätte ebenso gut im Theater bleiben können. Die Eingebung wäre bestimmt noch rechtzeitig gekommen.

Und tatsächlich – der Briefkasten war leer, an der Tür hing kein Zettel, und die Wohnung kam ihm ohne das emsige Hin und Her seiner Frau und den Radau der Enkel unnatürlich still vor. Anusewicz trottete in die Küche, nahm einen Schluck kühles Elbinger Bier und stellte dann den Sensenmann auf seinen Schreibtisch im Zimmer. Zwischen den Familienfotografien, Büchern und Notizen, ohne Kulissen und Scheinwerfer sah er ganz harmlos aus. Anusewicz' Finger griffen in die Fäden, und mit entsprechend knarrender Stimme rezitierte er:

Ihr hochverehrten Veteranen,
Es kreist die Erde, lärmt die Welt,
Ob jung, ob alt, wer mir gefällt,
Springt hustend abwärts zu den Ahnen.

Der Sensenmann raschelte mit dem Rock und klopfte mit der Sense; die darauf folgende Strophe sang er mit einem veränderten, vielleicht sogar leicht weißrussischen Akzent:

Zepter, Krone gäb ich gerne,
Trüge willig alles Leid,
Würde ich vom Tanz befreit,
Blieb der Tod mir ewig ferne.

Die groben Holzpantinen polterten auf dem Schreibtisch. Anusewicz brummte zufrieden, doch die nächste Strophe sollte nicht mehr im Zimmer erklingen. Dies lag an Herrn Winterhaus, der ausgerechnet in diesem Augenblick an die Wohnungstür pochte. Anusewicz öffnete fast widerwillig, den Sensenmann über dem Arm. Einen Moment lang betrachteten die Herren einander schweigend.

«Ich bin Winterhaus», sagte Herr Winterhaus. «Kann ich mit Ihnen sprechen?»

«Selbstverständlich», erwiderte Anusewicz und führte den Gast ins Esszimmer. Aber das war keineswegs eine Selbstverständlichkeit.

«Es ist schwierig, wie immer bei solchen Gesprächen», sagte Winterhaus seufzend in seinem gebrochenen Polnisch, «aber ich konnte es nicht länger hinausschieben. Wissen Sie, ich bin nämlich schon dreimal die Treppe hinaufgestiegen und wieder davongelaufen. Vor lauter Angst.»

«Angst? Vor mir?», fragte Anusewicz erstaunt.

«Vor der Situation. Verstehen Sie? Ich habe hier gewohnt. Bis zum Ende des Krieges.»

«Aha», sagte Anusewicz. «Das ist ja interessant.»

Der Gast sah nicht unbedingt wie ein Deutscher aus, wenngleich das gepflegte graue Haar in Verbindung mit der goldenen Brillenfassung, von seinem typisch deutschen Akzent ganz zu schweigen, für sich sprach.

«Möchten Sie Fotos machen?», fragte Anusewicz nach einem Augenblick peinlichen Schweigens. «Möchten Sie sich die Zimmer anschauen? Es ist nicht viel übrig geblieben von der früheren Einrichtung. Der Spiegel im Bad, das Schuhschränkchen, sonst nichts. Sie müssen wissen», fuhr er etwas irritiert fort, «dass ich nicht der erste Mieter war. Vor mir hat hier ein Beamter aus der Gegend von Posen gewohnt, und vor ihm ein Schneider, ein Jude. Der Schneider ist 1947 nach Wrzeszcz gezogen, der Beamte ist befördert worden und nach Warschau gegangen, und danach bin ich eingezogen. Das war, warten Sie, ich muss nachdenken, ja, das war 1949, im Mai. Möchten Sie noch etwas wissen?»

«Es ist keine gewöhnliche Sache, um die es mir geht», sagte Winterhaus unsicher. «Ich will keine Fotografien, keine Andenken, nichts. Ich komme meines Vaters wegen hierher. Ich hatte ständig den gleichen, unheimlichen Traum. Verstehen Sie? Mein Vater hat einen Schatz hinterlassen, in dem Küchenbüffet, das neben dem Ofen stand. Er sagte sein Leben lang: ‹Helmut, es ist bestimmt noch dort.› Und ich glaubte ihm nicht. Aber als er gestorben war, träumte ich jede Nacht von dem Büffet und den Münzen. Jede Nacht. Und dann litt ich an Schlaflosigkeit, und schließlich sagte der Arzt zu mir: ‹Fahren Sie hin, Herr Winterhaus, und überzeugen Sie sich, dass es kein Büffet, keinen Schatz, dass es nichts dort gibt.›»

Anusewicz wischte sich den Schweiß von der Stirn. Er erinnerte sich nicht an das Büffet. Der Ofen mit der Eisenplatte – gewiss, der stand viele Jahre lang in der Küche, bevor das Gas angeschlossen wurde. Aber das Büffet? Im Esszimmer stand ein Büffet, da, wo jetzt die Schrankwand und der Fernseher standen. Er hatte es für ein paar Groschen verkauft, 1971 oder 1972. Es hatte Milchglasscheiben gehabt, und in dem Furnier von schrecklicher kirschroter Farbe waren mehrere Risse gewesen. Die Sache mit den Münzen interessierte ihn allerdings sehr.

«Waren da viele», fragte er. «Goldene womöglich?»

«Ich weiß nicht», sagte Winterhaus. «Wissen Sie, er sammelte Münzen, die in Danzig geprägt wurden, das heißt, in Gdańsk», korrigierte er sich. «Er hat es immer geheim gehalten vor meiner Mutter und vor mir und meinem Bruder. Er vergrößerte die Sammlung ständig. Und je größer sie wurde, umso größer wurde auch die Angst, dass meine Mutter entdecken könnte, dass er immer noch für so etwas Geld ausgab. Er fürchtete sich so sehr, dass er die Sammlung nicht aus dem Versteck herauszunehmen wagte, als wir fliehen mussten, weil wir sonst gesehen hätten, wo er so viele Jahre lang sein Geld gelassen hat. Verstehen Sie?»

«Ich verstehe. Aber haben Sie die Münzen gesehen?»

«Nein, nie.»

«Und Ihre Mutter, Ihr Bruder?»

«Die auch nicht. Und keiner glaubte ihm später. Erst mein Traum ... Dann der Arzt, wie gesagt.»

«Wie verschieden Träume sein können!», sagte Anusewicz. «Ich habe heute Nacht zum Beispiel geträumt, ich sei auf einer Wiese in der Gegend von Rudzieniec. Sie wissen sicher nicht, wo das ist.»

«Nein.»

«Im Osten», seufzte Anusewicz, «das ist jetzt Weißrussland.»

Winterhaus nickte verständnisvoll. Aber er sah nicht so aus, als machte er sich Gedanken, jedenfalls nicht deswegen. Er folgte dem Hausherrn in die Küche und sagte nicht nein zu einem Bier. Er zeigte, wo das Büffet gestanden, und beschrieb genau, wie es ausgesehen hatte.

«Ah», rief Anusewicz, «Sie sagten Büffet, und das Büffet war ein Küchenschrank, und zwar ein dreiteiliger, stimmt's?»

«Ja.»

«Und in welchem Teil waren die Münzen versteckt?»

«Im mittleren, dem größten Teil. So sagte mein Vater. Und so hab ich es auch geträumt.»

«Benek!», sagte Anusewicz. «Ja, Benek! Ob er das Büffet noch hat?»

Und bevor Winterhaus irgendetwas sagen konnte, zog Anusewicz sich die Schuhe an, warf sich die Jacke über die Schulter und kommandierte: «Gehen wir, Herr Helmut, schnell.»

Nun entstand eine kleine Kontroverse. Winterhaus schlug vor, sie sollten ein Taxi nehmen – er würde bezahlen. Anusewicz war damit nicht einverstanden. Er beharrte darauf, die Straßenbahn zu nehmen, die – wie immer in solchen Fällen – ewig auf sich warten ließ.

«Wer ist Benek?», fragte Winterhaus schließlich.

«Mein Schwager, der Bruder meiner Frau», erklärte Anusewicz. Und er fügte hinzu, dass er den Schrank, von dem die Rede war, genauer gesagt, den größten, den mittleren Teil, vor langer Zeit Bernard geschenkt hatte, als dieser Barbara geheiratet und Möbel gebraucht hatte.

«Entweder er hat ihn weggeworfen, oder das Ding steht irgendwo im Keller», überlegte Anusewicz laut. «Und wenn er die Münzen gefunden hat?»

Anusewicz erinnerte sich daran, wie Bernard vor einigen Jahren alle mit dem unerwarteten Kauf eines Autos überrascht hatte. Woher hatte er plötzlich so viel Geld gehabt? Aber davon sagte er Winterhaus nichts.

In der überfüllten Straßenbahn wollte das Gespräch nicht so recht in Gang kommen, und als sie beim Hohen Tor in den Bus umstiegen und in Richtung Orunia fuhren, sagte Winterhaus mit gedämpfter Stimme:

«Verstehen Sie? Es geht mir nicht um Geld, um das Vermögen. Ich will nur wissen – hat mein Vater die Wahrheit gesagt oder nicht? Na ja, und dieser Traum. Glauben Sie an Träume? Und dann die Schlaflosigkeit.»

«Hm», murmelte Anusewicz. «Manche Träume kündigen etwas an, sagen etwas aus. Andere haben keine Bedeutung, sind einfach nur dumm. Wer könnte das unterscheiden?»

Der Bus hielt am Radaune-Kanal, im Schatten alter Bäume. Als sie ausstiegen, ragte zur Rechten die alte Jesuiten-Kirche über den Hügeln empor, zur Linken senkte sich in sanfter Neigung die Anhöhe bis unter den Meeresspiegel, durchschnitten von Kanälen und dem Schachbrett der Felder. Sie wandten sich nach links, gingen an ärmlichen Mietshäusern vorbei, an kleinen Fabriken, Lagern, Bahngleisen, bis plötzlich das von den Kastanien beschattete Katzenkopfpflaster endete und sie auf einen Feldweg kamen.

«Mein Vater», sagte Winterhaus, «war Angestellter bei der Danziger Straßenbahn, bei der Elektrischen, wie man damals sagte. Gegen Ende des Krieges wurde er Direktor.»

«Und meiner», sagte Anusewicz, «hatte Land in der Gegend von Rudzieniec. Schlechte Erde, aber viel Wald. Sägewerke, eine Mühle, Seen ...»

«Er ging nicht in den Krieg», fuhr Winterhaus fort, «weil er ein lahmes Bein hatte, das rechte.»

«Meiner ist auch nicht gegangen», erklärte Anusewicz. «Er war zu alt. Aber die Sowjets haben ihn erwischt, und er kam nicht wieder. Nie mehr. Nachher, als die Deutschen kamen, haben sie Onkel Witold erschossen, und ich war allein mit meiner Mutter.»

«Dafür fiel mein ältester Bruder», fügte Winterhaus hinzu, «bei Kursk. Der Führer schickte meinen Eltern einen Brief und posthum ein Eisernes Kreuz.»

«Ich war das einzige Kind», meinte Anusewicz.

Das letzte Stück des Weges, das über den Deich führte, legten die beiden Herren schweigend zurück. Bernards Häuschen stand am Kanal, zwischen morschen

Weiden, Kletten und nicht gemähtem Gras. Im Hof lagen, neben dem Wrack eines Lastwagens, verrostetes Blech, Ziegelsteine von abgerissenen Häusern, Drahtrollen, und aus dem wuchernden Gestrüpp der Brennnesseln ragte der Rumpf eines löchrigen Flachkahns, in dem die Hühner residierten.

«Sagen Sie nichts», warnte Anusewicz. «Ich werde reden.»

Barbara war dabei, Suppe zu kochen. Die Kinder waren in den Ferien, in der Gegend von Kościerzyna, und Benek fuhr, wie sie sagte, gerade Taxi. Anusewicz kam rasch zur Sache. Ob sich Barbara an den weißen Schrank erinnere, den sie mit einem Pferdefuhrwerk aus Wrzeszcz gebracht hätten? Es sei zwei Tage nach der Hochzeit gewesen, damals, als sie in diese Bruchbude eingezogen seien und mit der Renovierung angefangen hätten.

«Wie könnte ich das vergessen haben», rief Barbara lachend. «Ihr habt drei Tage lang gesoffen, du, Benek und der Fuhrmann, Bieszke, und ich musste seinen Gaul füttern und das Dach flicken, weil es in Strömen goss. «Lümmel», fauchte sie, «zu nichts nütze.»

Anusewicz winkte ab. Wozu erinnerte sie ihn an diese Dinge. Es gehe um den Schrank aus der Wohnung in der Ulica Gołębia, sagte er. Dieser Gast hier, Herr Winterhaus, sei eigens aus Deutschland gekommen, auf der Suche nach Familienandenken, Fotografien. Man müsse ihm helfen. Wahrscheinlich seien sie in diesem Schrank versteckt.

«Was ist verloren?» Barbara wandte sich an Herrn Winterhaus.

«Oh, ich spreche Polnisch.» Der Gast verbeugte sich und küsste der Dame des Hauses die Hand. «Czebrzescyn, krzonszcz, czina … Ja, meine Großmutter hat mir Polnisch beigebracht, sie war nämlich Polin, obwohl sie Kosterke hieß.»

«Wo ist denn der Schrank? Habt ihr ihn noch irgendwo?», drängte Anusewicz. «Gehen wir und schauen nach, das macht doch sicher keine Umstände. Du musst wissen, Barbara, Herr Winterhaus hat in unserer Wohnung gewohnt, das heißt, ich wollte sagen, wir wohnen da, wo er früher gewohnt hat; und als die Russen kamen, hat er nicht alles mitnehmen können. In diesem Schrank waren ...»

«Zarenrubel», lachte Barbara, «ein Berg von Gold. Nehmt ihr sie mit? Dann haben wir bisschen weniger Kram in der Rumpelkammer. Der Schrank ist im Schuppen am Kanal. Ich mache inzwischen Mittagessen, esst ihr nachher einen Teller Suppe mit?»

Anusewicz grunzte bejahend und führte Winterhaus über den Hof, auf eine Art Blechschachtel zu – die Garage, die Barbara großzügig Schuppen genannt hatte. In der Tat, das Gerümpel stapelte sich meterhoch. Neben Tischlerwerkzeug, leeren Kisten, alten Spanten, Autoteilen, Hacken, Spaten, Leinensäcken, Flaschen und Gläsern fanden sich hier ein paar kaputte Hocker, ein zerlöcherter Sessel, ein aufgeplatztes Sofa, ein ramponiertes Moped Marke «Komar», ein Kinderwagen aus Korbgeflecht, Skier, ein gusseiserner Ofen, eine Aalreuse, ein Radio in einem Ebonitkasten sowie ein angeschlagenes Bidet und eine Staffelei.

«Oh!», rief Winterhaus. «Das ist was!»

«Aber wo ist der Schrank?» Anusewicz zuckte ratlos mit den Schultern. «Ich kann ihn nirgends sehen.»

Erst nach einer Weile entdeckten sie Folgendes: eine Leinendrapierung von himmelblauer Farbe mit einer weißen Taube, unter der auf Polnisch und auf Russisch «Frieden» stand: «POKÓJ – MIR». Die Taube hielt einen Zweig im Schnabel, schwer zu sagen, ob es ein Ölzweig sein sollte, und die ganze Zeichnung war in symbolischen Lorbeer eingefasst.

«Na», Anusewicz riss das Transparent herunter. «Da haben wir dich endlich! Und wo soll der Schatz sein?»

«Hier unten», zeigte Winterhaus. «Man muss die erste Schicht vom Boden abschlagen. So hab ich es geträumt. Und mein Vater hat es auch gesagt.»

Sie fanden Hammer und Meißel und machten sich sogleich ans Werk. Unter der ersten Schicht von Sperrholz war eine zweite, dann noch eine, und endlich zeigte sich den erstaunten Augen von Anusewicz und den nicht minder erstaunten Augen von Winterhaus eine Reihe von schmalen Fächern, in denen, in Verbandsmull eingewickelt, wie die Steine eines Rechenbretts die Münzen lagen. Die Ritzen waren mit Watte ausgestopft und obendrein verkittet.

«Kein schlechter Verschwörer, Ihr Herr Papa», sagte Anusewicz und klaubte ein Päckchen nach dem andern heraus. «Man hätte das ganze Ding auf den Kopf stellen können, und es hätte kein bisschen geklimpert. Schau, schau, hier sind noch größere ...»

Sie machten auf der Tischlerplatte Platz und legten eines nach dem andern die Beutelchen darauf. Als sie das letzte herausgeholt hatten, klopfte Anusewicz Winterhaus auf die Schulter und sagte: «Fangen Sie an.»

Winterhaus wickelte mit zitternden Händen das erste Päckchen auf. Auf den Tisch fiel eine Silbermünze von der Größe eines Dollars.

«So was, so was», flüsterte Anusewicz. Die Rückseite trug eine Darstellung von Christus in einem langen Gewand, mit dem Reichsapfel in der Hand. Um ihn herum wand sich die bittende Sentenz – DEFENDE NOS CHRISTE SALVATOR. Auf der Vorderseite reckten sich zwei Löwen, die das Wappen der Stadt hielten, umrankt von den Worten MONETA NOVA CIVI GEDANENSIS. Über den Mähnen der Tiere war überdies das Datum zu sehen: 1577.

«Das ist aus dem Krieg», entschied Winterhaus, «da prägten sie statt des polnischen Königs ein Bild von Jesus auf die Münzen.»

«Aus dem Krieg, aha.» Anusewicz wickelte schon den nächsten Lappen auf, dem er eine kleine Münze entnahm, die sichtlich noch sehr viel älter war, denn das Bild war stark verwischt. «Na, und das, was ist das?»

Winterhaus nahm die Brille ab und sagte, das linke Glas als Lupe benutzend: «Das ist eine Münze des pommerschen Prinzen. Sehen Sie den Greifen hier? Und da steht: DANCEKE DOMINI ZWANTOPELK. Schauen Sie.»

Anusewicz brachte das Glas in die entsprechende Entfernung und pfiff anerkennend. Der kaschubische Fürst, mit stolz wehender Flagge und dem Schild des Hauses der Greifen, gab dem Pferd die Sporen.

«Zu der Zeit», murmelte er, «beteten meine Vorfahren noch heilige Schlangen an.»

Aber Winterhaus hörte ihm nicht zu. Er öffnete die nächsten Päckchen, und auf den Tisch fielen klingende Groschen, Taler, halbe Taler, Dreier, Donatywen, Örtel, und es war wie ein Silberregen, in dem nur hier und da zufällig ein Stückchen Gold blinkte. Die Jagellonen, die Sachsen, die Wasas und die Greifen, die preußischen Komturen, die Wahlkönige, alle ruhten sie hier friedlich nebeneinander, als hätten gezückte Schwerter, Schlachtfelder, Zölle, Ränke, verbrecherische Bluttaten und die in der Bucht versenkten Schiffe sie nie getrennt. Duplikate gab es nicht. Nur eine goldene Fünfdukatenmünze mit dem Brustbild König Władysławs und dem Panorama der Stadt auf der Rückseite war in drei, im Übrigen auch nicht identischen Exemplaren vorhanden.

«Schlaflosigkeit», seufzte Winterhaus zufrieden, «darunter werde ich wohl nicht mehr leiden.»

«Nein, gewiss nicht.» Anusewicz brachte die unteren

Teile des Schranks wieder in Ordnung. «Aber wie wollen Sie das ausführen? Dazu braucht man eine spezielle Genehmigung. Gibt es Papiere, die bestätigen, dass die Münzen Ihr Eigentum sind? Wenn nicht, könnte es Schwierigkeiten geben.»

«Oh, daran habe ich überhaupt nicht gedacht. Verstehen Sie? Das Wichtigste ist, dass mein Traum sich bewahrheitet hat. Jetzt weiß ich, dass mein Vater nicht verrückt war.»

«Sie werden die Sammlung doch wohl nicht einem Museum schenken?»

«Einem Museum? Warum nicht? Die Sammlung des Eisenbahners Winterhaus – so könnte sie noch berühmt werden.»

Aller Wahrscheinlichkeit nach wäre der harmlose Streit weitergegangen, wäre nicht Bernard in den Blechschuppen eingetreten, aufgeregt, als würde es brennen.

«Naaa», meinte er lang gezogen. «Keine schlechten Dokumente, die ihr da in *meinem* Schrank gefunden habt. Und sie glaubte in ihrer Dummheit» – er tippte sich an die Stirn –, «dass ihr Fotos sucht. Ich habe mir gleich so was gedacht, und, bitte sehr, da komme ich, und ohne mein Wissen tun sich solche Dinge in meinem Schuppen. Ich bin Benek.» Er gab Winterhaus die Hand. «Taxi zu Diensten.»

«Winterhaus», sagte Winterhaus.

«Na, nun übertreib mal nicht.» Anusewicz gab sich Mühe, freundlich mit seinem Schwager zu sprechen. «Dieser Schrank war weder meiner noch deiner.»

Bernard konnte den Blick nicht losreißen von den Münzen. Er nahm sie in die Hände, betrachtete sie und legte sie von einem Platz an den anderen.

«Sooo? Wem hat es denn dann gehört? Da Herr Winterhaus es nicht mitgenommen hat, gehörte es zuerst dem Juden, dann dem Beamten aus Posen, dann dir.

Und du hast es mir geschenkt. Klar? Sonnenklar. Dafür gibt's Finderlohn, normalerweise. Ich will ja niemandem schaden … Was meinen Sie, Herr Winterhaus?»

«Ja, ja, aber ich kenne mich mit eurem Recht hier nicht aus. Ich denke, Herr Bernard sollte etwas bekommen. Und Herr Anusewicz ebenfalls. Obwohl ich andererseits glaube, dass dies eine vollständige Sammlung ist. Verstehen Sie mich? Das scheint alles Geld zu sein, das in Danzig, in Gdańsk», verbesserte er sich, «geprägt wurde, von Prinz Świętopełk bis zur Freien Stadt. Ich schlage vor, ich gebe Ihnen zusammen dreitausend Mark. Gut?»

«Dreitausend Mark? Unter den Kommunisten war das noch was.» Bernard drehte den Dukaten mit dem sächsischen Wahlkönig zwischen den Fingern. «Aber heute? Heute kriegt man dafür nicht einmal ein neues Auto.»

«Warum seid ihr Kaschuben bloß so gierig! Schlimmer als die Geier!» Anusewicz hielt es nicht mehr aus. «Komm doch zur Vernunft, Benek, wo bleibt denn unsere Ehre? Die Ehre!»

«Hör mir mit den Kaschuben auf! Schaut ihn nur an, diesen barfüßigen Antek von jenseits des Bugs! Edle Gesten, wie? Ihr habt Polen versoffen, und jetzt steht ihr da mit eurem nackten Arsch. Feine Brüder, ha, ha!»

«So, so?» Anusewicz sprang heran und gluckte wie ein Truthahn. «Und wer hat's mit den Deutschen gehalten? Wer hat Leszek Biały umgebracht?»

«Wer wird umgebracht?», fragte Winterhaus und trat nervös von einem Fuß auf den andern. «Das ist Politik, bitte keinen Streit, bloß keinen Streit.»

Aber die beiden Schwäger hörten nicht mehr auf den Gast, nur auf ihr eigenes heißes Blut. Bernard konnte vieles ertragen, was an seine und die Adresse seiner Landsleute gerichtet war, aber eines duldete er nicht – dass Świętopełk die Ermordung des polnischen Fürsten zugeschrieben wurde. Anusewicz wiederum konnte den barfüßigen Antek und die edlen Gesten hinnehmen, nicht aber eine so gemeine Unterstellung, dass sie, die Brüder, das alte Polen versoffen hätten. Und so ging es los. Zuerst stießen sie einander, dann wurden Schläge ausgetauscht.

Als Barbara in den Schuppen kam, fand sie ihren Mann und Anusewicz am Boden aneinander geklammert wie Ringer im Clinch. Winterhaus hielt sich mit beiden Händen den Kopf, lief um die beiden herum und sagte immer wieder: «*Alles in Ordnung, alles in Ordnung!* Wozu der Lärm? Wozu der Krach? Ich gebe euch viertausend Mark. Viereinhalbtausend!»

Doch das half nichts, so wenig wie Barbaras Schreie und Püffe. Ging doch der Streit nicht mehr um Geld, sondern darum, wer sich behaupten würde: der kaschubische Jähzorn oder die Hitzköpfigkeit der Ostgebiete? Der geflügelte Greif oder das Wappen des Großfürstentums Litauen? Man weiß nicht, wie der Kampf ausgegangen wäre, hätte Barbara nicht eingegriffen. Ihre praktische weibliche Vernunft gab ihr eine ebenso einfache wie wirksame Lösung ein. Sie verließ einen Moment lang den Schuppen und kam mit einem Gartenschlauch bewaffnet zurück. Unter den Strömen des kalten Wassers unterbrachen die Schwäger ihre Rauferei. Schnaubend wischten sie sich die Gesichter, in denen keine Genugtuung zu erkennen war.

«In fünf Minuten gibt's Mittagessen», verkündete die Schlichterin. «Und darüber» – sie deutete auf die Münzen – «will ich kein Wort mehr hören.»

So flossen die ersten Schlucke Barszcz in tiefem Schweigen in die Kehlen. In das Klirren des Bestecks und das diskrete Schlürfen auf der Veranda mischte sich nur das Zwitschern der Schwalben, die zwischen der Dachrinne des Hauses und dem Kanal hin und her schossen. Herr Winterhaus betrachtete mal Anusewicz' blaues Auge, mal Bernards zerrissenes Hemd, dann wieder den ausladenden Ahornbaum, in dessen Schatten der Hahn sein prächtiges Gefieder sträubte.

«Ja», sagte er schließlich, als er das Wodkaglas gekippt hatte, «mein Vater war ein seltsamer Mensch. Diese Straßenbahn ...» Er wurde nachdenklich. «Diese nächtliche Straßenbahn, die eine Bombe in die Luft jagte ...»

«War es eine Barrikaden-Straßenbahn?», fragte Anusewicz. «Solche hab ich noch ein Jahr nach dem Krieg gesehen, mit Schutt überhäuft.»

Der Aal in Soße, der vor dem Hauptgericht gereicht wurde, verzögerte die Antwort von Herrn Winterhaus ein wenig, und es war eigentlich gar keine richtige Antwort, sondern eine lange, vom Entgräten des Aals, von Gläserklirren und Schmatzen unterbrochene Erzählung. In jener Nacht vor dem großen Knall, als die russischen Artilleristen die Läufe ihrer Waffen reinigten und die Geschosslaufbahnen berechneten, hatte sich Herr Direktor Winterhaus zum Straßenbahndepot begeben. Er irrte zwischen den leeren Hallen, reglosen Weichen und erloschenen Lampen umher, und als er auf den letzten nicht vom Militär requirierten Waggon stieß, sprang er hinein, ließ den Bügel hochschnellen und fuhr los in die Stadt, in Erinnerung an die alten Zeiten, als er noch ein gewöhnlicher Straßenbahnfahrer war. Er fuhr zuerst die Strecke der Drei, dann die der Fünf, anschließend die der Sieben, hielt an allen Haltestellen und rief laut ihre Namen aus und fuhr so vom Friedensschloss zum Weichselbahnhof, von Brösen nach Ohra und Emaus, stellte selbst die Weichen und lochte selbst die Streckenfahrscheine, und die nächtlichen Patrouillen der Schupo und der SS salutierten ihm, denn an der vorderen Scheibe des Waggons hatte der umsichtige Direktor

Winterhaus ein Bild des Führers befestigt, zwischen zwei Öllämpchen, wie in der katholischen Kirche, sodass man dachte, es handle sich um eine Propagandafahrt zur Aufrechterhaltung des Kampfgeistes, was auch angebracht und notwendig schien, denn an den Ästen der hundertjährigen Bäume der Großen Allee baumelten schon Deserteure und Defätisten, mit Schildern an der Brust, auf denen stand: «Ich wollte nicht für den Führer und das Vaterland sterben», und die Stiefel der Toten pochten gegen die Fenster des Waggons wie Tropfen von Märzschauern oder Schneeregen, und die Bahn des Herrn Direktor Winterhaus eilte immer weiter, durch die Straßenschluchten, Parks und Alleen der Stadt, bis zu dem Augenblick, als die Erde zu beben anfing und die ersten Granaten auf die Niederstadt und die Speicherinsel fielen, bis zu dem Moment, als riesige Flammenzungen die rote Gotik der Hanse zu verschlingen begannen, denn da schleuderte Herr Direktor Winterhaus das Führer-Bild in den Dreck, blies die Öllämpchen aus und hängte ein weißes Laken an den Waggon, doch das half nicht mehr viel, weil die Straßen schon aufgerissen, von den Granaten aufgeschlitzt waren, und er konnte nicht weiterfahren, sprang also aus der Straßenbahn und lief nach Hause, und da krachte hinter seinem Rücken ein Geschoss, und die letzte zivile Straßenbahn der Stadt Danzig wurde in Tausende Stücke Glas, Metall und Holz zerfetzt, und Herr Direktor Winterhaus hielt an und begriff, von dieser plötzlichen Metamorphose wie gelähmt, dass dies das absolute Ende seiner Straßenbahnerkarriere war, die er als Mechanikergehilfe begonnen hatte, und das absolute Ende dieser Stadt, die nie wieder das sein würde, was sie gewesen war.

«Schön», seufzte Anusewicz, «die Stiefel der gehängten Defätisten, die durch die Fenster hereinschauen, und dieses weiße Laken.»

«Ich weiß nicht, was daran schön sein soll», wandte Bernard ein, der sich jetzt, wie die anderen, an die Koteletts machte. «Sie haben den Hintern voll gekriegt, weil sie es verdient haben. Aber zu wenig. Viel zu wenig. Nach Sibirien hätten sie alle sollen, wie Stalin es wollte.»

«Da ist es sehr kalt», meinte Winterhaus.

Die sachliche Bemerkung rief allgemeine Heiterkeit am Tisch hervor, und eine ganze Weile lang machte man Witze über die Russen und Sibirien. Als der Wodka und der Nachtisch schon alle waren, zapfte Bernard hausgemachten Wein, und der warme Nachmittag am Kanal nahm, unter dem Summen der Mücken und Zirpen der Grillen, einen bukolischen Glanz an.

Bis heute ist nicht klar, wer auf die Idee der Eskapade auf dem Wasser kam. Anusewicz, der sich an das Boot in der Gegend von Rudzieniec in der Johannisnacht erinnerte? Bernard, der von Kindesbeinen an in der Kaschubei fischte? Oder vielleicht sogar Herr Winterhaus, in dessen Gedächtnis vage Bilder von steinernen Schleusen, Zugbrücken und Kanälen spukten – Landschaftsbilder der Stadt? Jedenfalls geschah es unverhofft. Barbara, die sich am Tisch zu schaffen machte, bemerkte plötzlich, dass die drei Herren, die eben noch in den Korbsesseln geschlummert hatten, von der Veranda verschwunden waren. Ihre Stimmen, fröhlich und weithin vernehmbar, tönten jetzt vom Wasser her. Sie lief hin und sah Bernard und Anusewicz, die das Schlauchboot aus dem Schuppen zogen.

«Ihr seid wohl übergeschnappt!», rief sie. «In diesem Zustand fischen? Kommt gar nicht in Frage.»

Aber ihr weiblicher Geist, der noch einmal an diesem Tag den unruhigen Geist der Männer zähmen wollte, musste nachgeben. In die drei Herren war nämlich solidarisch ein jugendlicher Geist gefahren, der nach Veränderung und Abenteuer lechzte.

«Was heißt hier fischen?», knurrte Bernard. «Wir wollen ein bisschen Boot fahren, zur Erfrischung.»

«Ja, ja», fügte Anusewicz hinzu, «von dieser Seite ist der Blick auf die Stadt ganz außergewöhnlich.»

Schließlich, als das Militärschlauchboot aufgeblasen war und Bernard am Heck einen kleinen Außenbordmotor angebracht hatte, zwängten sich die Herren hinein. Barbara schaffte es noch, ihnen vom Steg aus eine Thermosflasche mit Kaffee und mürbe Kekse zu reichen – für alle Fälle. Eine Zeit lang wollte der Motor nicht anspringen, und das Boot drehte sich um die eigene Achse.

«So ein Scheißdreck», ereiferte sich Bernard, «ich hab das Ding seit letztem Jahr nicht benutzt.»

Aber auch dieses Hindernis wich. Beim soundsovielten Ziehen an der Schnur zerriss ein fürchterlicher Knall die Luft, wonach das Schlauchboot brummend, im Dunst einer Benzinwolke, majestätisch ablegte und die grüne Decke der Entengrütze durchtrennte. Anusewicz, den Kopf über den halbrunden Bug gebeugt, kommandierte:

«Jetzt rechts, Benek, rechts, sag ich, da in der Mitte sind Reste von Pfählen.»

Bernard nickte verständnisvoll, aber die Bemerkungen seines Schwagers berührten ihn nicht besonders. Er kannte jedes Stück Schrott, das in diesen Gewässern versenkt war, jede gefährliche Wurzel. Nicht umsonst hatte er hier Aale gefangen, auf alle erlaubten und nicht erlaubten Arten. Schließlich, als sie schon auf die Schleuse zufuhren, sagte Herr Winterhaus, der auf die mit Schilf, Gras und Kletten bewachsenen Bastionen schaute:

«Hier war ich mit meinem Vater bei der Maifeier. Aber damals sah alles ganz anders aus.»

«Ja», erklärte Bernard, «von hier aus kann man jetzt nicht mehr in die Stadt fahren; die Schleuse ist nicht schiffbar. Aber wir könnten das Boot auf die andere Seite tragen. Ja, wieso eigentlich nicht?»

Die drei Herren trugen das Gummiboot nicht ohne ein leichtes Schnaufen über den Erdwall, über die steinerne Einfassung der Schleuse und ließen es neben der mit Winden bewachsenen Ruine eines Gebäudes, das wie ein ehemaliger Speicher aussah, wieder zu Wasser. Der Anblick, der sich ihnen jetzt bot, begeisterte vor allem Winterhaus. In dem engen Tunnel aus Grün hatten sie den braunen Faden der Mottlau vor sich, in dem sich zwischen den Wolken die Backsteingotik der Kirchtürme und Rathäuser spiegelte.

«Ich habe einen Entschluss gefasst, ich habe den Schatz mitgenommen», sagte Winterhaus in seinem radebrechenden Polnisch, und zu Anusewicz' und Bernards Verwunderung holte er aus der Brusttasche seiner Jacke das Leinensäckchen hervor, in dem die alten Münzen schepperten und klirrten. Anusewicz und Bernard schauten einander an, aber zu Spekulationen, weshalb Winterhaus das Geld mitgenommen und wann und wie er das unbemerkt getan hatte, blieb keine Zeit.

Von dem kleinen Motor angetrieben tuckerte das Schlauchboot unter der Brücke an der Ulica Elbląska hindurch, vorbei an den hässlichen Hochhäusern der Steinschleuse, der Anlegestelle für Kajaks und den alten Speichern bei der Chmielna, Herr Winterhaus aber holte aus dem grauen Leinensäckchen auf gut Glück die Münzen seines Vaters hervor, schichtete sie zu drei Häufchen und sagte in monotonem Singsang:

«Das ist für mich, das für Herrn Benek, das für Anusewicz. Das ist für mich, das für Herrn Benek und das für Anusewicz.»

Unversehens passierten sie den Bleihof, und in der Höhe des Polnischen Hakens, als sie sich an einer Stelle nahe am Kai, bei den Speichern und Hafengebäuden plötzlich von großen Schiffsrümpfen umgeben sahen, wurde Anusewicz unruhig: Ob sie nicht schon zu weit gefahren waren, ob sie mit einer solchen Nussschale, noch dazu aus Gummi, überhaupt hier fahren durften? Bernard war anderer Ansicht: Sie würden sich noch die Festungsmauern ansehen und dann auf die Höhe des Denkmals zurückkehren, denn wenn schon ein Ausflug, dann richtig, und was die Navigation angehe, so sei er hier zehn Jahre auf dem Schubschiff «Buhaj» gefahren und kenne jede Boje, so wie er jeden Zöllner und Polizisten im Hafen gekannt habe. Als sie an der Westerplatte angekommen waren, hatte Herr Winterhaus seine Aufteilung beendet und gab den beiden Schwägern ihren Anteil des Schatzes.

«Das muss gefeiert werden!» Benek zog aus seiner Brusttasche einen Flachmann. «Einen Schluck zur Versöhnung! Schauen Sie, Herr Winterhaus, das ist das Denkmal unserer Helden, das waren die Ersten in Europa, Herr Winterhaus, die Hitler sagten: ‹No pasarán.›»

«Oh, ich weiß, das war nicht wie bei den Tschechen, diese Schüsse konnte man sogar in unserem Haus hören.»

«Und hier», Anusewicz streckte die Hand aus, «legte damals der Panzerkreuzer ‹Schleswig-Holstein› an.»

«Ein freundschaftlicher Besuch, *herzlich willkommen!*», fügte Bernard hinzu und drehte das Ruder so, dass das Schlauchboot einen weiten Halbkreis beschrieb und nunmehr auf die Stadt zufuhr.

Der Blechbecher des Flachmanns machte munter die Runde, und der Hafengeruch von Teer, nicht allzu sauberem Wasser und Fischen vermischte sich bald mit dem Duft des Kaffees, den Anusewicz aus Barbaras Thermosflasche in die Tasse goss.

«Ein schöner Tag, was für ein schöner Tag!», meinte Winterhaus noch einmal. «Das hätte ich mir nie träumen lassen!»

«Das Leben ist schöner als Träume», sagte Anusewicz im Brustton der Überzeugung, «Sie sehen es ja selbst.» Er wollte noch etwas hinzufügen, aber der verträumte Herr Winterhaus intonierte mit klarer, kräftiger Stimme:

Das Wandern ist des Müllers Lust,
das Wandern ist des Müllers Lust, das Wandern,

und mit einer Kopfbewegung ermunterte er die beiden Schwäger, sich anzuschließen, worauf Anusewicz und Bernard wiederholten:

das Wandern, das Wandern, das Wa-han-dern.

Worauf Winterhaus noch freudiger zur zweiten Strophe überging:

Vom Wasser haben wir's gelernt,

und die Seefahrer, jetzt in vollendet abgestimmtem Trio, schmetternd wiederholten:

vom Wasser, vom Wasser, vom Wa-has-ser.

Und obwohl dies kein Wildbach war, an dessen Ufern eine Mühle und ein Fachwerkhaus gestanden hätten, sondern nur ein Kanal, wo statt Tannenbäumen stählerne Kräne in den Himmel ragten, fühlten sich alle drei in diesem Moment wirklich wie Wanderer, die von den Bergen ins Tal hinabsteigen, auf einen reizenden, einsamen Bauernhof stoßen und dort ...

Aber das Lied wurde nicht zu Ende gesungen. Bei den Worten über Herrn Meister und Frau Meisterin begann backbords etwas zu rasseln, zischen und puffen, und eine Sekunde später schickte sich das Schlauchboot an, in den dunkelgrünen Strudeln der Mottlau zu versinken. Bernard schaffte es nicht einmal mehr, den Motor loszumachen, der zischend und blubbernd den schlaff gewordenen Gummischlauch in die Tiefe zog.

«Jesus Maria, Herr Winterhaus, können Sie schwimmen?», schrie Anusewicz.

Aber Winterhaus, der sich wie ein verwirrtes Hündchen im Kreise drehte, hatte die Frage nicht richtig verstanden und sagte immer wieder:

«Mein Gott, mein Gott, alles kaputt, alles.»

Und in der Tat, da war nichts zu retten. Das Säckchen mit Winterhaus' Anteil und die Plastiktüte mit Bernards Münzen gingen genauso schnell unter wie das mit dem Motor belastete Schlauchboot. Nur Anusewicz, der seinen Anteil auf die verschiedenen Taschen seiner Jacke verteilt hatte, erlitt vorerst keinen Schaden; doch als sie zum Kai zu schwimmen begannen, wurde dieser Ballast sehr lästig. Anusewicz streifte die Schuhe ab, und als nach dem ersten Schrecken seine Kräfte wiederkehrten, versuchte er, mit der einen Hand die bis zum Rand gefüllten Taschen zu leeren. Aber das war nicht so einfach. Die Jacke war steif wie ein Panzer, und Anusewicz spürte, wie es ihm immer schwerer fiel, sich über Wasser zu halten. Schließlich zog er unter größter Anstrengung zuerst den linken, dann den rechten Arm aus den Ärmeln und schwamm nun, um ein Wesentliches leichter, als Letzter ans Ufer.

Mit Müh und Not bezwangen sie endlich den glitschigen Vorsprung des Kais. Nebeneinander im Gras liegend, betrachteten sie schweigend den Himmel.

«Alles ist untergegangen», sagte schließlich Winterhaus.

«Wenn ich den Iwan erwische, der mir dieses Boot aus Armeebeständen angedreht hat, poliere ich ihm die Fresse», drohte Bernard.

Sie erhoben sich und machten sich auf den Weg. Winterhaus mit dem einen geretteten Schuh in der Hand. Bernard barfuß, Anusewicz in grauen Socken. Solange die Schatten der Kastanien und die Häuserfronten der Läden in der Ulica Wiosny Ludów, wo sie herausgekommen waren, sie schützten, war ihnen noch nicht allzu elend zumute, doch als sie die kleine Brücke über dem Kanal der Radaune überquerten und im Licht der untergehenden Sonne den Fischmarkt betraten, der voller Touristen und Händler war, konnten sie sich des Eindrucks nicht erwehren, dass aller Augen auf sie gerichtet waren. Zum Glück war das kleine Hotel in der Ulica Straganiarska, wo Herr Winterhaus abgestiegen war, nicht weit; einige Minuten später kamen sie dort an. Erst in dem Zimmer mit dem Blick auf den leicht geneigten Turm der St.-Johannis-Kirche spürte Anusewicz, dass in der Tasche seines Hemdes eine einzelne Münze übrig geblieben war.

«Die ist für Sie.» Er hielt das goldene Stück Winterhaus hin. «Als Andenken.»

«Nein, nein, bitte behalten Sie sie», sagte Winterhaus, der sich gerade die Hose auszog. «Ich rufe gleich ein Taxi für Sie, und heute Abend lade ich Sie zum Essen ein.»

«Zum Essen?», fragten die beiden Schwäger erstaunt.

«Ich möchte Sie um ein kleines Protokoll bitten, für meine Frau. Dass wir die Münzen gefunden haben und dass sie dann versunken sind. In Ordnung? Damit sie nicht denkt, ich sei nicht bei Trost. Schlimm genug, dass sie so von meinem Vater denkt.»

«Möge er in Frieden ruhen», murmelte Bernard, als sie sich ins Taxi setzten. Anusewicz war schweigsam, sein Herz schlug unregelmäßig, er atmete schwer und wollte so schnell wie möglich nach Hause. Er hörte nicht auf Bernards Geplauder mit dem Fahrer, als sie in der

Nähe der Werft und der drei Kreuze im Stau stecken blieben. Wieder plagten ihn, wie am Morgen nach dem Erwachen, seltsame Gedanken. Hatte Nina ihm etwas Wichtiges sagen wollen? Verhieß das Erscheinen von Pfarrer Wołkonowicz neben ihr auf der Wiese eine Veränderung in seinem Leben? Gewiss, der heutige Tag war in jeder Hinsicht verrückt gewesen – aber konnte das denn wichtig sein für die beiden, die nach so vielen Jahren den dunklen, tiefen Fluss des Vergessens überschritten hatten, um in seinem Traum zu erscheinen? Und was sollte dies letztlich bedeuten: die Münzen irgendeines Deutschen mit einer polnischen Großmutter, die auf den schlammigen Grund des Hafens gesunken waren? Unter den halb geschlossenen Lidern sah Anusewicz die Wiesen der Gegend um Rudzieniec, die sich zwischen den Schleifen des Flusses Rudejka dahinzogen, die Bauern, die Heu rechten, und Herrn Żubrowicz, der auf seinem hohen Wagen aus Kniażowska Góra heruntergefahren kam und vor sich hin summte:

«Anusewicz auf dem Sofa ratzt
und sich an den Eiern kratzt.»

Es war ein alter Streit unter Nachbarn. Anusewicz' Vater pflegte seinerseits zu sagen:

«Und Żubrowicz schläft im Hühnerhof,
seit er Land und Hof und Vieh versoff.»

Worum es damals gegangen war und warum die Anusewiczs die Żubrowiczs nicht gemocht hatten, das wusste Anusewicz nicht. Er wusste nur, dass er es nie erfahren würde.

In Gedanken versunken verabschiedete er sich von Bernard und trat in die angenehm kühle Wohnung. Er trank einen Schluck Bier und legte sich auf die Couch. Der Sensenmann, den er auf dem Schreibtisch zurückgelassen hatte, betrachtete Anusewicz mit reglos gläsernem Blick.

«Alter», sagte er zärtlich, «heute bin ich dir entwischt. Weißt du? Um ein Haar wäre ich ertrunken.»

Und da spürte er etwas Merkwürdiges. Zuerst drehte sich die Couch, dann mit ihr das ganze Zimmer. Wieder ertönte die Militärkapelle, diesmal war sie unsichtbar. Der Sensenmann sprang auf den Boden, wirbelte im Dreivierteltakt, begann zu wachsen, sich von Sekunde zu Sekunde zu vergrößern, und als er schon menschliche Maße erreicht hatte, legte er die Lakenkutte ab. Nicht mehr der Sensenmann, sondern Nina, zwanzigjährig, schön und kokett, tanzte auf dem Teppich, eigens für ihn. Er wollte sich ihr nähern, sie wie in seinem Traum, an den er sich genau erinnerte, berühren. Nina lachte und entschlüpfte ins Esszimmer. Anusewicz ging ihr nach; aber hinter der Wand war nicht mehr das Esszimmer, da waren die Schleifen des Flusses und die Wiese, die er aus seinem Traum kannte. Dort sah er die Żubrowiczs, die Anusewiczs und all die anderen, die ihm in Erinnerung geblieben waren und an die er schon lange nicht mehr gedacht hatte. Nina nahm ihn bei der Hand und führte ihn zu ihnen, aber Pfarrer Wołkonowicz versperrte ihnen den Weg und befahl Anusewicz, hinter sich zu schauen. Er erblickte seinen eigenen Körper, der nun nicht mehr zu ihm gehörte, und über ihn gebeugt seine Frau Zofia. Sie setzte sich auf die Couch und nahm aus den zusammengepressten Fingern ihres Mannes eine goldene Münze. Das Bild des Königs interessierte sie nicht weiter, aber die andere Seite, mit dem Panorama der Stadt, kam ihr seltsam bekannt vor. Über den Schanzen, Festungen und Kanälen, über den Türmen von St. Marien, der St.-Nikolai-Kirche, der St.-Katharinen-

Kirche und des Rathauses, über dem Hafen, der Vorstadt und dem Langen Markt erblickte Frau Zofia drei hebräische Buchstaben, die aus einer Wolke von Lorbeerzweigen all dies beschienen – die Stadt und die Welt segneten. Sie konnte sie nicht entziffern, aber sie konnte sich denken, was sie bedeuteten, und sie flüsterte den Namen und schloss, die Tränen verhaltend, die Lider ihres Mannes.

«Willst du zurückkehren?» Anusewicz hörte eine kräftige Stimme, die nicht Pfarrer Wołkonowicz gehörte.

«Nein», erwiderte er, «wieso denn das?» Und er ging über die weiche, feuchte Wiese in der Gegend von Rudzieniec.

Glückliche Tage

Für Wojtek Hrynkiewicz

Es sollten vier Rappen sein. Mit Hufschmuck und Federbüschen. Sie sollten einen versilberten, mit Trauertuch bedeckten Leichenwagen ziehen, durch die ganze Stadt, langsam, mit Würde, sodass jeder Passant Zeit hätte, den Zug mit den Augen zu verfolgen und sich zu fragen: «Wer wird denn so bestattet?»

Aber es gab keine Pferde. Es gab kein Trauertuch mit Schleppe, keine künstlichen silbernen Palmzweige, keine Lampions. An einem heißen Maitag hielt ein dunkelblauer Toyota lautlos vor der Kapelle, vier Angestellte der Firma «Styx» packten den Sarg aus Kiefernholz, schoben ihn aus dem Glaskasten heraus und trugen ihn über die Zementstufen. Ich stand zwischen Alek und Wiza und hielt die Stängel der soeben geschnittenen Rosen in den Händen. Sie waren feucht und kühl, als wäre ein heftiger Regenschauer über die Stadt hinweggegangen.

«Hast du jemanden gesehen?», flüsterte ich Alek zu.

Er zuckte mit den Schultern und machte ein Gesicht, als hätte ich etwas Unschickliches gefragt.

«Und du?», wandte ich mich an Wiza.

«Nein», flüsterte sie.

Aber ihr Blick wanderte über die Köpfe der Trauergäste und blieb auf der anderen Seite der Kapelle an einem Mann mit dunkler Brille hängen. Es war nicht der «Dünne». Auch nicht der «Taxifahrer». Und ganz bestimmt nicht der «Mönch». Jeden von ihnen hätte ich sofort erkannt, selbst nach so vielen Jahren.

«Wer ist das?», fragte ich noch leiser.

Wiza schob den Unterkiefer vor.

«Nein», hätte ich beinahe geschrien. «Das kann doch nicht wahr sein, das ist doch nicht der Major!»

Hinter uns zischte jemand wütend, während der Pfarrer das Lied anstimmte: «Mögen die Engel dich in den Himmel tragen.» Die Menschenmenge begann zu wogen, der Sarg schwebte mit einer würdevollen Bewegung zur Tür der Kapelle und von dort auf den mit einer Batterie angetriebenen Wagen, eine Art Ersatz für den Leichenzug.

«Du solltest lieber die Witwen zählen», sagte Alek, «ich glaube, die sind komplett!»

Aber ich konnte keine Witwen zählen. Ich hielt Ausschau nach dem Mann mit der dunklen Brille, um mich zu vergewissern, ob Wiza Recht hatte, denn wenn es so war, wenn der Major tatsächlich zum Begräbnis gekommen war, dann war das ein eklatanter Mangel an Taktgefühl, ein absoluter Skandal, eine Unverfrorenheit, wie sie die Welt noch nicht erlebt hatte. Erst an der offenen Grube, die wir im Halbkreis umstanden, konnte ich die Versammelten überblicken. Der, den Wiza für den Major hielt, stand hinter den beiden Totengräbern und sah ganz und gar nicht wie der größte Feind des Verstorbenen aus.

«Ich glaube, du täuschst dich», sagte ich leise zu Wiza. «Der Major war doch kleiner.»

«Ich täusche mich bei so was nicht», sagte sie. «Geh nachher näher zu ihm hin, du wirst schon sehen.»

Ich trat ungeduldig von einem Fuß auf den andern. Auf der anderen Seite des Tals, über den Hügeln von Suchanino und den grauen Betonblocks, dröhnte eine Boeing.

«London», flüsterte Alek, «London oder Hamburg.»

«Woher weißt du das?», fragte ich genauso leise.

«Die aus Warschau haben eine andere Route. Über

Ujeścisko und Morena. Und die da kommt direkt vom Meer.»

Ich war sauer. Nicht auf Alek und seine Begeisterung für Flugzeuge. Ich war wegen des Majors sauer. Warum ging keiner zu ihm hin und rief: «Mach, dass du hier wegkommst, du Schuft!» Nun ja, wir waren bei einem Begräbnis, nicht im Parlament. Kein dicker Strich trennte uns von der Vergangenheit, jedenfalls nicht hier, auf dem Friedhof.

Indessen ging die Boeing tiefer, die Totengräber ergriffen die Seile, und der Major – jetzt sah ich ihn deutlich –, der Major lachte unverschämt, mit offensichtlicher Genugtuung darüber, dass nicht er im Sarg lag. Das war zu viel des Guten. Ich gab Wiza die Blumen und machte mich, zwischen den Gräbern hindurch, langsam auf den Weg zu ihm. Ich wollte keinen Skandal veranstalten, Gott behüte. Ein paar Worte, laut ausgesprochen, hätten genügt, um die Sache zu erledigen. Zum Beispiel: «Hallo, Major, was macht Ihre Kalaschnikow, wie bekommt ihr das Rentendasein!?» Oder: «Ach, Sie hier, Herr Major, kaum zu glauben. Und ich dachte, seit dem Tag, als Sie den Befehl gaben, uns umzulegen, wären Sie tödlich beleidigt, und dabei ...» Doch es war mir nicht vergönnt, den Major anzusprechen. Auf der kleinen Allee von der Kapelle her näherte sich unerwartet ein Volkswagen. Kein Auto hatte das Recht, hierher zu fahren, schon gar nicht dieses: ein länglicher VW-Bus mit deutschem Nummernschild. Die Totengräber glätteten gerade den Grabhügel, die Schleier der Witwen wehten im Wind, während aus dem Auto geschickt wie ein Seiltänzer ein kleiner Türke sprang, der schnell die steile Rampe herauszog, worauf vor den erstaunten Augen der Trauergäste ein Rollstuhl auftauchte, in dem langsam und würdevoll eine ältere Dame herunterfuhr. Und bevor die letzten Blumen aufs Grab gelegt waren, kam das vernickelte, von einem geräuschlosen Elektromotor betriebene Schmuckstückchen näher, wie bei einer Parade.

Alle erstarrten vor Erwartung. Wer war dieses grauhaarige alte Mütterchen? Die Mutter des Verstorbenen? Eine entfernte Verwandte? Oder die niemandem bekannte erste Verlobte? Niemand wusste es. Aber alle sahen, dass der klein gewachsene Türke einen großen Strauß künstlicher Blumen hinter ihr hertrug. Ich betrachtete den Major. Wie die anderen stand er auf Zehenspitzen, um das ungewöhnliche Spektakel besser beobachten zu können. Ich überquerte schon den Weg und legte mir den ersten Satz für den Major zurecht, als der elektrische Rollstuhl plötzlich unverhofft schnell umdrehte, einige Schaulustige aufschreckte und die Allee nach unten zum Friedhofstor raste.

«Die hat sich's wohl anders überlegt!», rief jemand aus der Menge.

«Nein, nein», meinte ein anderer freudig, «sie hat die Beerdigungen verwechselt!»

Der verzweifelte Türke warf die Papierblumen weg, jagte seiner Dame hinterher und schrie:

«Hilfe, Hilfe!»

Aber für Hilfe war es schon zu spät. Das Vehikel war in Schwung gekommen und düste die Magistrale der Nekropole hinunter wie ein BMW-Coupé, und nichts – so schien es – konnte es aufhalten. Nichts, außer dem nächsten Leichenzug. Wir sahen ein Holzkreuz, das weit nach oben flog, einen beeindruckenden Bogen in der Luft beschrieb und in die Fliederbüsche fiel. Wir sahen die Soutane des Pfarrers und die Messhemden der Ministranten, die schneller als die Wellen des Roten Meeres zur Seite wichen. Wir sahen sechs rüstige Männer, die es nicht mehr schafften wegzuspringen. Der Sarg, den sie auf den Schultern trugen, begann zu schwanken wie ein Schiff, dem das Steuer abhanden gekommen ist, neigte sich dann backbord und donnerte auf den Boden. Krachend sprang der Deckel ab, der Verstorbene fiel aus der Kiste, ein Lackschuh rutschte von seinem Fuß und wir erblickten, auf dem grünen Hintergrund von Fichten und Buchsbaum, eine schreckliche orangerote Socke.

Der Übeltäter indessen, jenes Rollstuhlwunder des vereinigten Deutschland, jagte weiter am Friedhofstor vorbei, donnerte auf die Fahrbahn und fuhr inmitten von wütenden Autohupen die Ulica Łostowicka hinunter, verfolgt von den erstaunten Blicken der Passanten und den Rufen des hinterherlaufenden Türken. Das Begräbnis war zu Ende, und der Major, den niemand hier erwartet hatte, der Major war spurlos im Chaos verschwunden.

«Leck mich ...», brummte Alek, «vielleicht ist es gut so, sonst hätten wir außer der Rallye auch noch eine Schlägerei gehabt, und kann man das vielleicht brauchen bei einer Beerdigung?»

«Als ich diese Socke sah», sagte Wiza erschüttert, «dachte ich, ich platze gleich vor Lachen. Ein schwarzer Anzug und so eine Glühbirne, das gibt's doch nicht, die haben doch überhaupt keinen Geschmack mehr, stimmt's, Leute?»

«Wer garantiert dir, dass deine Frau dir nicht so ein Ding anzieht, wenn du abgekratzt bist?» Alek hatte keine Lust auf eine weitere Unterhaltung mit Wiza und wandte sich mit Nachdruck an mich. «Wer garantiert dir, dass zu deiner Beerdigung nicht der grässlichste Onkel kommt, der jahrelang versucht hat, dich ins Grab zu bringen? Wer kann denn überhaupt für irgendwas garantieren? Komm, gehen wir zum Leichenschmaus, die Sache muss man begießen, verdammt nochmal.»

Es war heiß. Wir standen auf dem kleinen Platz vor dem Friedhof und warteten auf nichts mehr. Vielleicht war es deshalb so schwer, eine Entscheidung zu treffen.

Ein glühender Lufthauch wehte vom Hügel beim Friedhof her. In den Staubwolken wirbelten Zellophanfetzen, frisch gemähte Grashalme, Reste von Trauerbändern.

«Mit mir braucht ihr nicht zu rechnen.» Wiza winkte dem Mercedes zu, der herangefahren kam. «Seht ihr, das ist mein Alter, er wird stinksauer, wenn er warten muss. Sollen wir euch beim Bahnhof absetzen? Nein? Na dann tschüs, Leute, wir treffen uns demnächst.»

«Auf der nächsten Beerdigung», murmelte Alek. «Und was die für Wörter gebraucht», platzte er los, als Wiza schon verschwunden war. «Demnächst, demnächst! Liest die seit neuestem Bücher, oder was?»

Ich schwieg. Wir gingen den Gehsteig entlang, vorbei an Bruchbuden, wo man neben Blumen allerlei Grabzubehör kaufen konnte: Kränze aus Tannenzweigen und aus Blech, Kerzen, Grablämpchen, Trauerfähnchen. An den Zäunen lockten Reklameschilder von Steinmetzfirmen und Bestattungsinstituten: «Charon – ins Jenseits: bar oder auf Raten», «Echt italienischer Marmor», «Bei uns ist Terrazzo kein Risiko», «Zerberus – solide, preiswert, umfassend».

«Wohin gehen wir?», fragte ich. «In die Niederstadt? Weißt du noch, er trank am liebsten sein Bier in der Bar ‹Unterm Gerüst›, vielleicht dorthin?»

«Wir werden schon zum Ort unserer Bestimmung kommen», Alek wischte mit dem Hemdsärmel den Schweiß von der Stirn. «Das ist weit, wir sollten uns erst mal an die Ouvertüre machen, da, auf der anderen Seite der Kreuzung ist eine Bierstube, da setzen wir uns hin und schauen uns nach einem Thema um.»

Das Thema kam jedoch ganz von selbst. In der Mitte der Kreuzung standen sich ein Lastwagen und der Bus der Linie 175 gegenüber. Dazwischen drehte sich der Rollstuhl, der Stau schwoll mit jeder Sekunde an, der Türke versuchte, dem Polizisten etwas zu erklären, die

Abgaswolke wurde dichter, die Hupen dröhnten wie verrückt.

«Das ist mir eine Alte», lachte Alek, «lässt sich nicht überfahren und diskutiert auch noch mit der Obrigkeit. Denkst du, sie wollte wirklich genau zu diesem Begräbnis? Vielleicht ist es wirklich seine erste Frau? Moment mal, sie hieß Truda, glaube ich, oder so ähnlich. Als sie die vier Witwen gesehen hat, hat sie bestimmt den falschen Knopf gedrückt ... Und los ging's, durch den Friedhof auf die Straße!»

Der Polizist ergriff den Rollstuhl und zog ihn mit Hilfe des Türken auf den Bürgersteig. Die Autos setzten sich in einer langen Schlange in Bewegung. Wir standen an der Fahrbahn und erstickten fast vor Staub und Abgasen.

«Zum Donnerwetter», sagte ich, «hier stehen wir noch bis zum Jüngsten Tag!»

«Erinnerst du dich?» Alek übertönte das Getöse der Motoren. «Als wir zum ersten Mal zu ihm auf die Barke kamen, das war vielleicht ein Jüngster Tag!»

Ich erinnerte mich: an den Geruch von Asphalt, Kalmus und Rost. Wir mussten bei der alten Schleuse von der Landstraße abbiegen und am Kanalufer entlanggehen, zwischen Schilf und vermoderten Stegen, die schon seit Jahren nicht mehr benutzt wurden. Über dem grünen Abgrund roch der Kalmus streng und durchdringend, und er mischte sich mit dem Geruch von Rost. Wir standen in der prallen Sonne an Deck der Barke und sahen uns unsicher um. Sollte etwa hier, auf diesem schäbigen Pott, wo es – wie es schien – keinerlei Anzeichen von Leben gab, unser zukünftiger Boss wohnen, unser Patron, unser Pate, unser *padrone*? Wir gingen in das immer tiefere Dunkel der Zwischendecks, der Treppen, der Schotten, wo der Rost nicht nur Geruch, sondern Geschmack war auf den von der Hitze ausgetrockneten Lippen, und überall, in den Luken, den Bunkern, an

Heck und Bug, begegneten wir der gleichen Leere, als wohnten auf der Barke nur Geister – von Schiffern, Stauern und Lotsen, Geister, die sich an die Zeiten von Gaffelsegeln, Dampfturbinen und an Zeppeline erinnerten, die über den gotischen Kirchen der Hanse schwebten. Ich erinnerte mich an die stählerne Schotte – es war wohl ganz auf dem Grund der Blechkiste –, hinter der wir Licht sahen. Es war ein Bullauge, durch das sich ein heller Sonnenstrahl in den Staub und die Dunkelheit bohrte, und in der Ecke der Kajüte stand ein Bett, darauf schlief, nur mit einem Laken bedeckt, Barba, wie ein biblischer Patriarch: bärtig, dick, langhaarig, von undefinierbarem Alter.

Wir standen eine Weile da, unsicher, was wir tun sollten, beobachteten, wie er sich unruhig von einer Seite auf die andere wälzte, wie er im Schlaf unverständliche Wörter murmelte, wie er mit den Zähnen knirschte, wie er schnaufte, schnarchte, bis er schließlich in einer verzweifelten Geste das Laken von sich warf, und da sahen wir plötzlich auf seinem großen Bauch, der Gargantua alle Ehre gemacht und dessen sich auch der brave Soldat Schwejk nicht geschämt hätte, ein Gemälde: eine einsame Insel inmitten von unzähligen Ozeanwellen, um die sich Sirenen mit goldenen Stimmen tummelten. Ihre Namen, in Sütterlinschrift auf die Fischschwänze geschrieben, wogten im Rhythmus der Wellen und der gespannten Haut. Wir konnten nicht einmal die Hälfte davon lesen, denn Barba öffnete die Augen und erstarrte vor Erstaunen. Ein paar Sekunden später jagte er uns, das Laken um den Leib gewunden wie die Toga eines Senators, mit einer Flinte in der Hand (ich konnte mich nicht erinnern, woher er so schnell diesen archaischen Mannlicher mit dem bedrohlichen abgesägten Lauf hatte) durch die dunklen Labyrinthe der schmalen Gänge, der Zwischendecks, Treppen, Luken, Kajüten,

Bunker, Schotten und brüllte dabei die zwei denkwürdigen Sätze:

«Knirsch, du wirst mich kennen lernen, du Schuft», und «Wanja, Wanjuscha, wo warst du, dich bring ich auch um!»

«Du hast Recht gehabt!» Alek war ganz heiser vom Schreien, von Abgasen, Staub und Hitze. «So kommen wir ums Verrecken nicht auf die andere Seite, die fahren ja wie die Bescheuerten! Meine Kehle ist schon ganz trocken!»

Der Türke, der den Rollstuhl mit seiner Dame eifrig die Ulica Łostowicka hochschob, verschwand hinter der Kurve. Sicher erreichte er schließlich die Friedhofshügel, setzte die elektrische Falltür in Bewegung, zog die Fürstin ins Innere des Busses und ließ den Motor des Volkswagens an, wobei er in einer nur ihm verständlichen Sprache fluchte. Wir standen immer noch am Rande der Kreuzung. Völlig überladene Lastwagen, überfüllte Busse und Hunderte von Pkws krochen langsam die Ulica Kartuska hinauf und hinunter und pumpten die sommerliche Mittagsluft mit den heißen Abgasen unserer Zivilisation voll.

«Wir standen auf diesem glühenden Deck wie zwei Blödmänner.» Alek kam wieder auf jenen Jüngsten Tag auf der Barke zu sprechen. «Wir hatten die Hände erhoben, und er, anstatt zu fragen, was wir wollten, wer uns schickte, rief nur nach Wanja und brüllte: ‹Ich schlag ihn tot, ich schlag ihn tot wie einen Hund, diesen dummen Russen, wo war er denn, als ich schlief, wo hat er da aufgepasst?!› Und du hast gesagt: ‹Wir kommen von Wiza, Wiza schickt uns› – erinnerst du dich? Worauf er stinksauer wurde und dir wie ein tollwütiger Hund den kurzen Lauf des Gewehrs an die Rippen hielt: ‹Hier auf diesem Deck hältst du den Mund, wenn du nicht gefragt wirst!› Und weiter schrie er: ‹Wanja, Wanja, komm her, wo bist du, Täubchen?› Und als Wanjuscha endlich – weißt du noch? – aus irgendeiner Ecke gekrochen kam, verkatert wie die ganze Werft nach dem Zahltag, packte ihn Barba am Kragen, hob ihn hoch, warf ihn über die Reling ins Wasser und schoss mehrmals auf ihn.»

«Nein», unterbrach ich ihn, «er schoss doch nicht auf ihn, sondern neben ihn, sodass Wanja im Kreis schwimmen musste, so lange, bis Barba sich beruhigt hatte.

«Bis das Magazin leer war», verbesserte mich Alek. «Und wie er ihn anbrüllte: ‹Wenn ich will, dann schicken sie dich morgen in die Sowjetunion zurück, und was wird man da mit so einem wie dir machen, der aus der sowjetischen Flotte desertiert ist!?›»

«Aber als sein Zorn verflogen war», bemerkte ich, «da warf er ihm gleich die Leiter hin, zog ihn an Deck, nahm ihn in den Arm und sagte: ‹Das kommt alles von diesem teuflischen Traum, verzeih mir, Wanja, ich habe wieder von allen meinen Sünden geträumt, und zum Schluss von Major Knirsch, und als ich dann die beiden über mich gebeugt sah, da dachte ich, die kommen von ihm, ich dachte, das wäre mein letzter Augenblick, du hättest mich verraten, Wanja, und ich würde ohne Beichte in die Hölle kommen.›»

«Nein», korrigierte mich Alek. «Er sagte: ‹Und ich werde es nicht schaffen zu beichten und in die Hölle kommen.›»

«Stimmt», bestätigte ich, «so hat er es damals gesagt, und ich war ganz baff, dass er das mit der Beichte und der Hölle so ernst nahm.»

«Baff warst du aus einem ganz anderen Grund, wie ich auch», fuhr Alek fort. «Wir standen ja die ganze Zeit mit den Pfoten nach oben, dieses eiserne Deck war heiß wie ein Ofen, und er quatschte mit Wanja, erzählte ihm seine Träume, und das dauerte.»

«Und wie», stimmte ich zu, «und dann noch dieser Geruch von Rost.»

«Und Möwenkacke», Alek machte eine unbestimmte Handbewegung, «alles war mit Scheiße bedeckt ...»

Die Autoschlange riss schließlich ab, und wir rannten auf die andere Seite der breiten Fahrbahn.

«So», seufzte Alek, «jetzt kommt endlich die Ouvertüre!»

Aber die Ouvertüre kam noch nicht. An der Stelle, wo den Wanderer früher das vergilbte Schild «Stiller Winkel» einlud, sahen wir die elegante Aufschrift «Kamine». Da, wo jahrelang die Durstigen aus Siedlce, Emaus, Ujeścisko und auch aus Nowolipie, Suchanino und Zabornia einkehrten, an dem Ort, wo schon so manche berühmte Beerdigung und manche Vororthochzeit begann, wurden jetzt Kamine verkauft: echte, elektrische, norwegische, schwedische und deutsche.

«Leck mich am Arsch!», fluchte Alek. «Wozu denn so ein Laden hier? Wen hat denn diese Kneipe gestört?»

Die ehemalige Veranda war umgebaut. Eine Zufahrt für Behinderte, diskrete Nickelklinken, schalldichte Fenster aus PVC – all das gehörte einer anderen Epoche an, von der alten war nichts übrig geblieben. Sogar der Zwergbirnbaum, der jeden Sommer von den Kunden reichlich besprengt worden war, war abgehackt und verbrannt worden.

«*Sic transit*», sagte ich. «Gehen wir.»

Alek biss sich auf die Lippen. Erst bei Knopfs Herberge, der trostlosen Ruine, wo früher ein Pferdestall und eine Schenke gewesen waren, deren Hof noch die Sporen französischer Kürassiere, preußischer Husaren und russischer Dragoner gesehen hatte, erst dort, als wir mühsam die steile Böschung hinaufstiegen, sagte er:

«Na ja, aber damals ging die Post ab!»

Wir ließen die Hände sinken. Barba stellte uns einige Fragen und schüttelte erstaunt den Kopf:

«Studenten? Die arbeiten wollen? Und warum nicht im Hafen? Oder Fußgängerübergänge streichen?»

Wir wussten von Wiza mehr, als wir sagen durften. Vor allem, dass er sehnsüchtig auf neue Leute wartete: für die Pumpen, für die Siebe, für die Bugwache, zum Auslesen des Gerölls.

«Bevor der Mensch etwas über den anderen sagt», verkündete er schließlich, «muss er ein Fass Salz mit ihm verzehren, stimmt's? Na, dann los» – er zeigte auf die Heckaufbauten –, «machen wir uns an das Salz.»

Die Metamorphose dieses Innenraums war erstaunlich: War er vorhin noch ganz leer, so wurde er jetzt, als Barba uns hineinführte, zu einem bewohnten Raum. Davon zeugten die hier und da angebrachten Schränkchen, die halb offene Tür zur Kajüte, wo man instinktiv die Anwesenheit von Menschen spürte und auch Schritte hörte und gedämpfte Stimmen, die nicht weit entfernt waren, vermutlich hinter den nächsten Schotten. Als wir schließlich in einen Raum kamen, der an eine Mischung aus Esszimmer und Schiffsküche erinnerte, setzte sich Barba an einen Eichentisch und sagte:

«Na, wenn Wiza euch schickt, dann sagt mal, woher ihr sie kennt.»

Alek verzerrte widerwillig das Gesicht, also erzählte ich. Dass es ihm eines Tages, als er in die Akademie kam, die Sprache verschlug: in dem Saal, wo gewöhnlich nicht mehr ganz junge und eher üppige Rubensmodelle posierten, sah er Wiza, und sofort, auf der Stelle, überkam ihn wie nie zuvor das Verlangen zu malen. Er nahm Block und Bleistifte heraus, und schon als er den ersten Strich aufs Papier setzte, wusste er, dass er sein ganzes Leben lang nicht aufhören würde, sie zu porträtieren, so begeistert war er, und er warf einige Bleistiftakte hin, jeder gelungen, jeder perfekt, wenn auch nicht so wie ihr Körper, ihre Arme, Beine, ihre Brust, die Schenkel, die Hände, die Lippen, die Ohren und die Nase, na, und dann noch ihr rostfarbenes, manchmal rotgolden schimmerndes Haar. All das war so außergewöhnlich und einfach schön, und Alek malte während jeder Sitzung immer mehr und immer bessere Akte. Doch dem Professor gefiel das nicht, denn Alek hatte beschlossen zu malen, was er sah, er wollte – wie Leonardo – Gott und der Natur, ohne die es diese Wunder schließlich nicht gäbe, die Ehre erweisen. Der Professor dagegen war schon *modern*, und das sogar sehr, und er kam ständig und mäkelte an Aleks Akten herum, korrigierte sie auf eine Art und Weise, dass darauf kein Frauenkörper mehr zu sehen war, sondern ein Gewirr von Strichen, Flecken und Kreisen, und sagte zu Alek: «Sie sehen es selbst, Kollege, Ihr Stil ist schon passé, sogar sehr passé, haben Sie nichts von Picasso gehört, von Dalí und Grosz? Ist Ihnen der Zeitgeist etwa völlig fremd?» Damit brachte er Alek zur Verzweiflung und reizte ihn bis zur Weißglut, Alek dachte sogar daran, sich das Leben zu nehmen, und eines Tages hielt er es nicht mehr aus, er spürte, wie in ihm das Blut all seiner östlichen Vorfahren kochte, der litauischen Bojaren, der weißrussischen Bauern, der polnischen Abenteurer und Gefangenen der Tataren, und er brüllte aus vollem Hals, dass der Putz von der Decke des Zeughauses rieselte: «In den Arsch könnt ihr euch eure Akademie stecken, wenn man nicht mal einen Hintern malen darf, leckt mich doch ...» Er musste den Satz nicht beenden, denn der Professor bekam Herzbeschwerden und wurde mit dem Krankenwagen weggebracht. Alek dagegen trat nie wieder durch die Tore des Zeughauses, in dem sich die berühmte Akademie befand, sondern mietete sich in Orunia bei der Witwe Kosterke-Trzebiatowska eine kleine Dachkammer und lud Wiza dorthin ein, um sie zu malen, ja, zu malen, denn weder in Bleistift noch in Kohle war das flammende Kupferrot ihres Haares zu bannen und festzuhalten, wie auch das samtene Schwarz ihrer Augenbrauen, die an byzantinische Bögen erinnerten. So also – schloss ich meine Erzählung – verlor die Akademie einen Studenten, aber Wiza gewann zwei Freunde, denn seit Alek mir die ersten Skizzen und dann die Akte in Öl gezeigt hatte, ließ ich ihm keine Ruhe, bis er mich in sein Atelier einlud und ich in den von Verwunderung erfüllten Lobgesang einstimmte und fast täglich Gedichte für sie schrieb: Sonette, Distichen, trochäische Jamben, Sylorette, sapphische Strophen und auch Limericks, die sie über alles liebte, vor allem, wenn sie die Stadtteile Brzeźno, Stogi, Letniewo oder Przeróbka betrafen.

«Künstler», rief Barba erheitert, «Studenten, was sagst du dazu, Wanja?! Es haben ja schon alle möglichen Leute bei mir gearbeitet, sogar ein Pfarrer, der mit einer Zigeunerin verheiratet war, sogar ein Bezirkssekretär, aber zwei solche hat unser Betrieb noch nicht gesehen!»

«*Nu i čto to teper budet*, was wird jetzt?», murmelte Wanja und stellte eine Batterie sauberer, gefüllter Gläser auf den Tisch. «Ist jetzt alles im Arsch oder geht's auf den Sieg zu?»

«Sieg!», brüllte Barba und haute so stark mit der Faust auf den Tisch, dass die Barke beinahe zu schaukeln angefangen hätte. «Dem Major machen wir bestimmt den Garaus, der wird uns die Schuhe auf Hochglanz polieren, aus der Hand wird er uns fressen, der Schweinehund!»

Ja, wir waren verblüfft, Alek und ich, und unsere Verblüffung wuchs von Minute zu Minute. Zuerst waren wir über die Menge verblüfft: Barba stopfte ein Hähnchen nach dem anderen in sich hinein, nahm nur hin und wieder ein Stück Brot und milde Salzgurken dazu, und als die Zahl der gebratenen Vögel in seinem Magen die magische Zahl sieben erreicht hatte, wischte er mit der Tischdecke den Mund und die Finger ab, schenkte sich ein großes Glas Wodka ein und trank es aus wie Mineralwasser, wiederholte diesen meisterhaften Schluck, lief nicht einmal rot an und dröhnte:

«Iwan, bring mir Tabak!»

Die nächste Verblüffung folgte auf dem Fuße: Irena führte sieben Kinder herein, und ihr Vater gab jedem von ihnen einen zärtlichen Gutenachtkuss, trug jedem von ihnen auf, «für Papa» zu beten, worauf er die ganze Familie mit einer entschiedenen, gebieterischen Geste entließ und uns, zufrieden mit seiner Präsentation, der Reihe nach erklärte, welches Kind er mit welcher Frau gezeugt hatte. Mit Irena war er nicht verheiratet, doch von jeder der drei vorhergehenden Frauen hatte er sich scheiden lassen und Wiedergutmachung geleistet, indem er die Kinder behielt.

«So einen Vater müsst ihr mir zeigen», sagte er stolz. «Heute sind so miese Zeiten, dass jeder seine Gören der Mutter überlässt und keinen Groschen zahlt, und bei mir? Ich sorge sogar noch vor, bevor ich ins Gras beiße.»

Wir tranken eher bescheiden, wenn auch Barba – der immer noch bei Bewusstsein war – Wanja antrieb, schneller die Gedecke zu wechseln, aber der echte Marathon, das echte Pandämonium brach los, als sich Wiza zu uns gesellte. Wanja holte die Ziehharmonika und legte los wie ein Verrückter: Wiener Walzer, Polkas, Tangos und russische Volkslieder, und wir tanzten der Reihe nach mit Wiza, einmal und noch einmal, bis die Inspiration sich auch ihr mitteilte – sie sprang auf den Tisch und tanzte allein Flamenco, den Rhythmus zauberte Wanja extra für sie aus seinen Fingern, allein tanzte sie, aber für uns alle, und in diesem Tanz war etwas wahrhaft Verrücktes, was nicht einfach mit banaler Ausschweifung zu beschreiben war: je weniger Kleider sie nämlich anhatte, desto größer war unsere Begeisterung und desto kleiner unser Verlangen, bis wir sie schließlich als engelhaftes und geschlechtsloses Wesen betrachteten, wie ein im Weltall verlorenes Atom der Weiblichkeit, ein Atom, das den Fall der Engel unbefleckt überstanden hatte, sowie die Vertreibung der Eltern aus dem Paradies und all die folgenden Scheußlichkeiten, die die Einheit von Himmel und Erde zerstört und unsere edle Menschheit entzweigerissen hatten …

«Uff!», stöhnte Alek. «Na, jetzt sind wir oben.»

Wir setzten uns ins Gras. Die warme Luft zu unseren Füßen zitterte, und mit ihr der ganze weite Ausblick: das Tal, in dem sich vier Straßen kreuzten, der große Klotz von Knopfs Herberge, der Friedhof auf den gegenüberliegenden Hügeln, die Dächer der Mickiewicz-Siedlung, die grauen Betonblocks von Chełm und die fernen Konturen der Wälder hinter der Umgehungsstraße.

«Diese Truda hat er neununddreißig geheiratet, und wer weiß, wie es gekommen wäre, wenn der Krieg nicht ausgebrochen wäre? Vielleicht hätte er sich ein Haus auf der Langen Brücke gekauft? Oder eine Getreidebank gegründet? Und du? Und ich? Wer wären wir gewesen?»

«Du hättest», sagte ich, «irgendwo in Litauen die Mädels verdorben. Und ich? Mich hätte es überhaupt nicht gegeben!»

«Was faselst du da! Was heißt hier, überhaupt nicht gegeben!?» Alek war zornig. «Das kann man doch nicht sagen.»

«Warum denn nicht? Wenn der Krieg nicht gewesen wäre, hätte meine Mutter niemals meinen Vater geheiratet, das ist doch ganz einfach.»

«Dann wärst du eben jemand anders» – Alek stand auf und ging los.

«Jemand anders sein, das heißt nicht existieren!», rief ich und lief ihm nach, den schmalen Weg hinunter, zwischen den Schrebergärten hindurch. «So wie Barba.»

«Hast du dir den Magen verdorben, oder was?!» Alek blieb stehen, so beeindruckt war er. «Gleich wirst du mir erklären, dass es ihn gar nicht gegeben hat. Ist das eine neue Philosophie?»

«Weder Philosophie noch neu», erklärte ich gelassen, «aber wenn einer früher protestantisch war und deutsch sprach und dann katholisch wurde und polnisch spricht, dann kannst du doch nicht sagen, dass das der gleiche Mensch ist wie früher ...»

«Was können wir schon wissen?» Alek schaute sich nervös um, aber er fand am Fuße der Schrebergärten nicht das, was er suchte. «Alles ändert sich so schnell, guck mal – wo ist unser alter Hafen?»

Und tatsächlich, an der Stelle, wo wir früher gleich unterhalb der Böschung in einem obskuren Pavillon Bier getrunken hatten, erstreckte sich jetzt ein bewachter Parkplatz. Hinter dem Zaun, der von Stacheldraht gekrönt war, schauten überheblich Toyota, Mercedes, Audi und BMW hervor. Nur hier und da waren Relikte der zu Ende gehenden Epoche zu sehen, die sich hierher verirrt hatten: ein altersschwacher Trabi, ein gut erhaltener Wartburg und ein verrosteter Zaporožec – inmitten einer Schar von kleinen Fiats, unsterblich wie Insekten.

«Hab ich nicht gleich gesagt, wir sollen zum ‹Gerüst› gehen? Das war seine Kneipe. Wenn du auf mich gehört hättest, würden wir jetzt im Schatten der Bäume sitzen, gemütlich ein Hevelius trinken und Erinnerungen austauschen, wie es sich für eine Beerdigung gehört. Und so? Das ist mir eine schöne Ouvertüre! Vielleicht klettern wir noch irgendwo hinauf?»

Alek war so verzweifelt, dass er auf meine Provokation gar nicht einging. Wir standen an der Haltestelle, außer dem Dröhnen der Autos durchbohrte auch noch ein Presslufthammer die sommerliche Luft. Die Straßenbahn kam nicht und es wurde unerträglich heiß.

«Wäre das Bad damals nicht gewesen», sagte Alek schließlich trocken und schluckte den Speichel runter, «wären wir gar gekocht worden. Weißt du noch? Wanja sprang als Erster ...»

«Nein. Wanja sprang als Zweiter. Als Erste lief Wiza aufs Deck.»

«Ich sag dir, es war Wanja.»

«Nein, Wiza.»

«Könntest du das schwören?»

«Natürlich. Barba gab das Zeichen, Wiza sprang vom Tisch auf, lief durch dieses Labyrinth, hinter ihr Wanja, dann Barba, dann du und zum Schluss ich. Und Wiza tauchte zuerst, denn sie musste ja nichts ausziehen, und wir tanzten auf dem Deck herum wie auf heißen Kohlen, um im Laufen so schnell wie möglich die Klamotten loszuwerden, und sprangen ihr nach ins Wasser. Und du hast Barba noch gefragt: ‹Und sind da auch keine Steine?› – worauf er nur lachte und mit so einem Schwung über die Reling hüpfte, dass es dort unten nur so klatschte. Das war stark, weißt du noch? Fünf Nackte um den Kahn herum, mitten in der Nacht, wir spritzten, lachten, schrien ...»

«Dann kam Irena raus, mit der Lampe.»

«Und rief: ‹Soll ich euch leuchten?›»

«Worauf Barba schrie: ‹Nein, kluges Fräulein, der Mond reicht uns aus.›»

«Auf dem Wasser flimmerten silberne Flecken.»

«Ja, man hätte Zeitung lesen können.»

«Und neben Irena stellten sich die kleinen Barbas in Schlafanzügen an der Reling auf und schrien: ‹Mami, Mami, Papi ertrinkt, wir müssen Herrn Hufnagl rufen!›»

«Irena lachte laut und sagte: ‹Euer Papa wird nie ertrinken, der schwimmt wie ein Fisch …›»

«Ja, sie hat sie unter ihren Bademantel gepackt und wieder in ihre Betten befördert.»

«Kein Bademantel, es war ein Kimono, ein gelber Kimono mit chinesischen Drachen.»

«Vielleicht war es eine Art Kimono. Jedenfalls, als sie mit den Kindern verschwunden war, begannen Barba und Wanja zu tauchen, und mir lief ein eiskalter Schauer über den Rücken, als sie unter das Schiff tauchten und auf der anderen Seite, beim Kalmus, wieder hochkamen.»

«Wir waren nicht so draufgängerisch.»

«Wir hatten Schiss.»

«Dass da unten etwas sein könnte. Irgendein Wrack oder glitschige Pfähle von alten Brücken.»

«Von vor dem Krieg.»

«Oder irgendwelche Wassergeister.»

«Von der Wehrmacht.»

«Von der Kriegsmarine.»

«Von der Luftwaffe.»

«Oder von der Panzerbrigade ‹Helden der Westerplatte› …»

«Na, wohl nicht von Maczek.»

«Mein Gott, da konnte man baden.»

«Heute würden einen die Chemikalien zerfressen.»

«Stimmt», sagte Alek nach einer längeren Pause. «Oder man würde in der Dreckbrühe untergehen.»

Die Straßenbahn kam. Im Waggon, der heiß wie ein Ofen und gestopft voll war, hörten wir auf zu reden, und ich war mir sicher, dass unsere Gedanken einträchtig um ein und dieselbe Nacht kreisten: wie wir an Deck die Kleider überstreiften, wie wir uns verabschieden und für die Gastfreundschaft bedanken wollten und Barba höflich lächelnd sagte:

«Na gut, Jungs, gut, aber diese Taufe war nur mit Wasser, das reicht nicht.»

Bevor wir darüber nachdenken konnten, was er meinte, gab er schon Anweisungen:

«Wanja, aufs Fahrrad und den Dünnen geholt, Wiza, du bleibst als Alibi, Irena, was zu essen, schnell, und ihr Jungfrauen» – damit meinte er uns – «die Laternen in die Hand und mir nach.»

Schnell stiegen wir über das Fallreep ans verwilderte Ufer, dann führte uns Barba auf einem Weg durch mannshohes Unkraut und Kletten zu einem Schuppen. Gleich darauf fuhr er mit einem nagelneuen Fiat heraus, und schon brausten wir nach Stogi, sammelten unterwegs Wanja und den «Dünnen» ein, tauschten in der Gegend der Jachtwerft in der Bruchbude des «Taxifahrers» das Auto gegen einen vorsintflutlichen Jeep aus, und dann, schon in Górki, wo eine verlassene Scheune stand, luden wir die Pumpe, die Batterien, die Lampe, die Netze, die Säcke fürs Geröll und die Gummistiefel ein.

Alles, was danach geschah, hatte ich ganz genau in Erinnerung, und sogar damals, als die überfüllte Straßenbahn uns zu dem Leichenschmaus brachte, der nicht beginnen wollte, hätte ich jede Einzelheit unserer ersten Schicht beschreiben können: das monotone Brummen der Pumpe, den Geruch der Abgase, das Rauschen des Bachs, der eine ziemlich große Höhle ausgespült hatte, das Licht der Lampe, die die Netze beleuchtete, und unsere unterdrückten Schreie, als wir in dem schlammigen Brei, unter Hunderten von Klümpchen, plötzlich einen Bernsteinbrocken von der Größe einer geballten Faust entdeckten.

Als der Mond hinter den Dünen unterging und im Osten die ersten Streifen des Morgenrots auftauchten, gab Barba ein Zeichen, und wir beendeten die Arbeit: Alek und ich in der einen, der «Dünne» und Wanja in der anderen Grube. Alles spielte sich ab wie nach einem Uhrwerk, das rückwärts läuft: In der verlassenen Scheune deponierten wir die Geräte, beim «Taxifahrer» den Jeep, und mit Barbas Fiat fuhren wir zum Kanal, fast bis zur Barke, mit vollen Säcken im Kofferraum. Wiza stand nicht auf, um uns zu begrüßen, aber Irena wartete schon in der Küche, denn Barba musste nach jeder Arbeit essen, und vor der Arbeit auch. Und obwohl das nicht zu seinen Gewohnheiten gehörte, lud er dieses Mal seine Arbeiter zum Frühstück ein. Ja, ich erinnerte mich an den glatten Wasserspiegel und die ersten Vögel am Kanal, als wir an Deck an einem Tischchen Rührei, Speck und Brot aßen, überflutet vom Licht der aufgehenden Sonne.

«Ebendamals, an jenem Morgen, erzählte er uns von Knirsch», seufzte Alek und sprang aus der Straßenbahn, «wie der Major ihn auf der Düne mit Militär umzingelt hatte und mit Tafeln, auf denen stand: TRUPPENÜBUNGSPLATZ – ZUTRITT VERBOTEN! Und wie er drei neue Bosch-Pumpen beschlagnahmte, wie er mit Maschinengewehren seine ganze Mannschaft aus dem Wäldchen abführte und dann selbst, mit seinen Soldaten, am besten Platz pumpte, der im Laufe einer Nacht mehr brachte als Kalifornien und Klondike zusammen!»

«Das wäre ja noch nicht das Schlimmste gewesen», sagte ich, «aber was er nicht verschmerzen konnte, waren diese neuen Pumpen, das war als langfristige Investition gedacht.»

«Ich glaube, dass er damals, als er uns das erzählte, auf die Idee kam, sich zu rächen. Dazu brauchte er uns ...»

«Nein, er hat wohl lange darüber nachgedacht, die ganzen Monate, als Knirsch ihn an den Rand drängte, ihm die besten Plätze wegnahm, ständig die Miliz rief, ständig Pumpen beschlagnahmte und die Leute bestach.»

«Mag sein», sagte Alek, «aber was für ein hinterlistiges Aas, dieser Major Knirsch, sogar der Sicherheitsdienst konnte ihn nicht schnappen!»

«Was hast du denn gedacht? Zuerst stellten sie ihre Tafeln auf, dann veranstalteten sie zwei Tage lang Schießübungen, und am dritten Tag schossen sie wirklich, allerdings nur in die Luft, um die Pumpen zu übertönen.»

«Am Tag konnten sie viel mehr auswaschen als wir in der Nacht», sagte Alek zornig. «Ich darf gar nicht daran denken, wie viel die herausgeholt haben.»

Wir hatten schon die ehemalige Mennonitenkirche und das erlenbestandene Ufer der Radaune hinter uns. Die gotischen Fialen des Franziskanerklosters warfen in der Nachmittagssonne immer längere Schatten. Direkt hinter der Tankstelle bogen wir nach links ab, und plötzlich lag jene frühere Welt vor uns: die schlecht gepflasterten Straßen, die Mietshäuser mit dem melancholisch wirkenden Fachwerk, die Hafenmagazine, die Forts und die holländischen Ziegel des Kleinen Arsenals. Sogar das Gras, das zwischen dem Katzenkopfpflaster wuchs, sogar die etwas kühlere Brise von den Kanälen, die nach Schlick und schmutzigem stehendem Wasser roch, waren wie früher ... Wir gingen etwas schneller, wie damals, zwei Tage nach unserer ersten Nachtschicht, als uns genau an dieser Stelle Wanja mit dem Geld und der Nachricht erwarten sollte, wo und wann wir uns das nächste Mal treffen wollten.

«Was schreibt Zbigniew Żakiewicz im ersten Kapitel von *Ciotuleńka*, wo er sich auf Ernest Hemingway beruft?», fragte Alek, als wir, wie damals, am gusseisernen Geländer der Bar «Unterm Gerüst» lehnten.

Ich konnte mich nicht erinnern.

«Also, er schreibt», Alek schlürfte behutsam den Schaum ab, «das Wichtigste sei der erste Schluck, der Rest die pure Quälerei. Also, trinken wir auf ihn, möge die Erde ihm leicht sein.»

«Doch nicht etwa auf Żakiewicz», sagte ich etwas irritiert, «ich hab ihn gestern noch in Wrzeszcz gesehen …»

«Was stellst du dich immer dümmer an, als du bist?», lachte Alek und trank den ersten, lang ersehnten Schluck Bier. «Natürlich auf Barba, den haben wir schließlich heute begraben …»

Die vollendet kühle Herbheit des Hevelius besiegelte diese ebenso herbe Feststellung. Wir schwiegen eine Weile, wie vor einer Reise oder zu Beginn eines Leichenschmauses.

«Und Wanja», sagte ich plötzlich, «kam und kam damals nicht. Wir tranken ein Bier und hatten kein Geld, das nächste zu zahlen, und so saßen wir da mit trockener Kehle und du sagtest: ‹Auf so eine Arbeit scheiß ich.›»

«Hab ich das gesagt?», wunderte sich Alek und setzte sich auf den denkwürdigen Hocker, dessen verbogenes Blech sich sowohl an die letzte Ansprache des Genossen Gomułka erinnern konnte als auch an den ersten Auftritt des Genossen Gierek. «Das hab ich gesagt?», wunderte Alek sich noch immer. «Wir haben doch damals ein Schweinegeld verdient!»

«Als wir dann Wanja auf der anderen Seite des Platzes an der Mauer des Kleinen Arsenals gesehen haben, hast du es sogar nochmal gesagt.»

«Oh, Entschuldigung!» Alek steckte sich eine Zigarette an. «Wanja kam vom Tor her, von der Nizinna Brama, wir konnten ihn also nicht an der Mauer des Arsenals sehen.»

«Und ich sag dir, er kam vom Arsenal.»

«Von der Nizinna Brama.»

«Vom Arsenal.»

Über den Plac Wałowy rollte ein Fuhrwerk, vielleicht das letzte in unserer Stadt. Wir betrachteten die müden alten Gäule und das mit Kohlenstaub beschmutzte Gesicht des Kutschers. Die Zeit schleppte sich an diesem unerwartet heißen Mainachmittag träge dahin, wie dieses archaische Gespann. Die Pferde schlurften immer langsamer, der Wagen glitt an den Häusern der Ulica Strakowskiego entlang, und als er die Kartusche mit den Löwen passierte, die an dieser Stelle seit dreihundertfünfzig Jahren ununterbrochen das Wappen der Kaufmannsrepublik trugen, spürten wir einen Hauch von Nostalgie, von Sehnsucht, mitnichten nach der Epoche der Feudalherren, der Getreidevermögen oder holländischen Ölbilder, sondern Sehnsucht nach der Zeit unserer Jugend, die gerade in diesem Augenblick an uns vorüberzog wie der alte klapprige Pferdewagen, der den Steindamm entlangfuhr, um kurz darauf durch das kühle Portal der Nizinna Brama für immer in der von Kanälen durchschnittenen Niederung zu verschwinden …

Wanja rief uns fröhlich zu, holte uns aus dem Trubel heraus, und wir gingen ein paar Schritte auf den Erdwall der Festung zu; dort – zu unseren Füßen die Bastionen, Gräben und ein mit Gras überwuchertes totes Bahngleis – zählten wir das Geld:

«Es ist mehr, als ausgemacht war», wunderte sich Alek und steckte die Scheine mit dem Kopernikus-Portrait in die Tasche. «Aber, um Gottes willen, vielleicht ist das ein Irrtum?»

Aber Wanja lachte nur und wiederholte:

«Es ist so viel, wie der Chef gezahlt hat, bis auf die Kopeke.»

«Du, Iwan, pass auf, bei uns gibt's Złotys», knurrte Alek, als wir nach unten gingen, zu den Bäumen des Plac

Wałowy, aber für weiteres Gemecker war keine Zeit, denn in dem brausenden Bienenstock der Bierstube ertönte Herrn Hufnagls Stimme: «Na, wer ist heute dran?» Und sogleich fand sich ein Teilnehmer, der nach Ruhm und Ehre lechzte, sogleich wurde der Tisch abgeräumt und Wetten abgeschlossen, wer gewinnt: der Bizeps aus der Niederstadt oder eher die Kraft und Ehre der finnischen Flotte in Gestalt eines Matrosen, der zufällig vorbeigekommen war.

Wanja hatte es eilig und wartete das Ende des Kampfes nicht ab. Als sich die Finger der Sportsleute wie Zangen schlossen, trank er sein Bier aus und flüsterte uns ins Ohr:

«Der Chef will euch heute noch sehen, heute Abend an Deck.»

Wir waren erstaunt, aber nur für einen Moment, denn das Duell erreichte die subtile Phase, wo sich zeigt, welches Handgelenk überlegen ist, und nichts vermochte uns von dem Spiel abzulenken. Indessen verging Minute um Minute, Viertelstunde um Viertelstunde, und die Hände der beiden Kämpfer rührten sich nicht. Die Kinder von Herrn Hufnagl, die im Sandkasten unter den Bäumen spielten, kamen immer wieder angelaufen und fragten:

«Papi, ist es bald so weit?»

Worauf Herr Hufnagl rief:

«Sakrament, ihr seht doch, ihr Gören, dass ich es heute schwer hab!»

Und ein wenig später, als die Kinder wieder ankamen und riefen:

«Papi, Papi, Mama ruft zum Mittagessen, und wenn du nicht kommst, fliegen die Töpfe!» – da schrie Herr Hufnagl zurück:

«Sollen sie doch fliegen, Jesus Sakrament!»

Und wer weiß, was in der Wohnung Herrn Hufnagls an

jenem Tag noch passiert wäre, hätten nicht die Kinder zu guter Letzt gerufen:

«Papi, da kommt Mama mit Oma, sie sind schon an der Tankstelle!»

Darauf schrie Herr Hufnagl:

«Diese verdammten Gören lassen einem aber auch gar keine Ruhe, Sakrament!» Und er beendete mit einer Bewegung den Kampf, indem er die finnische Faust auf die polnische Pressspanplatte drückte.

«Und jetzt», knurrte Alek, «ist es hier so leer, dass man sich aufhängen könnte! Sie haben doch nicht die Prohibition verkündet, oder?!»

In der Tat: In der Bar war keine Menschenseele, und im Freien saßen nur zwei Penner neben uns. Die Schwalben flogen kreischend vom Kanal her über den Platz, wie immer um diese Jahreszeit schmückten ihre schwarzweißen Fräcke den Himmel mit Zickzacklinien.

«Hättest du gern, dass es wie früher wäre?», fragte ich.

Alek antwortete nicht, aber in seinen Augen sah ich eine tiefe Melancholie, ein Wissen um die Vergänglichkeit; sicher trauerte er nicht den Paraden am Ersten Mai nach, den Ansprachen der Parteiführer oder der Zensur – aber der Zeit, die uns nur einmal gegeben war.

Barba wartete schon ungeduldig und führte uns mit geheimnisvoller Miene in die Kajüte, wo er uns im Licht einer grellen Lampe den gefundenen Schatz zeigte, einen honigfarbenen Klumpen von der Größe eines Hundekopfes.

«Das war euer erster Versuch, und gleich so was.» Er freute sich wie ein Kind. «Wisst ihr, was das heißt? Dass ihr mir Glück bringt und sich endlich das Blatt wendet!»

Gegen das Licht konnte man den Kopf und den Körper eines Insekts sehen, vielleicht einer Eidechse oder einer riesigen Fliege; seine toten Augen blickten uns gleichgültig an, wie sie vor Millionen von Jahren in die bodenlose Finsternis des Meeres und die Stille der Dünen geblickt haben mochten.

«Das ist besser einbalsamiert als die Gebeine der Pharaonen», fuhr Barba fort, während er den Bernsteinbrocken von allen Seiten betrachtete, «und das Ding ist so groß, dass nicht einmal die Gebrüder Piro oder andere Juweliere genug Geld haben, es zu kaufen. Wisst ihr, was ich damit mache?»

Wir wussten es nicht.

«Ich werde es nicht verkaufen und nicht dem Museum geben, ich werde es aufbewahren, bis ich sterbe, und es euch vermachen, in meinem Testament, denn ihr bringt mir Glück, das spüre ich, hier spür ich es» – er klopfte sich mit der Faust an die Brust –, «ihr seid ein gutes Zeichen.»

Das Schränkchen, in dem er den Schatz verwahrte, sah dem Tabernakulum in der ehemaligen Kapelle der Auferstehungskirche im oberen Wrzeszcz ähnlich, aber da waren keine Oblaten und kein mit einer weißen, schmalen Serviette bedeckter Kelch, sondern nur ein grauer Umschlag und ein Stoß vergilbter Papiere. All das fiel heraus, als Barba den Bernsteinklumpen in dem zu kleinen Raum verstauen wollte, und da sahen wir zu unseren Füßen einen Stapel Fotos, die wohl schon lange nicht mehr angeschaut worden waren. Sie waren verstaubt und verschimmelt. Barba steckte sie in den Umschlag zurück und zögerte, ob er sie wieder verwahren oder mit uns anschauen sollte, schließlich nahm er sie alle, schloss den Reliquienschrein ab und sagte:

«Kommt, wir trinken was, Jungs!»

Und schon in der Küche, als Irena uns das Nötige servierte, entfaltete er seine Schrift, sein Testament, in dem die Apokalypse sich mit der Genesis mischte und die Propheten mit gewöhnlichen Chroniken.

«Sind Sie das, Chef, sind Sie das wirklich?», fragte Alek erstaunt, und Barba nickte und erzählte, dass kurz nach seiner Konfirmation seine Mutter gestorben und er ins Waisenhaus gekommen war, wie er von dort weggelaufen war und sich auf einer Barke anheuern ließ, die die Weichsel auf und ab fuhr, bis zur preußischen Grenze, wie er später, schon in der Freien Stadt und im Freien Polen, dies und jenes geschmuggelt hatte, reich geworden war, ein eigenes Boot und ein Haus auf der Langen Brücke gekauft hatte, wie er sich mit den Flößern und dem Zoll gestritten hatte und später mit den Nazis und mit seiner eigenen Frau Truda, die nicht verstehen konnte, warum er nicht in einem Haus leben wollte, sondern auf dieser Barke, die nicht begreifen konnte, warum er, als es die Freie Stadt und das freie Polen nicht mehr gab, Polnisch zu lernen begann und nachts BBC hörte. Ja, mit Truda hatte er es am schwersten, denn sie wollte nichts davon wissen, dass sie hier bleiben könnten; das Haus war abgebrannt, das Boot gesunken, die Stadt in Trümmern, die Deutschen vertrieben; sie konnte ihn nicht verstehen, wenn er sagte, er würde auf einer anderen Barke anfangen, er würde ein neues Haus bauen, vielleicht nicht an der Langen Brücke, wo sicher nur die Polen wären, aber irgendwo in den Vororten, in Ohra oder Emaus, egal wo.

«Also ist sie gegangen», seufzte Barba, «wie fast alle, und ich habe mich an die Arbeit gemacht, um ihr zu beweisen, dass sie Unrecht hatte.»

Aber es sollte sich herausstellen, dass sie wohl doch Recht hatte, denn das war nicht mehr die Zeit der Flößer und der freien Schiffer, der Kredite und der Getreidebanken. Über den Ruinen der Speicher wehte Stalins Schnurrbart, und es war eng, es wurde immer enger, und obwohl Barba schon polnische Papiere hatte und weit draußen, auf einer Insel bei Sobieszewo wohnte, zog man Erkundigungen über ihn ein, man schnüffelte und suchte, also ging er zum Pfarrer, zu dem, der ihn katholisch getauft hatte, und der Pfarrer sagte:

«Es sieht schlecht aus, weißt du, dieser Miehlke, den du aus der Barke rausgeschmissen hast, weil er dich wegen des Radios denunzieren wollte, Miehlke, der zuerst in der SA war und jetzt in der PZPR* ist, dieser Miehlke hat dem Sicherheitsdienst berichtet, dass du bei der Gestapo warst.»

Da war nichts zu machen, Barba musste sich verstecken, er verbrachte drei Jahre in der Dachkammer des Pfarrers, zwischen Fledermäusen und Spinnweben, bis eines Morgens drei schwarze Citroëns vorfuhren und man Barba festnahm und den Pfarrer dort oben zum Fenster hinauswarf. Im Gefängnis lernte Barba polnische Patrioten kennen, die deutsche Züge, Brücken und Transporte in die Luft gejagt hatten und jetzt Feinde des Volkes und Stalins waren; nein, das konnte er nicht so ganz verstehen, vielleicht, weil er sich nie für Politik interessiert hatte, er wollte nur den Fluss rauf und runter fahren auf seiner Barke, zwischen den Sandbänken hindurch und im Geschrei der Möwen, sogar damals, als er aus dem Gefängnis kam und zur wirtschaftswissenschaftlichen Fakultät ging, um sich die Erlaubnis für die Schifffahrt zu holen, sogar damals hoffte er, dass wieder Zeiten kommen würden, wo niemand nach Gesinnung, Religion oder Abstammung fragt. Aber auch dieses Mal irrte er sich gewissermaßen, denn der Beamte, den er in jenem Zimmer sah, war Miehlke, jetzt Mielczyk, und es war schrecklich, als er ihn am Kragen packte und brüllte:

* Polnische Vereinigte Arbeiterpartei, d. h. die Kommunistische Partei Polens (A. d. Ü.)

«Ja, Mielczyk, jetzt bist du polnischer Vorgesetzter, und wo ist deine SA-Nummer, und wo ist der Pfarrer, der aus dem Fenster geflogen ist?!»

Die Luft wurde dick, und Barba wanderte wieder ins Gefängnis, aber diesmal saß er bedeutend kürzer, denn die Zeiten waren liberal, Gomułka sprach von Freiheit, und Barba nahm sich das zu Herzen. Zuerst handelte er mit Dollars, dann mit gestohlenen Juwelen, er hatte eine Steinmetzwerkstatt, und als an der Ostseeküste der Bernsteinboom ausbrach, als die mit den Pumpen hier ein Vermögen machten, da glaubte er, seine Stunde sei endlich gekommen: Er versteckte sich auf einer verlassenen Barke und begann ein neues Leben – Fressen, Frauen, Autos und wöchentliche Beichte in der St.-Barbara-Kirche zur Reinigung des Blutes und des Herzens. Was machte es schon, dass er inzwischen alt war, dass seine Frauen ihn alle verließen. Er war immer noch ein Mann und zeugte wie ein Patriarch jedes Jahr ein Kind, denn das Wichtigste für ihn war das Gefühl zu leben, und worin bestand dieses Gefühl?

«Man darf nicht an die Verdammung glauben», fuhr Barba fort, «wie Luther, Calvin oder Zwingli. Um erlöst zu werden, muss man sündigen wie ich und nur darauf achten, dass man rechtzeitig alles beichtet ...»

Ja, diese Theologie gefiel uns, sogar sehr, mit Ausnahme der wöchentlichen Beichte vielleicht, doch noch mehr faszinierte uns das Sepiabraun der alten Fotografien: Barba auf der Barke bei Graudenz, im Hintergrund das Weichselufer, Barba vor Kubickis Restaurant in einem hellen Leinenanzug, der sich deutlich von der Woge der SA-Uniformen abhebt, Barba mit Truda an der Johanniskirche, kurz nach der Trauung, die Pastor Pilch vollzog, ein überaus liebenswürdiger, wenn auch sehr zerstreuter Mensch, Barba vor den Hügeln von Oliwa, wie er mit seiner ersten Tochter Krystyna einen Schlitten zieht, Barba am Fenster des Hauses an der Langen Brücke Nummer siebzehn, Barba mit Zylinder und gesteppter Weste am Vatertag auf einer Picknickwiese in Langfuhr, Barba kauft am Grünen Tor bei Kummer eine Schachtel Zigarren, Barba auf dem Boot, das langsam unter einer Brücke in Bromberg hindurchfährt, Barba mit einer Keilhaue in einer Brigade, die die Trümmer in der Niederstadt beseitigt. Dieser in Sepiabraun festgehaltene Barba also, in der unwirklichen Kombination mit steifem Kragen, karierter Hose und dampfenden Schleppern, dieser Barba in einer Welt, die nicht unsere war – plötzlich erschien uns dieser exotische Barba erstaunlich fremd, wie ein Insekt, vor Millionen von Jahren in Harz eingeschlossen, das zu Stein wurde, ein Wesen, das man vergeblich im Verzeichnis von Linné suchen würde, eine schon so lange ausgestorbene Art, dass sie ganz und gar unwahrscheinlich war.

«Und dieses letzte Foto», sagte er nach kurzem Schweigen, «wurde illegal gemacht, unter dem Mantel hervor und außerdem in einer Zone, wo allein der Besitz eines Fotoapparats ein politisches Vergehen war.»

Alek hielt das vergilbte Stück in der Hand und betrachtete aufmerksam die Uniformen der polnischen Offiziere. Sie waren seltsam. Weder so elegant wie die vor dem Krieg noch den heutigen ähnlich. Doch Barbas dicker Finger zeigte auf etwas anderes: eine Menschenmenge in Zivil klettert unter dem strengen Blick eines Wachpostens in die Güterwaggons.

«Hier, mit dem Rücken zu uns, steht Truda, und das Mädchen mit der Baskenmütze und dem Zopf, das ist Krystyna.»

Die Gesichter der deportierten Deutschen waren so undeutlich, dass wir ihm aufs Wort glaubten, aber nachdem Barba das gesagt hatte, fühlten sich Alek und ich etwas seltsam, als hätten wir selbst die Vertreibung angeordnet, als wäre es von uns, nicht von Stalin und Roosevelt, abhängig gewesen, wer wo zu wohnen und welche Sprache zu sprechen hatte.

«Und unsere Waggons», seufzte Alek, «waren fast die gleichen, nur auf breiteren Achsen, wir standen einen Tag und eine Nacht, weil die Russen jede Kiste, jeden Korb und jedes Bündel mit Bajonetten durchbohrten, damit nicht einer ohne Papiere herauskam, und zum Schluss, als wir endlich losfahren wollten in diesen Westen, tropfte im letzten Waggon aus einer Holzkiste Blut, und als die Russen sie aufmachten, stellte sich heraus, dass darin Herr Wołkonowicz zusammengerollt saß, der, den der NKWD in drei Bezirken suchte, also nahmen sie ihn zwischen zwei Bajonette, führten ihn aufs Feld hinaus und durchbohrten ihn dort noch ein paar Mal, denn man hatte ihnen klargemacht, dass Schießen auf uns nicht erlaubt war, um Gomułka und Chruschtschow, die den Vertrag über unsere Ausreise unterschrieben hatten, die Laune nicht zu verderben ...»

«In genau so einem Waggon» – ich zeigte auf das Foto – «ist mein Großvater nach Auschwitz gefahren, und das war keine gewöhnliche Bahnstation, wie es auch keine gewöhnliche Deportation, keine Repatriierung oder Vertreibung war.»

Barba sah mich aufmerksam an, als wollte er etwas fragen, doch ich spürte keine Unruhe in seinen Augen, vielleicht eine Spur von Überlegung, ob es sich lohnte, nach dem weiteren Schicksal meines Großvaters zu fragen.

«Damals gab es noch keine Gaskammern», fügte ich hinzu. «Und als er aus dieser Hölle herauskam, wunderten sich alle, dass er eine so niedrige dreistellige Nummer auf dem Arm hatte ...»

«Die Geschichte ist die schlimmste Hure», sagte Barba.

«Die Geschichte ist keine Person», unterbrach ihn

Alek. «Die Politiker sind Huren, die Schwarzen, die Braunen und die Roten, ganz egal welche!»

Wanja kam in die Küche. Barba nickte zustimmend, und eine Landkarte wanderte auf den Tisch, zwischen die Gläser und leeren Flaschen. Da, wo die Danziger Weichsel einen Bogen um die Insel Bohnsackertroyl macht und mit ihrem blauen Wasserband Westlich Neufähr von Östlich Neufähr trennt, war der Katasterstempel der Freien Stadt Danzig zu sehen. Aber nicht den Stempel wollte Barba uns zeigen. Er malte mit einem Kopierstift den ersten Kreis.

«Hier gräbt jetzt der Major, und hier» – er zog einen zweiten Kreis – «lassen wir uns nieder und setzen das Gerücht in Umlauf, das sei die beste Parzelle seit fünfzehn Jahren, und da» – er machte ein Kreuzchen – «sind Bunker, von denen niemand weiß.»

Wir schwiegen schon eine ganze Weile. Über den Plac Wałowy streunte eine trächtige Hündin und blieb an der Umzäunung der Kneipe stehen. Ihr von Flechten bedecktes Fell wimmelte von Mücken. Die Penner hatten gerade das Bier ausgetrunken und machten sich auf den Weg Richtung Bastion.

«Früher?» Alek stellte den leeren Krug weg. «Früher oder heute? Nein, nein, gehen wir, diese Bar erinnert mich zu sehr an eine Leichenhalle.»

Die Hündin wedelte mit dem Schwanz und folgte uns ohne Einladung. In dem vergilbten, asiatisch anmutenden Gras, zwischen den Ziegelresten der Bastion, nahmen die Penner einen Schluck Spiritus zu sich.

«Wir hätten geendet wie sie», sagte ich leise, «wenn das damals länger gedauert hätte ...»

Alek begann plötzlich, als hätte er diesen Satz nicht gehört, von Truda zu sprechen: dass es wohl doch nicht sie gewesen sei, die diese schöne Vorstellung auf dem

Friedhof gegeben hatte, denn sie müsste heute sechsundneunzig oder womöglich siebenundneunzig sein. Sie war wesentlich älter als Barba, und sogar auf den Fotos, die er uns auf der Barke gezeigt hatte, war das auf den ersten Blick zu erkennen gewesen, na, und welcher halbwegs vernünftige Mensch würde in diesem Alter zu einer Beerdigung fahren, über Flüsse, über die Meere des Vergessens hinweg?

«Warum nimmst du an», fragte ich, «dass sie, falls sie noch lebt, vernünftig sei?»

«Weil sie rechtzeitig von hier weggegangen ist», erwiderte Alek.

«Und Wiza?» Ich konnte mich nicht beherrschen. «Als sie wegging, hast du geschrien, sie hätte den Verstand verloren, das sei der Gipfel der Dummheit ...»

Alek schwieg trotzig und konnte wohl nur mühsam seinen Zorn unterdrücken. Ich wusste jedoch, woran er jetzt dachte – an jenen Besuch im Altersheim. Unsere Treffen mit Barba, einmal im Jahr, hatten ihr Ritual: Im Laden in der Chełmońskiego kauften wir eine Flasche bulgarischen Cognac, dann marschierten wir am Waldrand entlang, bei der Stanislauskirche zur Ulica Polanki, um wie jedes Jahr die raschelnden Blätter unter den Füßen zu spüren, um wie jedes Jahr Barba zu sehen, der uns im Rollstuhl ungeduldig an der Einfahrt erwartete, Barba, der in ein schottisches Plaid eingemummt war, Barba in einen Schal gehüllt und mit einer Wollmütze, Barba in zu großen Filzstiefeln, Barba, der wie jedes Jahr sehnlichst auf diesen Besuch wartete wie auf den größten Festtag, denn es war ja auch wirklich unsere jährliche Messe, unser privater Gottesdienst mit festgelegter liturgischer Ordnung: Zuerst schoben wir seinen Rollstuhl durch den Park nach oben, an den nackten Buchen vorbei, wobei wir hörten, wie unter dem Druck der Räder das dünne Eis der Pfützen knackte, dann, auf der Lichtung, erzählten wir, was es Neues gab in der Stadt, und während wir aus einem kleinen Gläschen, das von Hand zu Hand gereicht wurde, den bulgarischen Cognac tranken, erinnerten wir uns an die alten Zeiten, die – versteht sich – immer besser waren als die jetzigen, und Barba reagierte immer auf die gleiche Weise: Er wurde nicht nur rot im Gesicht und gesprächig, sondern wollte jedes Mal jenen Tag des Triumphs und der Rache an dem Major noch einmal erleben.

«Ach, Jungs, wisst ihr noch?» Er fuchtelte mit der leeren Flasche. «Die Sandfontänen, die bis zum Himmel spritzten? Und ihre Panik, in der sie nicht einmal mehr die Pumpen und Leute zählen konnten?»

Ja, wir erinnerten uns gut: Drei Monate nachdem der Major einige seiner Soldaten durch von uns vergrabene Blindgänger verloren hatte, als es schien, er würde nie wieder die Dünen östlich der Weichselmündung beherrschen, zeigte sich sein düsteres strategisches Genie unerwartet in Gestalt eines exakt auf unseren Standort abgefeuerten Mörsergeschosses. Wir erinnerten uns an die Flucht damals und die folgenden Geschosse, die den Sand der Dünen durchpflügten, wir erinnerten uns an das Blut auf Barbas Hose und an Wanja, der gegen Morgen in den Haselsträuchern verendete; und das war nicht nur Wanjas Ende, es war das Ende von Barbas ganzem Bernsteinunternehmen. Major Knirsch hatte dann das Gelände und den ganzen Absatzmarkt übernommen. Worüber also konnte man jetzt noch reden, wenn man den Rollstuhl durch die Allee der kahlen Weißbuchen abwärts schob, worüber sich unterhalten, da die Flasche bulgarischer Cognac schon leer war und über den Hügeln der erste Schnee fiel?

Normalerweise verabschiedeten wir Barba am Eingang des Altersheims. In jenem Jahr wollte er uns aber unbedingt mit hineinnehmen. Als wir durch den Flur gegangen waren, begleitet von den naseweisen Blicken der Bewohner und des Personals, als er in dem kleinen Zimmer, das eng war wie ein Wiener Würstchen, das Plaid, die Mütze, die Handschuhe und die Filzstiefel ablegte, warteten wir ungeduldig, was er uns dieses Mal zeigen würde, und er griff lachend und mit unverhohlener Genugtuung ins Nachtschränkchen und holte einen Stoß Pornos hervor, legte sie aufs Bett und zeigte uns stolz Wiza in der Umarmung mit einer skandinavischen Diva, Wiza zwischen zwei geilen Fettwänsten und schließlich Wiza, herausfordernd posierend mit einer Banane oder einem schwarzen Pimmel in der Hand.

«Nein!», schrie Alek. «Bloß das nicht, um Gottes willen, bloß keine Fotos!»

Doch Barba lachte darüber und sagte, sooft er mit zitternden Händen eine weitere Sendung von Wiza öffnete – aus Stockholm, Kopenhagen, Hamburg oder Amsterdam –, sooft er ihren schönen schlanken Körper betrachtete, fühlte er sich wie König David, dem man Abisag von Sunem brachte, denn obwohl sein Reich schon lange zerfallen war, obwohl seine Feinde schon lange die Beute geteilt hatten, wärmte er sich am Anblick der schönen jungen Frau, die wie ein Diadem seine alten Tage schmückte.

«Nein!», schrie Alek. «Bloß keine Fotografien!»

Und als wir die nächste Flasche bulgarischen Cognac geleert hatten, inzwischen in seiner Wohnung in der Ulica Nowotki, da zerschnitt er mit einem stumpfen Küchenmesser mehrmals die Ölbilder, riss sie in Stücke, vernichtete sie, denn das Schöne, das er in seinen Zeichnungen, Bildern und Gouachen festgehalten hatte, dieses Schöne wurde durch den Film entwertet, durch die mechanische Fotografie, deren einziges Ziel es war, Erregung hervorzurufen, Speichelfluss, Erektion.

Wir blieben auf der Brücke der alten Schleuse stehen, durch die seit fünfzig Jahren kein Schiff mehr gefahren war. Vor uns, über dem Band des Flusses und dem grünen Tunnel der Bäume, ragte der Turm von St. Marien in den Himmel. Es war schwül und es schien, als förderten die Strahlen der untergehenden Sonne aus den Speicherruinen ein übernatürliches, hanseatisches Ziegelrot zutage. Die Hündin lief zum Ufer. Die Stadt stand seltsam und unbekannt vor uns, als wären wir nicht hier zur Schule gegangen, hätten nicht hier Wodka getrunken, Gedichte geschrieben, Mädchen geliebt, als hätten wir nicht hier die Kanonenrohre der Panzer gesehen, die Fahnen, den Rauch, die Altäre, als würden wir nicht hier eines Tages unsere Knochen begraben.

«Nein», Alek spuckte in die träge Strömung der Mottlau, «denk bloß nicht, dass ich das bereut habe. Als sie zurückkam … Erinnerst du dich an jenes Jahr? Als sie zurückkam, rief sie mich an, und weißt du, was sie wollte? Dass ich ihr die Bilder verkaufen sollte. Und als ich sagte, die gebe es nicht mehr, wollte sie, dass ich neue male, die gleichen. So was Dummes. Nichts ist das Gleiche.

«Und wir?», fragte ich.

Alek wandte seinen Blick vom Wasser ab und schaute mich an, als hätte ich eine Taktlosigkeit begangen.

«Wir?», dröhnte er. «Wir haben heute einen Leichenschmaus, und das ist eine ernste Sache, eine Pflicht, und statt hier rumzustehen und auf weiß nicht was zu warten, sollten wir uns endlich besaufen, tanzen und singen, denn das braucht seine Seele.»

«Woher willst du denn wissen, was seine Seele braucht? Vielleicht bräuchte sie eher Gebete als unser Geschrei? Oder vielleicht gibt's so etwas wie die Seele gar nicht?! Vielleicht ist das nur eine Erfindung der Dichter, der Philosophen und Priester? Hast du dich das irgendwann gefragt? Hattest du nie Zweifel?»

«Was?» Aleks Miene wurde immer finsterer. «Wie? Dass Barba keine Seele hatte?»

«Nein», erklärte ich, während ich in die langsame Strömung schaute, «die Seele gibt es bestimmt, aber ob sie auch wirklich unsterblich ist? Ob sie wirklich aus dem Körper herausfliegt und irgendwo da im Jenseits herumsegelt?»

«Was pöbelst du mich denn an wie ein Besoffener den Zaun, und das ausgerechnet an so einem Tag? Was soll ich dir denn antworten? Dass sie sterblich ist? Dass sie unsterblich ist? Leck mich doch am Arsch mit deiner Dialektik!» Alek haute mit der Faust so stark auf das Geländer, dass feine Flocken von Rost auf den Schleier der Wasserpflanzen schwebten. «Wenn ich sage, sie ist ewig, wirst du behaupten, es gibt sie nicht. Und wenn ich sage, sie ist sterblich, meinst du bestimmt, vielleicht doch nicht so ganz?! In diesen Dingen waren sich die Menschen nie einig und spielten so verrückt, dass sie Scheiterhaufen anzündeten oder gleich ganze Städte. Was geht uns das an? Wichtig ist, dass wir uns an unseren Freund erinnern und auf ihn trinken.»

«Auf unseren Freund», sagte ich unwillkürlich, «ja, wir wollen auf unseren Freund trinken.»

Wir gingen weiter, den Weg am Kanal entlang. Wie an einem Sommerabend, wenn die erwärmten Mauern die Hitze des Tages an die kühle Luft weitergeben, so war zwischen riesigen Brennnesseln, Kletten, Quecken und Gänsefuß die Wärme zu spüren, die die Ziegel der abgebrannten Speicher ausstrahlten. Wären nicht die Cola- und Bierdosen gewesen, die im hohen Gras herumlagen, hätten wir vermuten können, die Zeit mache mit dieser Enklave eine Ausnahme und gleich würden wir hier uns selbst sehen, vor etwa zwanzig Jahren: wie wir an einem heißen Tag ins Wasser springen, wie wir zwischen den Dalben tauchen, wie wir nur mit der Schnur in der Hand vom Deck eines deutschen Wracks aus Fische fangen. Vielleicht wollten wir deshalb nicht reden?

Erst hinter dem Grünen Tor, wo die Attrappen der Häuser für die Erinnerungsfotos posieren, erst in der Gegend der Post lösten sich unsere Zungen, aufgrund eines doppelten Telefongesprächs. Ob unsere Frauen begeistert waren? Zweifellos. Letzten Endes riefen wir aus der Rechtstadt an und nicht aus Königsberg oder vom Bahnhof in Lida, letzten Endes hätten wir noch rechtzeitig zum Abendessen kommen können, zu den Nachrichten oder zum Film danach – wenn wir gewollt hätten, wenn uns sehr daran gelegen hätte. Aber uns lag nicht daran. Die epische Last des Tages hatte noch nicht das entsprechende Maß erreicht, daran musste man noch arbeiten.

«Weißt du noch», sagte Alek, als er zwei Päckchen Mars kaufte, «wie wir dem Major Rache schworen?»

Ich nickte. Am Morgen hatte man eine Entscheidung treffen müssen, aber keiner von uns wollte den ersten Schritt tun. Barba lag blutend auf der Barke, eigentlich schon ohne Bein, der «Taxifahrer» raste zu einem Chirurgen, Wiza beruhigte die Kinder, und wir saßen im Haselgebüsch am Rande der Dünen, verfolgten das Licht des Leuchtturms und sagten zu Wanja:

«Ničego, golubčik, vsë budet chorošo.» *

Aber es war nicht *chorošo*, denn Wanja starb vor unseren Augen, keiner konnte ihm helfen. Als er aufhörte zu atmen, verloren wir völlig die Fassung, und schließlich sagte der «Dünne»:

«Wir müssen das selber machen.»

«Wie denn das, ohne Pfarrer und ohne Sarg?», versuchte Alek einzuwenden, aber die Sache war klar wie

* Russ.: Mach dir keine Sorgen, mein Lieber, alles wird gut. (A. d. Ü.)

die aufgehende Sonne: Wanja existierte schließlich weder legal noch illegal, er hatte keinen Pass, war aus der sowjetischen Flotte desertiert, und das begriffen wir endlich, als wir – wenn auch zögernd und ängstlich – das letzte Loch in den Dünen gruben, diesmal nicht nach Bernstein, sondern für Wanja. Und als wir den Boden dann, um alle Spuren zu verwischen, mit frischem Sand vom Meer bedeckt hatten, als jeder auf seine Art ein stilles Gebet gesprochen hatte, sagte Alek: «Und du, Major Knirsch, du wirst dich noch an uns erinnern, dieses Geschoss geben wir dir zurück, direkt vor die Küchentür.»

Und jetzt, als ich mit Alek durch die Frauengasse ging, an den beleuchteten Schaufenstern der Juweliere vorbei, wo zwischen den Aufklebern von VISA, AMERICAN EXPRESS und MASTER CARD auf Hochglanz poliertes Silber, goldener und honiggelber Bernstein prangten, fragte ich mich, wie Alek damals auf die Küchentür kam, wo wir doch so gut wie nichts von dem Major wussten, wo wir doch erst viel später von ihm erfuhren, in der Zeit der Massendemonstrationen, der Unterdrückung und der Verhaftungen.

«Wahrscheinlich», sagte ich, «hat er sich jahrelang nicht gerührt, und jetzt hat er die Amber Bank Commercial eröffnet.»

«Ja», Alek schob die Flügeltür der Istra-Bar auf, «ehemalige Offiziere sind ein seltsames Völkchen.»

Wir tranken auf Wanja. Dann auf Barba. Dann auf den «Mönch», der elend zugrunde gegangen war, und auf den «Dünnen», von dem man nie mehr etwas gehört hatte. Der Regen klopfte immer stärker an die Scheiben, und das Gewitter, das über der Stadt tobte, dämpfte unsere Stimmung.

«Glaubst du», fragte ich leise, «der auf dem Friedhof heute war wirklich der Major? Wiza war sich sicher, aber ich hatte den Eindruck, er war doch viel kleiner.»

«Größer, kleiner», Alek streifte mit melancholischem Blick die Theke, die Tische und die angelaufenen Fensterscheiben, vor denen die Fußgänger wie Gespenster vorbeihuschten, «was hat das schon zu bedeuten? Wir haben ihn damals nicht erwischt, heute ist jedes Wort überflüssig.»

Ich seufzte, nahm einen Schluck Bier und seufzte abermals. Um die hohen Barhocker herum schlich ein rotbärtiger Gnom. Der gleiche Staubmantel wie vor Jahren und die gleiche Büchse in seinen Händen erweckten den Eindruck, als wären wir vor ein paar Tagen hier gewesen und hätten unsere ausgetrockneten Kehlen zu Ehren des ausgewaschenen Bernsteins gespült. In der Büchse klimperte Kleingeld. Der Gnom zeigte auf die Traueranzeige aus einer Zeitung, die mit einem Gummi an der schäbigen Blechbüchse befestigt war, und wiederholte: «Für Blumen, für einen Kranz, meine Herren, ein Mensch ist gestorben.» Es war bestimmt immer der gleiche Mensch, seit vielen Jahren – davon zeugte der vergilbte Ausschnitt mit der schwarzen Umrandung.

Alek warf zwei Münzen hinein, ich glaube, einen Złoty und fünfzig Groschen, ich tat das Gleiche, und als das Geld auf dem Boden der Büchse klapperte, erinnerte ich mich an die Zeitungsüberschriften und Schlagzeilen von damals, aus «Głos», «Dziennik» und «Wieczór», Schlagzeilen voller authentischer journalistischer Sorge und Leidenschaft: «Gesellschaftliche Billigung von Räubern», «Wie lange noch illegales Pumpen», «Landschaft von Mondnächten», «Miliz und Bürgerinitiative bezwangen Bande von Bernsteindieben», «Illegale Gangs machen Vermögen», «Das Bernstein-Imperium», «Illegaler Handel blüht auf Kosten ehrlicher Bürger» – Überschriften, in denen unwillkürlich die Poesie der Vergangenheit beschlossen lag, das flüchtige, schwer zu fassende Strickmuster des Zeitgeistes, dem die Dichter vergeblich nachjagten, der Rhythmus jener Tage, der sich offenbarte in dem rasenden Rattern der Druckmaschinen, den Schritten der Fußgänger, im Quietschen der Straßenbahnen, im Lärm der Hafenkneipen, in den Menschenschlangen, die für Brot, Speck und Zwiebeln anstanden, in Zuschlägen für allein erziehende Mütter, in den Stimmen der Fernsehansager, im Geruch der Pewexläden, in den höhlenartigen Hauseingängen, in den Gesprächen bei Tagesanbruch, auch in den Ansprachen, Predigten, Flugblättern, Verurteilungen, Schüssen und Demonstrationen, in den Gutscheinen für ein Auto, in den Wartehallen der Bahnhöfe, den Militärmänteln, den Ferien für die Jugend, in den literarischen Abenden der jungen Kreise, im Straßenstaub, im Blick des Karpfens auf dem weihnachtlich gedeckten Tisch; all das kehrte plötzlich in mein Bewusstsein zurück, unerwartet klar, als die Münzen auf den Boden der verrosteten Büchse fielen und die gelbliche alte Traueranzeige, vor langer Zeit aus «Głos», «Dziennik» oder «Wieczór» herausgeschnitten, vor meinen Augen vorbeihuschte wie ein nächtlicher Eilzugwaggon auf der Durchfahrt.

«Hörst du, was ich sage?» Alek neigte sich über den Tisch. «Ein EB oder noch ein Hevelius?»

Ich folgte mit dem Blick dem rothaarigen Gnom. Wie immer verbeugte er sich vor denen, die etwas gespendet hatten, und sagte mit seiner leisen, etwas heiseren Stimme:

«Einen schönen Tag wünsche ich dem gnädigen Herrn, einen angenehmen Tag.»

Seine Vokale, die Bewegung seines Kopfes und seiner Hände, sein labiodentales, wenn auch nicht bühnenreifes «ł» ließen darauf schließen, dass er nicht unbedingt sein Leben lang mit einer alten Blechbüchse Geld gesammelt hatte, dass er nicht unbedingt in dieser Stadt geboren und wohl nicht freiwillig hierher gekommen war. Wie immer ging er in die Toilette, um nach kurzer Zeit mit der Tasche voller Kleingeld und der völlig leeren Büchse wieder aus dem Hades aufzutauchen. Dann bestellte er ein Bier und wartete, bis in dem verrauchten Raum zumindest die Hälfte der Gäste gewechselt hatte.

«Eher einen Schluck Mineralwasser», erwiderte ich. «Das ist gut zum Schluss.»

Doch Alek dachte nicht im Traum daran, aufzuhören. Er kam mit zwei großen, bis an den Rand gefüllten Gläsern von der Bar zurück und ließ seinem epischen Bedürfnis nach Geisterbeschwörung freien Lauf.

Und ich sah Herrn Stulek. Er ging durch die Bar, genau wie er über die leere dunkle Bühne ging, wenn er vor der Premiere arbeitete, wenn er Hunderte von Zigaretten rauchte und nur an Ödipus, Leopold Bloom oder Josef K. dachte. Ich sah Herrn Stulek, der sich an denselben Tisch in der Istra-Bar setzte wie wir, nachdem der Vorhang gefallen war, nachdem der Applaus und die Blumensträuße vorbei waren, der an die nächste Vorstellung dachte und an die Dunkelheit der leeren Bühne, die er in ein paar Tagen, Monaten, Jahren wieder würde abschreiten müssen. Vor jeder weiteren Vorstellung würde er sie abschreiten, würde nicht davor fliehen können, und das zog ihn mehr an als Alkohol und Frauen, dieser Gedanke an die Leere des schwarzen, kühlen Raums, in dem keine Konturen, keine Grenzen zu sehen waren und wo man doch die Gegenwart von Gesichtern und Atem spürte, einen leisen Lidschlag. Und ich sah die dunkle, feuchte Erdgrube, in die die Totengräber den Sarg hinablassen wollten; es war kalt, Schneeregen fiel, und das Loch erwies sich als zu eng oder auch der Sarg als zu breit, und sie mussten die Kiefernholzkiste noch einmal herausheben und sie neben das Sandhügelchen stellen, um das Loch breiter zu machen; und das war der letzte Auftritt Herrn Stuleks, sein letzter Spaziergang vor der Premiere, quer über die leere, schweigende, dunkle Bühne.

Ja, Alek dachte gar nicht daran, Schluss zu machen, aber in seinem Monolog war der Schluss immer der gleiche, egal, ob in der überfüllten Istra-Bar jetzt Herr Stulek auftauchte, der Dichter Iredyński, der Maler Markowski, Wanja, Barba oder auch Herr Wołkonowicz, der, der es nicht geschafft hatte, nach Danzig zu kommen, der weder den Backsteinturm der Marienkirche gesehen hatte noch die breiten holländischen Fenster des Zeughauses, wo Alek in honigfarbenem, hellem Licht zum ersten Mal Wiza erschienen war, Wiza, die wir plötzlich an der Bar sahen, wie sie in Schwaden von Tabakrauch die Männer übertönte und sich ein Päckchen Marlboro und fünfzig Gramm Wodka bestellte.

«Ich hab sie nicht hierher gebeten», sagte Alek mit gedämpfter, fast flüsternder Stimme, «glaubst du denn, sie ...»

Doch er brachte den Satz nicht zu Ende, denn Wiza winkte uns und rief:

«Hallo, Jungs!» Sie wehrte die Büchse des Gnomen ab und kam lächelnd an unseren Tisch.

Der Tropfen, den sie vom Regen mitgebracht hatte, hatte die Farbe ihres Haars – rotgolden, kastanienbraun –, und während der ersten Sätze, als Wiza wie meschugge von der Intuition plapperte: «Ich wusste, ich wusste, dass ich euch hier finde!» – oder vom Büro des Notars: «Das war vielleicht ein Ding, am Anfang haben nicht mal die Stühle gereicht!» –, während der ersten Augenblicke also, als sie Barba zitierte: «Ich wünsche mir, dass der Sarg aus Eschenholz, vom Tischler Kanicki in Wonneberg, das heißt Ujeścisko hergestellt, ganz langsam von der Barbarakirche zum Friedhof transportiert wird, in einem Zug mit vier Rappen, zwei kann man von

Zilbert, dem Kohlenhändler, Ulica Kolejowa 7, leihen, die anderen zwei muss man organisieren» – als sie dies erzählte, beobachtete ich, wie der Regentropfen, jener konvexe Meniskus, an ihrem Haar herunterrutschte, wie er – die Farbe wechselnd – über ihre Wange glitt, bis er sich schließlich an der mit rotem Lippenstift von Chanel markierten Grenze der Lippen auflöste, zerfloss und verschwand.

«Nein!», rief Alek. «Das darf doch nicht wahr sein!» Er sagte es ein paar Mal und griff sich an den Kopf. «So viel hatte er noch?! Das gibt's doch nicht», sagte er immer lauter, «in diesem Altersheim in der Polanki, wo wir ihn besucht haben, da hatte er doch nichts, nicht mal für Zigaretten, wir haben zusammengelegt, und jetzt so was?!»

Wiza nickte nur und erzählte ganz ruhig weiter: wie eine der Witwen in Ohnmacht fiel, als der Notar die Summe nannte, wie der Herr Notar ihr ein Glas Wasser bringen ließ und noch einmal den Teil des Testaments verlas, in dem Barba alles der Pfarrgemeinde des Barmherzigen Christus vermachte, mit der Auflage, dass jährlich, für die nächsten fünfzig Jahre, eine Messe für die Erlösung seiner Seele abgehalten werden müsse, sie erzählte, was danach für ein Durcheinander entstand, was für ein fürchterliches Geschrei, worauf der Notar das Blatt Papier nahm, es hochhielt wie Moses die Tafeln und laut verkündete:

«Das ist eine unumstößliche Tatsache.»

Und als einige schon den Raum verließen, ohne den letzten Satz abzuwarten, las er zum Schluss:

«Was den Bernsteinbrocken mit dem großen Insekt betrifft, der beim hiesigen Notar deponiert ist, so empfehle ich, dass meine Tochter, die dazu ermächtigt ist, ihn persönlich abholt und den Herren Aleksander H. und Paweł J. übergibt zur gemeinsamen Nutzung, mit der Bitte, sie mögen ihn jeweils jeder ein Jahr behalten oder jemandem schenken, aber nicht verkaufen, denn das ist keine Bezahlung, sondern ein Geschenk als Andenken.»

Es wurde still. Nicht im Büro des Notars, sondern hier bei uns, in der Istra-Bar. Torkelnd machte sich der rotbärtige Gnom noch einmal zu einem Rundgang auf. Jemand stieß ihn weg, die vergilbte Traueranzeige flog wie ein vertrocknetes Blatt unter einen Stuhl, und die Büchse – ihres Sinns beraubt – rollte mit einem leeren Klappern über den Boden. Wie jede Stunde kamen aus dem über der Bar angebrachten Radiolautsprecher auch jetzt die Nachrichten: In Sarajevo floss Blut, die Stadtverwaltung hatte mal wieder völligen Blödsinn gemacht, die Abwasserkanäle konnten das abfließende Wasser nicht aufnehmen, im Hafen von Gdynia waren Fregatten der Bundesmarine eingelaufen, diesmal mit echter vornehmer Höflichkeit, die eines gewissen Charmes nicht entbehrte.

«Na, was glotzt ihr denn so?» Wiza war offensichtlich guter Laune. «Das bin doch ich, ich bin's!»

«Du?» Alek steckte sich eine Zigarette an und drückte sie im vollen Aschenbecher sofort wieder aus. «Du? Quatsch nicht, ich kann das nicht leiden! Glaubst du denn, wir quälen uns hier zum Spaß? Glaubst du, wir sitzen hier zum Vergnügen und trinken? Verfl…»

Alek war nach Fluchen zumute, aber Wiza legte ihm die Finger auf den Mund, und die unanständigen Wörter wurden dieses Mal nicht in die Welt entlassen.

«Ich bin's», sagte sie mit unverhohlenem Stolz. «Ich», wiederholte sie noch lauter, «und niemand anders!»

Man musste sich aufraffen und aufstehen. Man musste zum Auto gehen. Ihrem Mann die Hand drücken. Zustimmen, dass das Wetter heute fatal sei, die

Preise schrecklich, die Regierung zum Kotzen, die Opposition einen Dreck wert. Wir mussten einige Minuten lang den süßlichen, ekelhaften Geruch des Raumsprays einatmen, mit dem im Innern des Wagens einfach alles besprüht war, Scheiben und Türgriffe nicht ausgenommen. Und vor allem mussten wir so tun, als sei das alles ganz normal, als müsste die Triade Beerdigung–Notar–Leichenschmaus so und nicht anders enden: in dem in der Ulica Piwna geparkten Mercedes, zwischen der erleuchteten Istra-Bar und dem düsteren Gebäude des Zeughauses.

«Hat es aufgehört zu regnen?», fragte Alek.

«Ja», erwiderte ich, «aber die Sterne sind nicht zu sehen.»

Das Auto fuhr los, durch die Ulica Tkacka, und ein paar Sekunden lang hörte man in der schmalen Straßenschlucht das Klatschen des Wassers in den Pfützen. Wir standen auf der leeren Fahrbahn. Alek reichte mir ohne Worte die Pappschachtel.

«Nein», wehrte ich heftig ab, «nimm du das bis zum Ende des Jahres.»

«Na, dann schauen wir mal, was die Münze sagt.» Alek griff in die Tasche. «Adler oder Zahl?»

«Adler», murmelte ich unsicher.

Das neue Fünf-Złoty-Stück wirbelte auf dem Asphalt wie eine vom Frühling trunkene Hummel.

«Oje!» Alek stellte die Schachtel auf dem Bordstein ab und kniete sich auf die Fahrbahn. «Wo ist sie denn jetzt?»

Ich kniete auch nieder, und so kamen wir, Schritt für Schritt, fast auf allen vieren, auf die andere Seite der Fahrbahn, wo das Neonlicht des «Body-Shop» die feuchte Nacht erhellte. Aber umsonst. Die Münze war in der Dunkelheit verschwunden. Ich griff in den Geldbeutel. Ebenfalls umsonst, es war nur ein Geldschein drin.

«Komm, noch eine», sagte ich.

«Was heißt hier noch eine ...» Alek wühlte nervös in den Taschen. «Ich hab kein Kleingeld mehr, wir müssen in die Bar gehen.»

Wir überquerten wieder die Fahrbahn, diesmal aufrecht. Doch auf der anderen Seite, auf dem Bordstein, nicht weit von der Steintreppe des Beischlags, war keine Pappschachtel mehr. Sie war weg, und mit ihr der Inhalt.

«Nein!», schrie Alek. «Bloß nicht das!»

«Da», sagte ich, «siehst du? Schnell!»

An der Marienkirche entlang rollte leise ein Kinderwagen. Die gebeugte Gestalt einer Pennerin schob ihn gleichmäßig, mit schnellen Schritten.

«Renn bloß nicht», zischte ich durch die Zähne, «schrei bloß nicht, sonst wird die Alte erschrecken, und alles ist umsonst.»

Scheinbar gelassen, scheinbar ganz unwillkürlich, um die Lungen ein bisschen zu durchlüften, beschleunigten wir unsere Schritte.

«Das ist kein Jogging», versuchte ich Alek zurückzuhalten, «das soll ein sportlicher Gang sein!»

Doch der mit einem Kopftuch vermummten Pennerin behagte der seltsame Gang dieser Typen nicht, das energische Zurückwerfen der Schultern, die gesenkten Stirnen. Und sie ging schneller. Wir hinterher. Schon in der Frauengasse verlor sie zwei Schachteln mit der Aufschrift «Philips», vollkommen leer. Der Wagen hüpfte auf dem Pflaster, Flaschen fielen heraus, Lumpen, Bänder. Da sie lief, liefen wir auch. Da sie schrie, schrien wir auch. Durch den engen Bogen des gotischen Tors stürzte zuerst der Wagen zum Kai, dann sie, und gleich hinterher wir, völlig außer Atem. Bevor wir sie aufhalten und ihr erklären konnten, was los war, ergriff sie lachend, fluchend, spuckend den Wagen, hob ihn mit unerwarteter Kraft hoch über das Geländer und schmiss ihn hinunter.

Dann ging sie weiter, nachdem sie die Zunge gezeigt und mit der Faust gedroht hatte, nicht uns, sondern dem Himmel, als wäre von dort der Befehl gekommen, ihr Hab und Gut zu versenken.

Im dunklen Wasser der Mottlau spiegelten sich die spärlichen Lichter des Bleihofs. Papiere, Lumpen und Lappen, ein Stück Stoff mit der Speiche eines Schirms, ein Gummistiefel, ein gefedertes Stuhlpolster, all das sog sich mit Wasser voll und ging langsam in der Brühe des Hafens unter.

Wir gingen durch die Heiliggeistgasse zurück, an der Sobieski-Kapelle vorbei.

«Möchtest du noch was trinken?», fragte ich.

Alek antwortete nicht. Der leichte Sprühregen hatte aufgehört, und über den Dächern der Häuser und Kirchen, über den Zweigen der Bäume lag ein dichter werdender Nebel. Als wir am Theater vorbeikamen, hing die weiße Umhüllung schon tief, direkt am Boden.

«Denkst du», fragte ich noch einmal, «das war der Major, wirklich?»

In der Ferne, vom Hafen her, heulte eine Fabriksirene. Kurz danach antwortete ein Schlepper.

«Ja», sagte Alek und ging zu einem Taxi, «das war er bestimmt.»

«Aber warum?»

«*Warum? Darum!* Jeder muss mal einen glücklichen Tag haben!»

«Ja», sagte ich, «wirklich ein Glückstag!»

Aber das hörte Alek nicht mehr. Die Türen knallten, und der gelbe Renault fuhr über den Kohlenmarkt nach Wrzeszcz. Ich musste in die andere Richtung.

«Wohin?», fragte der Fahrer.

Ich nannte die Adresse. Schon an der Kreuzung hielt er es nicht mehr aus und sprach mich an:

«Wissen Sie? Heute haben sie schon wieder ein Auto

geknackt, und das auf einem bewachten Parkplatz, bei einem Hotel! Wissen Sie? Die Deutsche mit dem Butler, die mit diesem Glaskasten gekommen ist, die wollte nach Königsberg! Verstehen Sie? Nach Königsberg! Na, und weil sie schon etwas senil ist, hat sie die Stadt verwechselt und sich hierher fahren lassen, und erst im Hotel, als der Direktor persönlich ihr erklärt, dass das beim besten Willen nicht Königsberg ist, da kapiert sie's und sagt: ‹Fahren wir.› Sie gehen nach unten, bla-bla-bla, und das Auto ist weg! Wissen Sie, was die von der Polizei gesagt haben? Dass der Wagen bestimmt auf dem Weg nach Königsberg ist! Denn so läuft das zur Zeit ...»

«Moment», unterbrach ich. «Drehen Sie bitte um und fahren Sie über Chełm, nicht hier lang!»

Der Taxifahrer bremste dienstbeflissen, wendete und fuhr weiter, zur Ampel bei der Bank.

«Stimmt was nicht?», fragte er.

«Nein, nein, alles in Ordnung», erklärte ich. «Aber ich war heute schon auf dem Friedhof und möchte nicht nochmal da vorbeifahren.»

«Aber natürlich», sagte er, «zwei ist eine verflixte Zahl, viel schlimmer als dreizehn, natürlich.»

Sein Blick im Spiegel verriet kein Zeichen von Beunruhigung.

Mimesis

I

Sie liebte diesen Weg. Das Moos, das die Dünen bedeckte, war weich wie ein Teppich. Zu beiden Seiten schossen Fichten in den Himmel, dazwischen rauschte hohes Gras. Wenn die Sonne mehr als einige Tage nacheinander schien, spürte man den intensiven Geruch der Wacholdersträucher, streng wie Pech. Es wuchsen hier große und kleine Sträucher, manche mit fantastisch verzerrten Kronen, Elfen gleich, mitten in der Bewegung erstarrt. Ganz anders als am Fluss, wo der Weg jeden Moment im Torf enden konnte oder in sumpfigem Lehm, wo aus dem Laub der Erlen und Weiden Schwärme von Mücken aufstiegen. Obwohl es durch die Dünen viel weiter zum Meer war, ging sie jedes Jahr diesen Weg. Manchmal begegnete sie einem Reh. Dann blieb sie eine Weile stehen, bis das Tier, den Blick seiner feuchten Augen auf sie gerichtet, schnell im Wald verschwand. Die wilden Kaninchen und die Eichhörnchen dagegen ignorierten sie, als wäre ihnen nie etwas Böses widerfahren. Hier traf sie auch Willmann nicht. Am Fluss, wo er früher das Vieh weidete, war das anders. Dort stellte er sich ihr in den Weg und sagte immer den gleichen dummen Spruch:

> Frühling, Sommer, Herbst und Winter,
> steht das Fräulein denn dahinter?

Dann zog er aus der Tasche seiner zerlumpten Hose einen Tannenzapfen, ein Steinchen oder eine verwelkte Blüte und hielt ihr das Geschenk auf der ausgestreckten

Hand direkt vor die Nase. Sie musste ihn anlächeln, das Präsent nehmen und nicken, was bedeuten sollte: «Ach, was für ein schöner Tag, Herr Willmann», und dann ließ er sie vorbei, so nahe an seinem Körper, dass sie den Geruch seines Schweißes und den sauren, unangenehmen Atem spürte. Einmal hatte er ihr einen kleinen Maulwurf auf die Hand gelegt. Das Tierchen war tot. Entsetzt floh sie durch das Haselgehölz bis zu den Sümpfen.

Doch jetzt dachte sie nicht an Willmann. Der Wald endete am Rande der Wanderdünen, und hinter der Erhebung hörte sie das einförmige Rauschen. Dieses Geräusch stimmte sie immer freudig. Sie beschleunigte ihre Schritte, und vom Hügel, von wo aus das Meer zu sehen war, rannte sie nach unten. Erst am Strand, wo die Wellen ihre Füße leckten, warf sie die Sandalen ab und dann mit einer raschen, entschlossenen Bewegung das graue Kleid. Obwohl das Wasser noch kühl war, schwamm sie lange – bis zur Sandbank und wieder zurück, wie immer.

Als sie endlich wieder ans Ufer kam, stand die Sonne schon hoch. Ihr langes offenes Haar trocknete in wenigen Minuten. Den Blick auf den Horizont geheftet, saß sie reglos im Sand. In der Ferne, über der Flussmündung, kreisten Kormorane. Der Sommer begann. Doch kein einziges Boot war aufs Meer hinausgefahren, genau wie im letzten Jahr. Und kein Pflug war im Frühjahr auf dem Polder zwischen den Kanälen erschienen. Dennoch fühlte sie sich hier sicher. Am Strand hatte sie nie die Spur eines Menschen entdeckt. Und auf dem Weg zum Dorf war schon lange kein Wagen mehr gefahren.

Vielleicht war sie deshalb so über das Geräusch erschrocken, das sie hinter sich hörte? Das Knirschen des Sandes war deutlich und kam immer näher. Sie stand auf und schreckte jäh zurück, als sie seine große Gestalt wahrnahm. Erst einen Moment später, als er einige

Schritte vor ihr stehen blieb, verdeckte sie die Brust. Sie schrie, doch er lächelte, deutete mit dem Finger auf ihr Kleid und hielt beide Hände vor die Augen, wobei er einen seltsamen, unverständlichen Satz murmelte. Sie lief am Ufer entlang, das Wasser spritzte unter ihren Füßen. Sie kam außer Atem und fiel in den kühlen, feuchten Sand. Der Unbekannte kam näher und hatte ihre Sandalen in den Händen. Wieder wollte sie weglaufen, sprang auf, doch er verstellte ihr den Weg und sagte etwas, was sie teilweise verstand: Wenn sie ihm nicht helfen würde, würde ihn hier oder anderswo schließlich der Tod erwischen und ihn an einen schrecklichen Ort bringen.

Seine Sprache erinnerte nicht an die der Menschen aus der Stadt. Er hatte einen fremden Akzent, verdrehte die Wörter, und einige Ausdrücke, die er gebrauchte, waren völlig unverständlich für sie. Aber sie hatte keine Angst mehr vor ihm. Durch Gebärden erklärte sie ihm, dass sie das Sprachvermögen verloren hatte. Sie befahl ihm, in sicherem Abstand hinter ihr zu gehen. Kein einziges Mal drehte sie sich um. Erst beim Haus der van Dorns, das am Dorfrand lag, am Fuße der Dünen und des Friedhofs, blieb sie eine Weile stehen, um zu schauen, ob er sie nicht aus den Augen verloren hatte. Er war hinter einem Kiefernstamm versteckt und hatte Angst, auf die Straße zu treten. Sie kehrte um und gab ihm zu verstehen, dass alle Häuser leer standen. Sogar das neben der Kirche, wo Willmann den Winter verbracht hatte. Er konnte oder wollte das nicht begreifen. Schrie, sie solle ihn lieber sofort ausliefern, er habe keine Kraft mehr zu fliehen und wolle lieber hier unter dem Baum sterben als mitten im Dorf, beschimpft und von Hunden gehetzt. Sie konnte ihm nicht klarmachen, dass es keine Hunde mehr gab. Und dass sie hier sicher waren, solange keine Lastwagen auftauchten.

Er setzte sich und lehnte sich an den Baumstamm. Er

hatte ein schmales, schönes Gesicht. Sie sah, wie ihm unter den halb geschlossenen Lidern hervor Tränen über die Wangen liefen. Sein Mund flüsterte immer denselben Satz, in einer Sprache, die ganz und gar nicht an die Menschen in der Stadt erinnerte. Sie war eigenartig weich und weckte Vertrauen. Es hörte sich an wie ein Gebet. Als er die Augen öffnete, gab sie ihm zu verstehen, er solle geduldig sein und hier auf sie warten. Er verfolgte ihre raschen kleinen Schritte, ohne sich aus dem Gras zu erheben. Er sah, wie sie hinter der Biegung verschwand und auf dem sandigen Weg Staubwölkchen aufwirbelte.

Den reinen, schmerzlich blauen Himmel durchschnitt eine Schar von Kranichen. In der Ferne über den Wiesen ertönte der Lockruf eines Habichts. Niemand erschien an der Wegbiegung oder in der Umgebung des nächsten Hauses. Erst als die Sonne hinter den Dünen zu verschwinden begann, sah er, wie sie auf ihn zukam. Im ersten Moment konnte er sie nicht erkennen. Sie hatte ein langes, schlichtes Kleid an, das zusammengebundene Haar war von einer Leinenhaube bedeckt, und an den Füßen trug sie statt der Sandalen seltsame, hochgeschnürte Schuhe.

Zuerst legte sie eine weiße Tischdecke aufs Gras. Dann nahm sie Pfannkuchen aus dem Korb, einen gebratenen Fisch und eine Flasche Saft. Während er gierig und ungehobelt aß und sie nicht im Geringsten beachtete, sah sie ihm verstohlen zu. Er sammelte kleine Krümel, sogar die vom Boden, in der Hand und leckte sie mit der Zunge auf. Dann trank er. Zum Schluss sagte er etwas über ein Huhn: Es sei mit blutigem Gefieder geflogen, hoch hinauf, immer höher. Sie zeigte ihm mit den Fingern, dass sie nur drei Hühner habe. Und dass sie keines davon töten wolle, denn im Winter gebe es weder Fische noch Pfannkuchen.

Nein, das hatte er nicht gemeint. Irgendwo hier in der Umgebung hatte er sich an ein Fischerhaus herangeschlichen und ein Huhn erbeutet. Doch er hatte nicht gewagt, Feuer zu machen, und sich mit dem rohen Fleisch den Magen verdorben. Er lag dann, von Farn bedeckt, in einer Erdmulde. Gegen Morgen, es war wohl am dritten Tag, hörte er deutlich das Meer rauschen. Er wollte nicht in dieser nach Exkrementen stinkenden Grube sterben, von Mücken und Spinnen geplagt. Er raffte sich auf und ging über den weichen Moosteppich bis zur letzten Düne, und dort, von der Anhöhe aus, sah er sie, als sie gerade aus dem Wasser kam.

Das Sprechen hatte ihn angestrengt. Er lehnte den Kopf wieder an den Baumstamm und starrte vor sich hin ins Leere. Sie nahm die Tischdecke und packte die Flasche in den Korb.

«Folge mir», bedeutete sie ihm.

Aber er fürchtete, die Leute, denen er das Huhn gestohlen hatte, könnten ihn erkennen. Sie wollte ihm erklären, dass das Fischerhaus weit weg sei, nicht in diesem Dorf. Und dass es vollkommen anders aussehe als ihre Häuser hier, die von den Äxten eines Zimmermanns des Herrn errichtet worden seien, nach den Vorschriften der Heiligen Schrift. Aber wie hätte sie ihn überzeugen können? Er sah sich das Bild, das sie mit einem Stock in den Sand malte, nicht einmal an.

Er war satt und abwesend. Wer weiß, woran er dachte. Sie warf einen Zapfen nach ihm. Da schaute er sie mit seinen rabenschwarzen Augen an, die dann ihrer Handbewegung in Richtung des orangeroten Sonnenballs folgten. Er verstand: Morgen, wenn die Sonne auf der anderen Seite des Waldes aufgeht, wird sie wiederkommen, allein.

Nach solch einem warmen Tag legte sich die Luft in unsichtbare Schichten. Unten, direkt am Boden, war es kühl und feucht. Etwas weiter oben hatte eine wärmere Strömung die Essenz von Kräutern und Gräsern destilliert. Über alldem hing der harzige Duft der Kiefern, den die Abendbrise vom Meer heranwehte. Beim Haus der van Dorns, über dem gerade Störche ums Nest kreisten, spürte sie eine leichte Unruhe. Ihr schien, sie hätte das Gesicht des Unbekannten schon einmal gesehen, in der Stadt. Ob sie sich täuschte? Und hatte nicht Harmenszoon Recht, wenn er in seinen leidenschaftlichen Predigten, die dem Brechen des Brotes vorangingen, von Verderbnis, Sünde und Tod redete, die immer aus der Stadt kommen? So wie die Lastwagen. Und die Leute in Uniformen, die Waffen tragen.

II

Kerzen gab es schon lange nicht mehr. Und den Vorrat an Petroleum, den sie in den verlassenen Häusern gesammelt hatte, wollte sie für den Winter aufbewahren. Indessen musste, obwohl es schon dunkel war, die entsprechende Anzahl von Versen gelesen werden. Sonst wäre der Tag kein gesegneter und würde als solcher im Nichts versinken. Das wäre zwar nur eine kleine Sünde, doch mit den Sünden war es so, dass sie – einmal begangen – die Angewohnheit hatten, sich zu wiederholen. Hätte jetzt ihr Vater neben ihr gestanden, wären sie ohne Licht ausgekommen. Er kannte die Heilige Schrift fast auswendig und konnte jede beliebige Stelle aus den Propheten zitieren. Wo mochte er jetzt sein?

Vorsichtig zündete sie den Docht an und las eine Stelle aus Jesaja, von den heimlichen Schätzen und den verborgenen Kleinoden. Dann drehte sie, um kein Petroleum zu verschwenden, die Lampe aus und legte sich ins Bett. Doch der Schlaf wollte sich nicht einstellen, obwohl der Tag beendet worden war, wie es sich gehörte. Auf dem Haus Helkehs schrie eine Eule. Im Schrank raschelte eine Maus. Eine leichte Brise vom Meer wiegte die Zweige im Garten.

An jenem Tag damals hatte der Vater sie ganz früh geweckt, noch vor Sonnenaufgang. Sie waren in das Boot der van Dorns gestiegen und hatten zwischen Butterfässern und Kisten mit Leinenballen Platz genommen. Die Reise hatte lange gedauert, zuerst auf dem Kanal, dann den Fluss abwärts, bis sie schließlich zum Meer gekommen waren. Sie erinnerte sich an das große graue Segel, das sich im Wind blähte, an den salzigen Geschmack auf den Lippen und die seltsame dunkelrote Farbe des Backsteins, aus dem in der Stadt alles gebaut zu sein schien: Häuser, Speicher, Lagerhallen, Kirchen. Das Boot legte am Kai an. Herr van Dorn sollte dort übernachten, und sie ging mit Vater und Rachela zu einer Verwandten von Harmenszoon, die sie freundlich aufnahm. Sie schlief mit Rachela in einer Stube. Am nächsten Morgen nahm Vater sie mit zum Markt, und sie wunderte sich über alles: Durch die Straße jagte eine elektrische Straßenbahn, die Autos hupten wie verrückt, und die Menschen gingen nicht, sie liefen in alle Richtungen, als hätten sie zu wenig Zeit. Am Kai, wo jetzt Dutzende von anderen Booten erschienen waren, waren Vater und van Dorn mit dem Verkauf der Waren beschäftigt. Rachela und sie durften sich ein paar Schritte entfernen, aber es war ihnen nicht erlaubt, mit jemandem zu sprechen, ob Mann oder Frau. Sie erinnerte sich gut an jenen Augenblick: An einem Stand, wo eine alte Kaschubin Flundern feilbot, berührte jemand sie am Arm, und plötzlich hörte sie eine vertraute Stimme:

«Du bist's?»

«O Gott, so sieht jetzt meine Schwester aus?» Sie war

entsetzt. Was würde Vater sagen? Und wenn Rachela sie sähe?

Doch Rachela war in der Menschenmenge verschwunden, Vater half Dorn, und ihre Schwester, ihre ältere Schwester Hanna, nahm sie am Arm, überschüttete sie mit Fragen, küsste sie immer wieder auf die Wange und drückte sie an sich. Sie wusste gar nicht, wie sie in die schmale gepflasterte Gasse gelangt waren, durch die polternd Pferdewagen fuhren. Dann bogen die Schwestern in einen Hof ein, und hinter einer Kastanie, bei einer gusseisernen Pumpe, gingen sie durch die Eingangstür und über eine alte knarrende Treppe hinauf in den ersten Stock.

Als sie in der Wohnung waren, erzählte sie Hanna von Vaters Zorn und Gram. Von Harmenszoon aufgefordert, hatte er dem Ältesten die Worte der Verstoßung nachgesprochen. Die Frauen auf der Empore bedeckten das Gesicht, die Männer zupften an der Hutkrempe, und dann trat eine so vollkommene Stille ein, dass man hören konnte, wie das Wachs auf den Boden tropfte und die Falter unter der Decke kreisten. Es war schrecklich. Nach dem Gottesdienst schlief Vater die ganze Nacht nicht, und am nächsten Morgen beim Frühstück sagte er:

«Jetzt habe ich nur noch eine Tochter.»

Man durfte nicht einmal von Hanna sprechen, ihr mit Schande bedeckter Name sollte in allen Kirchen vergessen werden, für immer. Doch sie hatte oft an sie gedacht. Warum war sie in die Stadt geflüchtet? War sie so unglücklich bei ihnen gewesen? Stimmte es, dass der Mann, mit dem sie in Sünde lebte, eine Verkörperung des Teufels war, wie alle Lutheraner und Katholiken? Fürchtete sie nicht den Tag, da der Herr erscheinen würde? Für das, was sie getan hatte, konnte er schließlich ihren Körper nicht auferwecken, und ihre Seele – auf ewig verdammt – würde in der Finsternis umherirren und niemals Ruhe finden.

Doch Hanna fürchtete sich vor nichts. Schon gar nicht vor Harmenszoons Bannfluch. Sie sagte, sie sei sehr glücklich hier, wo so viel los sei. Ludwik nahm sie ins Kino mit, sie gingen tanzen, machten Ausflüge, und was die Sünde betraf, von der immer die Rede war, so war das eine glatte Lüge: Sie hatte seinen Glauben angenommen, sich taufen lassen, und sie hatten in der Kirche geheiratet. Wenn man es mit gesundem Menschenverstand betrachtete, so war Gott schließlich kein Mennonit, Katholik, Lutheraner, Methodist oder orthodoxer Zar. All dieser Unsinn, den die Alten in der Kirche lehrten, war im Grunde genommen nur Angst vor der Welt, die sich ständig veränderte, die auf wunderbare und verrückte Weise in eine unbekannte Zukunft jagte.

Sie hätte sich die Ohren zuhalten und weglaufen müssen, sie hätte die Schwester davor warnen müssen, solch gefährliche Dinge zu reden, doch sie tat es nicht. Hanna sah wunderschön aus, und auch die Farbe auf ihren Lippen änderte daran nichts. Und sie konnte so liebevoll und lustig sein. Sie platzierte sie neben sich vor dem Spiegel, nahm ihr die Haube ab und gab ihr Hüte zum Anprobieren. Dann gingen sie in die Stadt, sahen sich die Läden an, fuhren mit der Straßenbahn und tranken Limonade in einem Gartencafé, direkt am Meer, wo weiß gekleidete Frauen und Männer saßen.

«Ist es denn Sünde», lächelte Hanna ihrer Schwester zu, «das zu tun, was einem Spaß macht? Du solltest es auch versuchen! Ihr lebt ja dort noch im Mittelalter!»

Zum Glück war es bei Worten geblieben. Sie hatte sich nicht zum Kino überreden lassen. Sie hatte keinen Mann angesehen. Und als sie wieder zu Hause waren und Ludwik erschien, begrüßte sie ihn so, wie der Brauch es verlangte: den Kopf gesenkt, den Blick nach unten gerichtet. Hätte Vater sie dabei gesehen, vielleicht wäre alles anders gekommen? Vielleicht wäre sein Zorn nicht ganz so groß gewesen? Doch Vater erschien viel, viel später, als das Grammophon Tango und Foxtrott spielte, als Ludwik mit Hanna durchs Zimmer wirbelte und über dem Tisch der Geruch von Zigarren und Rheinwein schwebte.

«Diese Leute haben meine Tochter entführt», sagte er dem Polizisten. «Bitte gehen Sie Ihrer dienstlichen Verpflichtung nach!»

Der Schutzmann sah bekümmert aus. Er stand an der Türschwelle, drehte die Schildmütze in den Händen und war entschieden nicht gewillt, sich in die Sackgasse von Familienangelegenheiten zu begeben.

«Hält sie vielleicht jemand fest?» Ludwik schob dem Vater einen Stuhl hin. «Das ist doch nur ein Besuch bei der Schwester, oder nicht?»

Doch die Frage des Schwagers hing in der Luft wie ein Schnörkel, der überflüssig war. Und so blieb dieser Augenblick für immer in ihrem Gedächtnis; auch an dem Stuhl, der während des langen Schweigens inmitten des Zimmers stand, haftete das Gefühl absoluter Überflüssigkeit.

Das Boot der van Dorns war schon lange abgefahren, deshalb gingen sie über die Zugbrücke zum Weichselbahnhof. Wenn er doch nur, in zornigen Worten, gesagt hätte, wie empört er war. Aber der Vater schwieg während des ganzen Rückwegs. Auch als sie in dem leeren Waggon des letzten Zuges Platz genommen hatten, der sich über die Felder, die platt waren wie ein Tisch, durch die Finsternis schleppte und hin und wieder auf einer schmalen Brücke einen Damm oder einen Kanal überquerte, auch als sie so nahe nebeneinander saßen und ins Dunkel starrten, das sich hinter der Fensterscheibe der keuchenden Schmalspurbahn erstreckte, fiel kein einziges Wort zwischen ihnen. Sie erinnerte sich an die Lampe, die im letzten Waggon schaukelte, als sie von der öden kleinen Station abfuhren. Und an den langen, sandigen Weg, auf dem sie einige Kilometer zurücklegten, bis sie zu Hause waren.

Am Tag darauf musste sie sich mitten in die Kirche stellen und vor allen Anwesenden ihre Schuld bekennen. Dann musste sie sich Harmenszoons Ermahnungen anhören: ob sie sich nicht schäme, so ungehorsam gegenüber dem Vater zu sein? Sollte sie nicht Menschen verabscheuen, die die schlimmste Sünde begingen, indem sie sich zum zweiten Mal taufen ließen? Ob sie nicht wisse, dass Musik, Alkohol und ausgesuchte Kleidung der Vorhof zur Hölle seien? Ob sie noch nie davon gehört habe, dass man mit denen, die aus der Gemeinde verstoßen seien, kein Wort wechseln dürfe? Und dann auch noch an ihren zügellosen, verderbten Vergnügungen teilnehmen? Würde sie auch die angemessene Reue zeigen? Und sei sie sich darüber klar, dass sie das nächste Mal keiner mehr warnen würde?

Als er geendet hatte, musste sie mit gebeugtem Kopf auf die Empore zurückkehren und ihren Platz unter den Frauen einnehmen. Man stimmte den 130. Psalm an, «Aus der Tiefe rufe ich, Herr, zu dir». Sie wollte in den Chor einstimmen, wollte eine der mächtigen, reinen Stimmen sein, die sich seit Jahrhunderten jeden Tag zum Angesicht des Herrn erhoben. Doch als sie den Mund öffnete, kam aus ihrer Kehle nur ein dumpfes, heiseres Röcheln. Sie versuchte es noch einmal. Doch die Worte blieben in ihrem Innern, als seien sie dort fest verschlossen. Das Gefühl dieser Ohnmacht war tausendmal schlimmer als die Angst, die sie gespürt hatte, als sie vor Harmenszoon stand.

«Das wird vorübergehen», dachte sie, «das wird wieder aufhören.»

Doch es dauerte schon vier Jahre, und als sie jetzt in dem leeren Haus lag und nicht einschlafen konnte, weil die Erinnerungen auf sie einstürmten, aber auch – darüber war sie sich im Klaren – wegen der kohlrabenschwarzen Augen des Unbekannten, spürte sie, wie Auflehnung und Verzweiflung in ihr hochstiegen. Wollte Gott sie wirklich so hart bestrafen? Wenn er gerecht war, warum war dann Hanna nichts Vergleichbares passiert, warum gerade ihr? Und wo war der Herr, als eines Tages vor der Kirche die Lastwagen und die Leute mit den Waffen erschienen? Vielleicht waren nur die Dinge echt, nur die Häuser, Tiere und Pflanzen, Wasser, Luft, Erde, die Sonnenaufgänge und -untergänge, die Wolken – und sonst nichts?

Auf Helkehs Dach schrie wieder die Eule. Im Schrank raschelte die Maus. Der Wind legte sich vollkommen, und in der großen Stille, die jetzt die Dächer und Bäume mit einem unsichtbaren Mantel bedeckte, durchschnitt plötzlich ein entsetzlicher Schrei die Dunkelheit. Sie ging ans Fenster. Der Mann, dem sie Essen gebracht hatte, torkelte über den Weg. Er fuchtelte mit den Armen, ballte die Faust, fiel in den Sand, erhob sich mit Mühe und schrie wieder zu den Sternen hinauf, als wäre dort oben jemand, der ihn hören müsste. Von weitem sah er aus wie ein vom Schnaps benebelter Bauer, der sich nach dem Jahrmarkt verlaufen hatte und nicht nur in einem fremden Dorf, sondern in einer völlig anderen Welt gelandet war.

Als sie auf die Straße hinauskam, lag er mit dem Gesicht im Sand und brummte. Er hatte keine Kraft mehr, aufzustehen oder gar weiterzugehen. Während sie sich über ihn beugte und leicht seinen Kopf berührte, spürte sie, dass der Todesengel, der schon eine Weile hier kreiste, sie unter seinem Flügel durchgelassen hatte und lautlos in die Dunkelheit entwichen war. Als sie den schweren, kraftlosen Leib in die Stube schleppte, wurde sie wieder unruhig. Sie war diesem Mann noch nie zuvor begegnet, und doch konnte sie sich des Eindrucks nicht erwehren, dass ihr sein Gesicht, auf das jetzt das schwache gelbliche Licht der neben dem Bett flackernden Lampe fiel, nicht unbekannt sei und dass diese zwei feurigen dunklen Augen sie schon einmal aufmerksam angeblickt hätten. Sie hatte jedoch keine Zeit, darüber nachzudenken. Während sie Wasser aufstellte, sein Hemd und die Hose herunterstreifte, die mit einer Schicht von Schorf und Dreck beklebt waren, während sie die offenen Wunden wusch, wurde sein Körper vom Fieber geschüttelt. Er hatte die Augen geschlossen, phantasierte und wollte nicht trinken. Sie dachte daran, dass sie nicht ohne Willmann auskäme, wenn der Fremde sterben würde. Allein könnte sie keinen Sarg zimmern und die Leiche nicht begraben.

III

Er staunte über alles, wenn er dies auch nicht zeigte, sondern eher schwieg und keine Fragen stellte. Da war zum Beispiel die Garderobe: Alle Männer schienen hier die gleichen Westen zu tragen, die nicht zugeknöpft, sondern mit sechzehn unbequemen Haken und Ösen zugemacht wurden. Die dunkle Hose aus Tuch und die Jacke, die an einen altertümlichen Rock erinnerte, waren auch nicht gerade bequem. Er zog das alles an, nachdem sie Hemden, Wäsche und die Kleider ihres Vaters aus dem Schrank geholt hatte. Den schwarzen Hut lehnte er jedoch ab, und er tat es so entschieden, dass ihr erschrockener Blick, den er einen Moment lang erhaschte, ihn in Verlegenheit brachte. Später, als sie ihn durchs Dorf führte, konnte er nicht verstehen, warum sie in jedes Haus gingen, warum sie ihm die Stuben zeigte, die Türen, Schubladen, Schränke öffnete, als suchte sie jedes Mal seine Akzeptanz, obwohl alle Innenräume, alle Scheunen, Küchen und Schlafzimmer genau wie die Kleidung in den Schränken, die Haushaltsgeräte und andere kleine Dinge einander sehr ähnlich waren. Und warum wurde sie so ungeduldig, als er im letzten Haus, auf ihren fragenden Blick und ihre Geste, die er nicht verstehen konnte, nur nachlässig mit den Schultern zuckte?

Sie lief weg und ließ ihn allein mit dem Gefühl der vagen Anwesenheit von Menschen, die hier einmal gewohnt hatten. Zaghaft berührte er die Tischplatte, ging in der großen Stube auf und ab, fuhr mit dem Finger über die kalten Kacheln des Ofens. Schließlich blieb er am Fenster stehen und wartete auf Gott weiß was. Der sonnenüberflutete Weg war leer. Nichts, auch nicht der geringste ländliche Laut trübte die absolute Stille. In den mit Gras überwucherten Beeten, in den Bohnenstangen vom Vorjahr, in den wilden, vertrockneten Sonnenblumen, im Moos auf dem Fensterbrett und im Staub auf dem Rahmen, in den Geräten und Dingen, in der Luft war ein deutlicher, immer bedrohlicherer Schatten der Verlassenheit zu spüren. Hätte eine eingeschlagene Scheibe, ein abgerissener Zaun oder eine offene, halb ausgeplünderte Kommode bezeugen können, was er langsam zu ahnen begann, so hätte seine Unruhe nicht heftiger sein können.

Er rannte zurück, so schnell er konnte, von Haus zu Haus. Jetzt öffnete er selbst die Türen, schaute in die Speisekammern, Vorratslager und Gartenlauben. Doch die Gegenstände ruhten still und gleichgültig auf ihren Plätzen, und diese grausame Ruhe schien ein potenziertes Grauen zu verdecken, das in jeder Ecke lauerte. In der Molkerei am Dorfrand, wo er vorsichtig durch die knarrende Tür ging, standen die Kübel, Siebe und Schöpfkellen in den Regalen, als würde jeden Moment die Milch in Strömen in die Holzbottiche fließen. Ein ähnliches Gefühl überkam ihn in der Weberei: Als er langsam über die Lichtstreifen schritt, die durch die schmalen Dachfenster in den dunklen Innenraum fielen, als er die reglosen Schiffchen berührte oder leicht den Webstuhl bewegte, schien es, als finge diese archaische Maschinerie gleich an zu klappern, zu klopfen und zu schnurren, als würden hinter den Pfeilern gleich Frauen in langen, unpraktischen Kleidern oder Männer in schwarzen Hüten auftauchen und diesen Ort beleben, jederzeit bereit, ihre tägliche Arbeit zu verrichten. In einem Weidenkorb lagen Stoffe. Auf einem Regal lag ein graues handgewebtes Stück. Der Staub, der unter den Fingern aufstob, wirbelte immer schneller und höher in den Sonnenkegeln, bis schließlich Millionen von zerstreuten Teilchen oben zwischen den Dachsparren verschwanden, wo – wenngleich es Tag war – vollkommene Finsternis herrschte.

Er ging auf die lichtüberflutete Straße hinaus und kniff die Augen zusammen. Anstatt zu den Häusern zu gehen, nahm er den Weg in Richtung Dünen. Als er den großen, unbeweglichen Flügel der Windmühle sah, blieb er stehen und überlegte, ob er nicht umkehren sollte, doch die Neugier überwog, und er nahm – bis zu den Knöcheln im weichen, heißen Sand watend – die letzten Meter der Anhöhe. Erstaunt betrachtete er die Transmissionsriemen, die gezackten Räder, den Dynamo und den Transformator, durch den nie Strom geflossen war. Jemand hatte hier sein Werk nicht vollendet. Davon zeugten die Rollen von Draht, die Isolatoren und die Verteilerkästen, die an der Wand hingen.

Genau danach wollte er fragen, als er, müde von der Hitze und vom Umherstreifen, leise ihr Haus betrat.

Dankbar nahm er den Stuhl an, den sie ihm zuschob, und setzte sich an den Küchentisch. Doch sie hörte nicht auf seine kurzen, ausgewogenen Sätze, denen lange Pausen folgten, sie beabsichtigte nicht, seine Zweifel zu zerstreuen, und er wunderte sich, als sie – statt eines Tellers oder einer Schüssel mit dampfendem Brei – ein dickes Heft auf den Tisch legte, aus dem sie ein auf der unteren Hälfte unbeschriebenes Blatt herausriss. Ihre kindliche Schrift, die so anders aussah als die Summen der Rechnungen im oberen Teil, erstaunte ihn, und er konnte aus den Augenwinkeln die Positionen lesen: «Verglasen – 4 Gulden 75 Pfennig», «Farbe für den Zaun – 2 Gulden 43 Pfennig» (was zusammen 7 Gulden 18 Pfennig machte, wenn er richtig addierte). Ja, ihr Blick, den sie von dem soeben niedergeschriebenen Satz direkt auf ihn richtete, erstaunte ihn: gebieterisch, eindringlich war er.

«Mann und Frau dürfen nicht in einem Haus leben», las er, «wenn sie nicht verheiratet oder verwandt sind. Sie müssen sich ein anderes Haus suchen, Werkzeuge und Geräte gibt es überall, man muss den Garten umgraben, Setzlinge habe ich, jeden Mittag kommen Sie bitte zum Essen.»

Er sagte nur:

«Ja, natürlich.» Und bevor sie den nächsten Satz fertig schreiben konnte, ging er hinaus und brummte: «Tausend Dank, Fräulein.»

Sie beobachtete ihn durchs Fenster. Er blieb bei Helkehs Gehöft stehen, zögerte einen Augenblick und ging dann weiter, als wünschte er gar keine nähere Nachbarschaft mit ihr, und verschwand erst im Haus der van Dorns. Sie wunderte sich, als er eine gute Viertelstunde nicht herauskam, denn jetzt, da er schon dort wohnte, konnte und sollte er zum Mittagessen kommen. Aber er kam nicht. Auch am folgenden Tag, als sie mit einer Brennnesselsuppe auf ihn wartete, erschien er nicht. Sie sah ihn zwar, wenn er mit den Reusen zum Fluss ging oder sich im Garten, beim Schuppen, zu schaffen machte, aber er hatte keinen Spaten in der Hand. Sie wurde immer neugieriger, weshalb er ganze Vormittage lang im Wald verschwand und was er abends zu Hause tat, ohne Kerzen und Petroleum, einsam wie sie.

Unmerklich verstrich ein Tag nach dem anderen, und plötzlich wurde ihr bewusst, dass sie den Klang seiner Stimme hören wollte, egal, was er sagen würde, dass sie ihm alles erzählen wollte, mit Hilfe von Papier und Bleistift. Aber ihr fehlte der Mut. Vater hätte sich sicher gefreut, dass sie dem Ankömmling half, doch ein Besuch bei ihm – ohne dringende Notwendigkeit – konnte nur eines bedeuten: einen Verstoß gegen das Recht und eine weitere Sünde.

«Auch damals, als ich ihm Pfannkuchen und Kürbissalat brachte?», fragte sie sich, und eine innere Stimme erinnerte sie sogleich:

«Ohne Zeugen trifft ein Mädchen keinen Mann, wenn er nicht zur Familie gehört.»

Der Fremde verhielt sich indessen seltsam. Er arbeitete nicht im Garten, schlief gewöhnlich bis zum Mittag, dann verschwand er irgendwo am Fluss oder im Wald, und abends saß er, wenn er nicht gerade im Schuppen hämmerte, unter der großen Linde der Dorns und wartete auf den Anbruch der Nacht, reglos in den Himmel starrend. Eines Tages, als sie Laken im Garten ausbreitete, kam er unverhofft, näherte sich leise und legte ein ziemlich großes Bündel auf die Veranda. Es war ein wildes Kaninchen: ausgenommen, gebraten, in ein Klettenblatt gewickelt. Ein anderes Mal fand sie auf der Schwelle einen Sack voller Fische: Zander, Plötzen und Hechte, ausgeweidet, mit Grünzeug bedeckt – obwohl es Sommer war, roch es für sie nach Herbst und Vergangenheit. Wie hätte sie ihm davon erzählen können? Von den vollen Netzen, dem Rauch über dem Wasser und den Fässern, die die Männer in die Speisekammern rollten, wenn die erste Kälte kam? Und was konnten ihn im Übrigen all diese Dinge interessieren?

Plötzlich spürte sie, dass die alte Welt, die vor ihren Augen untergegangen war, in ihrer früheren Form nie wiederkehren würde. Bisher konnte sie sich mit der Hoffnung trösten, konnte sich in Gedanken Harmenszoons Prophezeiung wiederholen, die besagte, dass die Gerechten in ihre Häuser zurückkommen würden, aber jetzt, als sie den Zander in gleichmäßige weiße Scheiben schnitt, stürzte die Unumkehrbarkeit dessen, was geschehen war, ihr Gemüt in Chaos und Zweifel.

Gegen Abend machte sie sich, mit dem Essen im Topf (es hätte für zwei Familien gereicht), auf den Weg zum Haus der van Dorns. Die Stimme, die sie von außen hörte, war jedoch nicht die des Fremden. Willmann sprach laut, ununterbrochen, und der andere stellte nur hin und wieder eine Frage, so leise, dass sie selbst mit dem Ohr am offenen Fenster keine Einzelheiten verstanden hätte, denn die Laute gingen in der alles umfassenden Dämmerung unter wie Insekten. Sie wollte nicht lauschen. Doch als sie die kühle Diele betrat, hielt etwas sie davon ab, die Schwelle zur Stube zu überschreiten. Ging es in der Erzählung nicht um Bestvater, der ausgestoßen und verflucht war, genau wie Hanna? Willmann berichtete, die Männer hätten abgestimmt und vorher habe Harmenszoon eine lange, zornige Rede gehalten:

«Ist es euch noch zu wenig verdorben in den anderen Gemeinden?», donnerte er mit mächtiger Stimme. «Seid ihr so naiv, dass ihr glaubt, es wird bei Maschinen zur Herstellung von Butter und Lampen in den Häusern bleiben? Eure Söhne werden Radioapparate mitbringen, und eure Töchter, Frauen und Schwiegermütter werden Hüte mit Bändern tragen! Soll so die Nachahmung des

Herrn aussehen? Unsere Äxte, Pflüge, Netze, unsere Meißel und Hobel und schließlich unsere Hände und Gebete – reicht uns das alles nicht mehr?»

Willmann verstummte, der Fremde bewegte sich unruhig auf seinem Stuhl und fragte:

«Und was geschah dann?»

«Dann», seufzte Willmann, «hoben die, die mit der Elektrizität einverstanden waren, die Hand, aber es waren nur drei: Helkeh, van Dorn und der Witwer.»

«Welcher Witwer?» In der Stimme des Unbekannten klang Unmut an. «Hast du mir schon von ihm erzählt?»

«Ja, Wolzke, der Vater dieser dummen Kuh», lachte Willmann leise. «Na ja, und Bestvater, aber der hatte kein Stimmrecht, denn die Windmühle und die Sache mit der Elektrizität, das war sein Werk. Tags darauf gab er alles auf und ging weg.»

«Ging weg ...», unterbrach ihn der Fremde. «Das heißt, ihr habt ihn einfach fortgejagt, willst du das damit sagen?»

In Willmanns Worten lag jedoch keine Unsicherheit und keine Spur von Bedauern: Bestvater hatte selbst sein Hab und Gut auf einen Pferdewagen gepackt, die Tür seines Hauses zugeworfen, und als er an der Kirche vorbeikam schrie er so laut, dass alle es hören konnten:

«Harmenszoon, du Idiot, du wirst die Schrift nicht erklären, du vergiftest sie, und alle hier werden daran verrecken!»

Sie hörte das mit viel mehr Unruhe als damals, vor der Kirche, als ihr Vater sie dem Lärm und Geschrei der aufgebrachten Stimmen entrissen und nach Hause gebracht hatte. Denn seine erhobene Hand, diese Geste gegen Harmenszoon, von der sie bis heute nichts gewusst hatte, bestürzte sie und verstörte sie jetzt und versetzte sie in einen merkwürdigen Zustand, in dem sie sich noch nie zuvor befunden hatte. Willmann erzählte weiter, vom Umzug Bestvaters in die Gemeinde Tiegenhagen, wo es zwar keine Dünen und kein Meer gab, aber die Westen der Männer Knöpfe statt Haken und Ösen hatten, wo man vor kurzem elektrische Leitungen gelegt und die Ältesten die Brüder de Veer waren, Jan und Piotr. Aber sie nahm kaum etwas von diesen Dingen auf. Als Willmann schließlich fertig war und es in der Stube still wurde, stieß sie die angelehnte Tür auf, stellte den Topf mit dem Essen auf den Tisch und ging so schnell wieder weg, dass die verblüfften Gesprächspartner sie nicht einmal mehr in der Diele erwischten.

Sie wollte weinen, aber keine Träne floss ihr über die Wange. Sie wollte ihren Schmerz herausschreien, aber kein Wort, kein Laut kam über ihre Lippen.

Im Mondlicht fuhren lautlos die Lastwagen vor die Kirche, und wie damals, als sie vom Meer gekommen war, blieb sie am Waldrand stehen. Die Leute in den Uniformen warteten nur noch auf Harmenszoon. Schließlich erschien er, und wie damals hatte er Karten, Folianten, Pergamente in den Händen, von denen die ältesten, in Holzrahmen gebunden, königliche Siegel trugen. Er trat an den Offizier heran, fuchtelte ihm mit einem Stoß von Dokumenten vor der Nase herum und sagte laut, das sei nicht rechtens. Durch die Menge ging ein Raunen, und wie damals trat der Offizier eine Kippe mit dem Absatz aus und gab ein Zeichen. Sie gehorchten den bewaffneten Menschen und stiegen ein. Harmenszoon erhob die Stimme und versuchte, so wie damals, den Offizier zu überzeugen, dass es Molotschno und Chortiza in Russland schon lange nicht mehr gebe, dass ihre Vorfahren aus eigenem Willen dorthin gegangen seien, dass das Land, auf dem sie jetzt standen, nie Gewalt kennen gelernt habe, da die Bekenner des Herrn nie Waffen trügen oder benutzten und auch nie einen Eid schwörten. Wie damals fuhren die Lastwagen weg, einer nach dem anderen, Harmenszoon sprach, der Offizier nickte und klopfte ihm auf die Schulter, und wie damals gab der Offizier, als der Transport hinter der Straßenbiegung verschwunden war, ein Zeichen. Die Soldaten schossen einmal, ein zweites Mal, Harmenszoon fiel zu Boden, der Offizier kickte mit dem Stiefel den Stoß von Papieren und Pergamenten auseinander, zündete sie an, schaute sich aufmerksam um, gab ein Zeichen und fuhr, wie damals, in einem kleinen offenen Auto weg, in Begleitung zweier Motorräder. Auf dem staubigen Weg überholten sie eine Viehherde, die von Wachposten zu Fuß vorangetrieben wurde.

Wie damals presste sie ihr Gesicht an die glatte, moosbedeckte Rinde der Buche. Doch jetzt hörte sie nicht die Hunde, die damals das Vieh wie verrückt angebellt hatten, bis die Schüsse aus den Karabinern sie für immer zum Schweigen brachten. Jetzt fürchtete sie sich vor Gespenstern, nicht vor Menschen. Vielleicht trat sie deshalb mit raschem, sicherem Schritt ein, als sie im Fenster ihres Hauses Licht sah? Sie wusste, dass er auf sie warten würde. Sie wusste, dass er reden würde. Sie drehte den zu stark qualmenden Docht der Lampe herunter und setzte sich ihm gegenüber. Er sagte, er heiße Jakub und habe die Hölle gesehen. Er sagte, sie solle sich nicht fürchten, denn er, Jakub, Arons Sohn, baue mit Willmann ein Boot, um weit wegzufahren, auf die andere Seite des Meeres, wo die Menschen nicht andere Menschen in Öfen steckten oder in Lastwagen. Sie schrieb auf einen Zettel, dass am Kanal Boote stünden. Er sagte, die seien zu klein und zu alt für solch eine Reise und Willmann denke genauso darüber. Sie schrieb schnell dazu, dass sie nicht wegfahren könne, denn sie wartete auf den Vater, auf Rachela, auf Helkeh und die anderen. Er sagte laut, die kämen nicht zurück. Sie schrieb, sie kämen zurück. Er fragte, woher sie wisse, dass sie zurückkämen. Sie schrieb, von Harmenszoon. Er wandte den Blick von dem eben gelesenen Satz ab und richtete ihn auf ihr ins flackernde Licht der Petroleumlampe getauchtes Gesicht, und sie sah seine Sorge und Unruhe. Er sagte:

«Aber dieser Harmenszoon lebt doch nicht mehr, ich weiß von Willmann, dass ihr ihn beerdigt habt.»

Sie zögerte einen Augenblick über dem Blatt Papier und schrieb schließlich:

«Ich habe Angst, denn eines Tages, wenn Ludwik wiederkommt ...»

Er fragte, wer Ludwik sei. Doch sie schob das Heft mit den Rechnungen weg und verbarg ihr Gesicht in den Händen. Er sprach jetzt in sanften, zärtlichen Worten zu ihr, doch er war sich nicht sicher, ob sie ihn hören konnte. Sie weinte leise und gedämpft, es war wie das Winseln eines jungen Hundes. Als er seine Hand auf ihren Kopf legte, zog sie sich nicht zurück. Erst als seine Finger die Leinenhaube wegschoben und sich unwillkürlich in ihren leuchtenden kupferfarbenen Haaren verfingen, griff sie, ohne ihn anzusehen, nach seiner Hand zwischen der Schildpattspange und ihrem entblößten Nacken und bewog ihn dazu, sie zurückzuziehen und sich aufrecht hinzusetzen.

«Es ist wenig Zeit», sagte er, «wir müssen uns sehr beeilen. Weißt du», fügte er im Gehen hinzu, «warum sie eure Häuser nicht verbrannt haben?»

IV

Willmann war begierig auf seine Geschichte. Im Bootshaus von Andres, wo sie jetzt vom frühen Morgen bis in die Nacht arbeiteten, begann Jakub in leuchtenden Farben zu erzählen, dass einem Hören und Sehen verging.

Oft fiel Willmann ihm ins Wort und verlangte – ohne die Axt oder den Hobel abzusetzen – nach Erklärungen. Was ist eine Ouvertüre? Kann der Taktstock aus Eibenholz sein oder schnitzt man ihn besser aus einem Fichtenzweig? Ist der Graben für das Orchester, in dem Jakub jeden Abend saß, sehr tief? Wozu braucht man einen Dirigenten, wenn die Musiker ohnehin wissen, was sie spielen sollen? Werden auf der Bühne Psalmen gesungen? Was ist die zweite Geige?

Goldene Spiralen von Hobelspänen fielen zu Jakubs Füßen, während seine Stimme in dem Gewölbe des Schuppens aufstieg – im Lachen Almavivas, im Klagelied Don Josés oder in Fausts Flüchen. Willmann liebte insbesondere Geschichten, in denen jemand starb, Geschichten, in denen die Liebe – wie auch der Tod – in das Gewand der Vorsehung gekleidet war.

«Und ist das alles», fragte er jedes Mal, «wirklich passiert?»

Geduldig und anschaulich erklärte Jakub, was ein Libretto, eine Rolle, eine Partitur sei. Willmann nickte zustimmend, aber er argwöhnte, Jakub wolle ihm nicht die ganze Wahrheit sagen. Wie konnte man etwas aufführen, was sich niemals irgendwo ereignet hatte? Und das vor Menschen, die jeden Abend auf eleganten Stühlen und Sesseln saßen? Wozu hätten die Musiker und Sänger solch ein falsches Spiel spielen sollen?

Jakub dagegen erwartete keine Geschichten. Die Fragen, die er selten und beiläufig stellte, zielten darauf ab, notwendige Tatbestände zu klären. Aber Willmann wusste nicht, ob es in der Flussmündung Aufklärungsschiffe gab. Er hatte keine Ahnung, welche Gemeinden man umgesiedelt hatte. Er wusste nur, dass in Tiegenhagen, da, wo die Ältesten die Brüder Jan und Piotr de Veer waren, wo Bestvater Strommasten installiert hatte und wo man Westen mit Knöpfen trug, beschlossen worden war, die Männer dürften einen Eid schwören, Uniform und Waffen tragen, aber nur, wenn die Leute aus der Stadt es verlangten.

«Das ist schon lange her», sagte Willmann, nachdem er nachgedacht hatte, «es war ein Jahr vor der Kriegserklärung.»

Jakub wollte wissen, ob jemand von den Einheimischen irgendwelche Karten habe, am besten solche, nach denen man über das Meer fahren könne, aber Willmann erinnerte sich an nichts dergleichen. Wenn jemand hinausgefahren war, dann nur bis zur Sandbank, und wenn jemand, wie die van Dorns, übers Wasser in die Stadt gelangt war, dann immer bei Tageslicht, ohne das Ufer aus den Augen zu verlieren.

Mit der Arbeit kamen sie unerwartet schnell voran, und Ende August, als am nächtlichen Himmel Sternschnuppen aufleuchteten, war der Schiffsrumpf fertig. Sie tränkten ihn mit Pech und entließen ihn in den dunklen, tiefen Kanal, der voller Unkraut und Algen war.

«Ich dachte», sagte Willmann, «du könntest nur reden, aber du hast geschickte, kräftige Hände.»

Jakub konnte seine Genugtuung nicht verbergen; aber der Satz, scherzhaft, witzig, mit dem er antworten wollte, blieb ihm im Hals stecken, als Willmann hinzufügte:

«Aber musst du unbedingt zu ihr gehen?!»

«Was meinst du damit?», fragte er und bedauerte es gleich darauf. Denn er begriff, dass Willmanns Blick, seine kalten blauen Augen, nicht nur hier, während sie zusammen das Schiff bauten, auf ihm ruhten, sondern ihm jeden Abend folgten, wenn er, müde von der Arbeit, «bis morgen» sagte und sich auf den Weg am Kanal machte, im drückenden Dunst des Kalmus, des stehenden Wassers und der Seerosen, wenn er bei den drei Eichen abbog und auf dem sandigen Weg am Fuß der Dünen und des

Friedhofs zum Haus der van Dorns gelangte, das vorübergehend, für eine gewisse Zeit, seines, Jakubs Haus gewesen war, jetzt aber nicht mehr, denn er stieg nicht über die knarrende Treppe nach oben, sondern ging weiter, an den schweigenden kleinen Fenstern der Kirche vorbei, bis zu ihrem Haus, wo Willmanns Blick nicht bei der abblätternden Farbe der Fensterrahmen Halt machte, sondern weiter schnüffelte, durch die Wände, durch das Flüstern und Schweigen, als hätte er dazu ein Recht, das ihm der Witwer oder unbekannte Bande des Bluts verliehen.

«Was ich damit meine?», wiederholte Willmann. «Na, dass sie nicht mit uns fahren wird.»

«Nein», Jakub schaute ihm in die Augen, «sie ist nicht so dumm, wie du denkst, ich werde sie bald überzeugen ...»

Willmann brach in lautes Lachen aus.

«Ihre Mutter», sagte er, nach Luft ringend, «trieb sich auch am Meer herum. Und sogar Harmenszoon brachte es nicht fertig, diese Wunderlichkeiten, diese Bäder zu verbieten. Weißt du warum? Weil er Angst vor ihr hatte. Und warum hatte er Angst? Weil sie eine Hexe war. Zum Glück ist sie ertrunken.»

«Ich dachte, Hexen seien eine Spezialität der Katholiken», sagte Jakub, «aber offensichtlich hab ich mich getäuscht.»

Willmann antwortete nicht. Er war mit dem Takelwerk beschäftigt und murmelte einen Vers vor sich hin:

Es rauscht die Welle, weht der Wind,
Wer nimmt dich nur an Bord, mein Kind?
Ich tu es nicht, er tut es nicht,
auch wenn es dir dein Herz dann bricht.

Sie arbeiteten einige Tage lang in verbissenem Schweigen. Wenn sie – und das geschah jeden Mittag – mit dem Essenskorb zum Kanal kam, nahm sich Willmann seine Portion und verzehrte sie mit gleichmäßigen Kieferbewegungen. Jakub aß schneller und las selbst die kleinsten Krümel vom Boden auf, legte sie auf die Hand und saugte sie mit dem Mund ein. Sie betrachtete gerne seine langen, wohlgeformten Finger. Sie liebte den Moment, wenn er den Blick hob und verstohlen nach dem Korb schaute, wo Äpfel aus dem Garten oder Beeren warteten, die sie im Wald gesammelt hatte.

Obwohl alles war wie zuvor und das tägliche Ritual unverändert ablief, spürte sie, dass zwischen den beiden eine unsichtbare Mauer des Grolls wuchs. Als die Mauer schon ganz undurchlässig war, schrieb sie auf einen Zettel:

«Was ist geschehen?»

Als Jakub nach Anbruch der Dämmerung zu ihr kam, legte sie ihre Frage auf den Tisch.

Er tat so, als könne er sie nicht lesen, also drehte sie den Docht höher. Er tat so, als verstehe er nicht, und sie fügte hinzu:

«Willmann und du.»

Er sagte:

«Nichts Besonderes.»

Und sie schrieb:

«Ich sehe es doch.»

Doch er wollte nichts sagen. Sein Gesicht war angespannt und konzentriert. Er aß so gut wie nichts, bedankte sich nicht einmal und verließ schnell die Stube. Sie hörte die Stufen knarren, über die er mit langsamen, schweren Schritten auf den Dachboden ging. Diesmal dauerte das Stöbern da oben jedoch nicht lange. Er sammelte seine Sachen zusammen, und bevor sie die Küche aufgeräumt hatte, kam er wieder herunter.

«Ich gehe jetzt besser», sagte er, «morgen früh probiere ich mit Willmann die Segel aus.»

Sie nickte. Als er weg war, ging sie mit der Lampe in der Hand nach oben. Das Bett, das er hier aufgestellt hatte, war ordentlich gemacht. In der Kiste, die ihm als Schrank diente, fand sie Unterwäsche zum Wechseln, ein Tuch und Socken. Der Geigenkasten lag neben dem Kopfkissen und war nicht ganz geschlossen. Behutsam nahm sie das Instrument heraus und berührte es mit den Fingern, wie Blinde es tun. Das Rosshaar für den Violinbogen, die Saiten und ein Stück Kolophonium hatte Jakub von Willmann bekommen. Doch die Geige selbst, die über hundert Jahre oder länger zwischen Feuerwaffen, Landkarten, glänzenden Chronometern und einer Hand voll Silbermünzen im Koffer eines verstorbenen belgischen Kapitäns geruht hatte, war ein Geschenk von ihr. Jakub pflegte nachts hier oben zu spielen, und dann durchfuhr sie jeder Laut bis ins Mark, und alles andere wurde unwichtig, sogar die Verbote, die sie – nicht ohne Furcht – übertrat. Bisweilen kam im Traum ihr Vater zu ihr, setzte sich ans Bett und zeigte ohne Worte mit dem Finger nach oben, als wollte er sie fragen:

«Was hat das alles zu bedeuten?»

Doch sie war sich selbst nicht sicher, was sie eigentlich wollte, und ihre Gedanken – voll vager Ahnungen und Bilder – bedrängten sie mit Chaos, mit der Aura fremder, bisher unbekannter Dinge. Die Geige kehrte in den alten Kasten zurück. Die Lampe in der einen, das Instrument in der anderen Hand, ging sie schweren Herzens langsam hinunter. Erst in der Stube merkte sie, dass Jakub zurückgekommen war und sie ihn, als er durch den Flur ging, wohl um ein Haar verfehlt hatte. Jetzt stand er schweigend an der Tür .

Sie wies auf die Geige und fragte ihn mit den Augen, ob er deshalb zurückgekommen sei. Er sagte:

«Nein.» Und bevor sie das Heft und den Bleistift nehmen konnte, fügte er rasch hinzu: «Jemand ist in der Kirche, ich habe Licht gesehen.»

Sie ging ans Fenster und zeigte auf den Mond.

«Nein», flüsterte er. «Das Licht ist innen, ich habe es genau gesehen.»

Sie nahm seine Hand, veranlasste ihn, sich zu setzen, und öffnete das Heft.

«Das ist dir nur so vorgekommen», schrieb sie, «bleib hier.»

«Willmann ...», fragte er, «was macht der nachts dort?»

Sie wollte nicht antworten.

«Was verbirgst du vor mir?!», schrie er. «Wenn es nicht Willmann ist, wer dann?!»

Doch der Bleistift schwieg und auch ihr Blick.

Jakub ging. Nach einem kurzen Fußmarsch stand er vor der Kirche. In den Fenstern spiegelte sich tatsächlich der Mondschein, und kein anderes Licht war, zumindest jetzt, im Innern des dunklen Gebäudes zu sehen. Dennoch, er konnte sich nicht täuschen: Als er von ihr in Richtung des Dornschen Hauses gegangen war, hatte sich jemand mit einer Lampe oder Kerze in der Hand in dem Gotteshaus bewegt. Die Flamme hatte zwischen den Wänden geflackert und flimmernde Schatten an die Fenster geworfen.

Jakub öffnete zaghaft die schwere Tür mit den zwei Flügeln. Im schwachen Lichtschein sah er Bänke und einen einige Ellen langen Tisch, der auf einer Estrade stand. Der alte, von Generationen abgenutzte und glatt gewordene Stoff und das Holz der Bücherrücken rochen nach Zeit und Gebet. Er war nicht allein hier. Das spürte er mit Entsetzen, als er aus einer Ecke des Raums, wo vollkommenes Dunkel herrschte, abgerissene Sätze, Murmeln und Klopfen vernahm.

«Ich bin Jakub», sagte er laut und deutlich. «Und wer bist du?»

Niemand antwortete. Die Geräusche verstummten, aber nur für einen Augenblick, denn kaum tat er einige Schritte nach vorn, da ertönte aus der Ecke ein Lärm, als würfe jemand alle möglichen Gegenstände gleichzeitig auf den Boden. Er ging noch näher heran, doch an der Stelle, wo die zwei Wände zusammenstießen, war niemand. Aber an der verglasten, geöffneten Tür des großen Schrankes, den er erst jetzt sah, lagen Bücher verstreut. Vorsichtig nahm er eines nach dem anderen in die Hand und stellte sie auf das Eichenbrett. Aus den Pergamentblättern, von den Lederrücken, den heiligen Buchstaben und den Metallbeschlägen schlug ihm dichter Staub entgegen. Er biss in der Nase, brannte in den Augen, doch Jakub entdeckte in seinen Ingredienzien noch etwas: den Duft eben gelöschter Kerzen. Er ging zum Tisch. Das Wachs auf dem Leuchter war noch warm. Daneben stand ein pokalähnliches Gefäß. Er berührte mit dem Daumen behutsam den Boden und legte dann den Finger an die Zunge. Die Spur von Feuchtigkeit, weniger als ein Tropfen, hatte den Geschmack von billigem Rotwein.

«Ich bin Jakub», schrie er in die Finsternis. «Wenn jemand hier ist, soll er etwas sagen!»

Niemand antwortete. Er hörte, wie im stillen Gewölbe seines Körpers das Herz Blut pumpte, er hörte, wie in den harten Schichten des Holzes die Borkenkäfer unentwegt ein Labyrinth dunkler Gänge gruben. Mit langsamen, leisen Schritten ging er dem Ausgang zu. Als er in der Mitte der Kirche war, ertönte hinter seinem Rücken ein ähnliches Geräusch wie vorhin. Doch jetzt fielen die Bücher nicht einfach aus dem Schrank, jetzt donnerten sie, wütend herausgeschleudert, eines nach dem anderen auf den Boden, und der Aufprall zog sein Echo nach sich. Zwischen diesen Geräuschen erklang, wie ein ständig wiederholter Fluch, der Vers vom Feuer und vom Verbrennen. Was für ein Feuer das sei, wen oder was es verbrennen sollte, wollte Jakub nicht mehr hören.

Er lief entsetzt davon, und das Bild der fallenden Bücher verfolgte ihn auf dem Weg. Ihm schien, als flögen sie ihm mit den ausgebreiteten Flügeln ihrer Seiten nach, als streiften sie im Flug seine Schultern, sein Gesicht, als fielen sie ihm wie Steine vor die Füße und er müsse sie, wie Flussläufe im Gebirge, überspringen.

Als er, blass und zitternd, in die Stube stürzte, wollte er kein Wort sagen, wollte keinen der geduldig ausgefeilten Sätze lesen, die sie soeben zu Ende geschrieben hatte. Vielleicht dachte er, sie verfolge heimlich das Ziel, ihn nicht entsprechend zu warnen, vielleicht dachte er, derjenige, den er in der Kirche nicht gesehen hatte, der ihn erschreckt und ihm Angst eingeflößt hatte, handele im Einvernehmen mit ihr, beobachte ihn heimlich schon die ganze Zeit während seines Aufenthalts hier in diesem kleinen, verlassenen Dorf und gebe ihr Befehle. Vielleicht dachte er auch gar nichts, weil er immer noch den Krach der zu Boden fallenden Bücher hörte, einen schrecklichen, anschwellenden Lärm, der Wolken von silbernem Staub in die Luft wirbelte, in den Ohren dröhnte wie Abaddons Atem und den Hauch des Verderbens trug. Vielleicht wollte er ihr all das nicht sagen, denn er hätte die Stimme erheben, hätte sie anschreien müssen. Als er sich dann beruhigt und einen Schluck Wasser aus dem Krug getrunken hatte, sagte er nur:

«Weck mich ganz früh, Willmann mag es nicht, wenn ich zu spät an den Kanal komme.» Und von der Treppe aus fügte er hinzu, anders als sonst: «Trotzdem gute Nacht.»

Dennoch war sie glücklich. Letzten Endes war er hier geblieben und nicht zu den Dorns gegangen. Wenn sie im Bett lag, konnte sie hören, wie er den Stuhl rückte, wie er durchs Zimmer ging, wie er Geige spielte, die Schuhe auszog, lachte, das Fenster öffnete und schloss oder besonders laut gähnte und sich dann schlafen legte. Sie konnte ihn wecken, bevor der Morgen graute, konnte ihm zusehen, wie er immer die gleichen Pfannkuchen zum Frühstück aß, die Schuhe anzog und wegging, auf dem schmalen Weg zu den drei Eichen. Sie war glücklich, obwohl sie jetzt kein Geräusch von oben hörte und die Geige hier unten war. Indessen erschien dort oben, in Jakubs Traum, plötzlich sein Vater. Er setzte sich an den Bettrand und flüsterte ihm ins Ohr:

«Als du zum Orchester gegangen bist, dein Zuhause verlassen hast, deine Bräuche, habe ich dir gesagt, das sei schlecht, aber jetzt? Jetzt ist es eine Katastrophe!» Er zeigte nach unten auf den Boden und fragte: «Was hat das alles zu bedeuten?»

Aber natürlich wollte er gar nicht hören, was sein Sohn ihm zu sagen hatte. Er holte sein Buch unter dem schwarzen Mantel hervor, blätterte langsam die Seiten um, zögerte, runzelte die Stirn, murmelte etwas und nahm dann einzelne Buchstaben heraus, hielt sie in den Händen wie feine Rußflocken, blies behutsam, und sie glitten langsam, ohne ihre Form zu verändern, durchs Zimmer und fielen auf Jakubs Gesicht, auf seine Lippen, die Stirn, die Lider.

Dieses Geschehen füllte ihn so aus, dass er die Grenze des Traums nicht wahrnahm und die Anwesenheit der jungen Frau nicht bemerkte. Sie legte den Geigenkasten neben das Bett, neigte sich zu Jakub hinunter und küsste ihn an der Stelle, wo ein Buchstabe hinfiel. Die Zeichen lösten sich unter der Berührung ihrer Lippen auf wie Schneeflocken. Jakub erwachte. Mehr als die Abwesenheit des Vaters und mehr als ihre so unerwartete Anwesenheit hier erstaunte ihn etwas anderes. Sie flüsterte liebevolle, zärtliche Worte. Sie konnte sprechen. Als sie merkte, dass er nicht mehr schlief, und gehen wollte, hielt er sie mit einer entschiedenen, kräftigen Bewegung zurück.

Einige Stunden später, als sie – gesättigt von Liebe – an Jakubs Seite erwachte und mit den Fingerspitzen ganz leicht – um seinen Schlaf nicht zu stören – sein Gesicht berührte, hörte sie das feine, anschwellende Rauschen des Meeres. Mit dem ersten Sturm ging der Sommer unerbittlich seinem Ende entgegen. Die paar warmen Tage, die sie noch vor sich hatten, konnten daran nichts ändern, wenn auch zwischen ihnen alles anders geworden war. Nach etwa einer Stunde kam Jakub vom Kanal zurück.

«Willmann», sagte er, und seine Stimme überschlug sich fast, «hat die Vorräte eingepackt und ist heute Nacht losgefahren.»

«Hat er einen seiner dummen Verse hinterlassen?», fragte sie.

V

Der Tag, an dem sie das Flugzeug sahen, war wie jeder andere. Es herrschte starker Frost, schon den ganzen Winter über, seit fast vier Monaten. Jakub kam aus der Holzhütte und verfolgte mit erhobenem Kopf das Aufklärungsflugzeug, einen Doppeldecker. Er kam von Osten, beschrieb einen Kreis über den Dünen, huschte über das Dorf hinweg und wandte sich nach Westen, der Flussmündung zu. Sie hatte es auch gesehen. Es hatte kein schwarzes Kreuz auf dem Flügel (wie das Auto des Offiziers, das ihr in diesem Moment einfiel), sondern ein rotes Kreuz. «Was bedeutet das für uns?», fragte sie beim Abendessen.

Jakub saß nachdenklich über seiner wässrigen Suppe: «Ich glaube, wir können ein Huhn schlachten und eine Brühe kochen», sagte er, «aber heute noch nicht, vielleicht in ein paar Tagen.»

Seit dieser Zeit wurden die Nächte zu einer Qual. Jakub verstand ihre Unruhe: Mehr noch als vor den Fremden fürchtete sie sich vor der Rückkehr ihrer eigenen Leute; an diese Rückkehr glaubte sie so fest, dass nicht einmal seine Erzählungen vom Lager und den Transporten, seine Anspielungen, die er früher vermieden hatte, diese fatale Hoffnung erschüttern konnten.

Manchmal spürte er, wie Angst und Unwille in ihr aufstiegen. Sie erstickte sie in Ausbrüchen einer immer heißeren und zudringlicheren Leidenschaft, doch Jakub spürte, dass sie auf diese Weise nur den Gedanken an den Augenblick verdrängte, da sie vor der ganzen Gemeinde stehen würde, um verurteilt und ausgestoßen zu werden.

«Du darfst nicht immer daran denken!», brach es einmal aus ihm heraus. «Sünde ist ein relativer Begriff.»

In kurzen, sachlichen Sätzen erzählte sie ihm von Hanna und Ludwik. Sie hatte den Schwager damals beim Auto des Offiziers gesehen. Sie hatte gesehen, wie er einen Schuss direkt in Harmenszoons Schläfe abgab. Einige Monate danach, als sie den Alten in der Kirche sah, mit der nicht verheilten Wunde, mit der blutverschmierten Strähne im grauen Haar, glaubte sie, sie habe den Verstand verloren, doch Willmann, den sie schnell herbeiholte, sah das Gleiche: Harmenszoon suchte etwas in den Büchern, konnte es aber nicht finden, wurde wütend und schrie: «Es ist ein Fehler passiert!» Und er verschwand, um etwa zwei Wochen später wieder in der Kirche zu erscheinen, wieder eine Kerze anzuzünden und wieder die Bücher auf den Boden zu schleudern. Sie hatte Angst, er könnte eines Tages bei ihr zu Hause auftauchen, also bat sie Willmann, er solle das tun ... Ja, er ging schließlich auf den Friedhof, um das Grab zu öffnen, aber da war alles in Ordnung, der Sarg unberührt, die Leiche schwammig und im Zerfall begriffen. Sie hatten sie an dem Tag nachdem die Lastwagen weggefahren waren, zusammen begraben und konnten daher nicht verstehen, wie er zurückkommen konnte, warum er in den Büchern wühlte, welchen «Fehler» er meinte. Doch später begriff sie es mit grausamer Deutlichkeit: Harmenszoon (besser gesagt dem, der in Harmenszoons Gestalt erschien) ging es um die Sünde, einfach um die menschliche Sünde, die nicht einmal an Orten wie diesem auszurotten war, nicht einmal mit den Gesetzen, die sie seit Jahrhunderten hier hatten. Und wenn dem so war, dann war die ganze Welt zugrunde gerichtet, dann gab es keine Hoffnung mehr, und das, was in der Schrift von der Ankunft des Herrn geschrieben stand, angekündigt durch Drangsal und Zeichen, musste nicht in Erfüllung gehen, denn wie hätte dies eintreffen, wie hätte dies geschehen sollen, da man die Ungerechten nicht mehr von den Gerechten scheiden konnte?

Er hörte ihr mit angehaltenem Atem zu. Der Zorn, der in jedem ihrer Worte lag, galt nicht nur ihr oder ihm, sondern der ganzen Welt.

«In ein paar Wochen», sagte er, «wenn die Russen die Deutschen vertrieben haben, fahren wir weg von hier, wenn du willst.»

«Wohin?», fragte sie.

«Die Erde ist groß», sagte er, «größer, als wir denken.»

Einige Tage danach weckte sie nachts ein anhaltender Lärm. Auf dem Fluss barst das Eis. Und ein Stück weiter, hinter den Dünen und dem Wald, donnerte in der Ebene schwere Artillerie. Am Morgen setzte mit dem Regen das Tauwetter ein. Der Schnee wurde feucht, klebte wie Kothurne an den Schuhen fest und verwandelte sich sofort in vereiste Klumpen. Alle paar Schritte blieb Jakub stehen, um sie mit einem gespitzten Stock von den Sohlen abzuschlagen. Sein Bündel fiel in den nassen Schnee; Jakub fluchte, hob es auf, nahm es wieder auf die Schulter und ging weiter. Jedes Mal schaute er sich um, als wollte er nicht glauben, dass sein Bitten und Flehen für sie nur leere Worte waren. Als hoffte er immer noch, dass sie ihre Meinung ändern, dass er sie hinter sich auf dem Weg sehen würde, wie sie diesen ekelhaften Schneebrei besiegte und ihm folgte.

Doch auf dem Weg war niemand. Hinter der Biegung, als die bekannten Dächer der Häuser und der rechteckige Klotz der Kirche aus dem Blickfeld verschwunden waren, hielt Jakub an, um seine Blase zu entleeren. Der gelbe Strahl höhlte tiefe Rinnen in den Schnee, schmolz das Eis und drang schließlich in einer schmalen Furche in die Erde, wo ein alter Zapfen vom letzten Jahr lag.

Zum letzten Mal sah er sich um. Er bereute jetzt die harten, übereilten Worte, die er zum Abschied gesagt hatte. Vielleicht hatte er ein Recht zu sagen: «Was redest du für einen Unsinn, dieser Messias, deiner oder meiner, wird doch nie kommen!» Aber musste er in scharfem, sarkastischem Ton hinzufügen: «Erlösen können wir nur uns selbst, begreifst du das nicht?» Dieser Satz belastete ihn jetzt, und er musste ihn weiterschleppen, wie einen Stein in seinem Bündel. Als die Dämmerung auf dem angegrauten Weiß lange violette Schatten warf, kam Jakub endlich zu der Stelle, wo der Weg aus dem Wald hinausführte.

Die Schmalspurlinie war schneebedeckt. Auf dem Bahnsteig – wo neben einer Tafel mit einem unleserlichen Namen ein Holzschuppen stand – lag ein totes Pferd. Jemand hatte aus dem toten Tier riesige Stücke Fleisch herausgeschnitten, den Rest hatten wohl –

einige Tage lang – die ausgehungerten Hunde der Flüchtlinge zerrissen. Entlang der Gleise, wo er jetzt weiterging, lagen Dinge verstreut: eine Kaffeemühle, ein Militärrucksack, ein Kinderschlitten, ein Nachttopf, eine löcherige Decke. Später, als er die verlassenen oder ausgebrannten Häuser passierte, fand er Leichen am Weg. Einige in Uniform, andere in Zivilkleidung, schauten sie Jakub verwundert an, als fragten sie ihn, ob er wirklich der Sieger sei. Die Lebenden hatten diesen Mut nicht. Entsetzt von der eigenen Katastrophe, still, demütig, zuvorkommend, senkten sie den Blick und antworteten nur in Andeutungen.

Erst nach zwei Tagen, in einem Vorort der Stadt, traf Jakub auf eine russische Patrouille. Als er statt der Dokumente seine eintätowierte Nummer zeigte, befahl der Offizier, ihn durchzulassen. Über der Stadt lag Brand- und Leichengeruch, es roch nach nahem Frühling, dem Öl der Panzerwagen, feuchtem Hundefell, Plünderung, dem Karbol der Lazarette, Machorka, Pulver, Blut, Gewalt und Schnaps – und nach etwas Undefinierbarem, Geheimnisvollem, das Jakub erst nach einiger Zeit, nachdem er wie ein Käfer in den Schluchten der ausgebrannten Straßen gekreist war, erkennen und benennen konnte. Es war der feine Staub der gotischen Ziegel. Er lag über den Ruinen der Lager am Hafen, den Kirchen und Häusern, er biss in der Nase, drang unter die Kleidung, und wenn er sich auf dem schmelzenden Schnee und in den Haaren absetzte, färbte er sie mit dem rötlichen Schimmer schwelender Brände.

Jakub irrte einige Stunden in dem düsteren Labyrinth umher, und es sah so aus, als sei die Adresse, die er auswendig gelernt hatte, nicht mehr aktuell, als gehörte sie in eine andere Stadt. Schließlich fand er die Gasse: zwei unversehrte Häuser inmitten von Trümmern. Im Hof, hinter der Kastanie bei der gusseisernen Pumpe, trat er durch die Tür und stieg auf den alten, knarrenden Stufen ins erste Stockwerk. Von den Kellern bis unters Dach zog sich der Geruch von gekochten Rüben, und im tiefsten Winkel von Jakubs Erinnerung blitzte für den Bruchteil einer Sekunde der schale und doch so charakteristische Geschmack der Lagersuppe auf. Zaghaft klopfte er, aber aus der Wohnung war kein Laut zu vernehmen.

Er war sicher, er würde hier niemanden vorfinden, und nahm den Brief aus der Tasche. Der Umschlag war dick, der Schlitz mit der Klappe und der Aufschrift «Briefe» nicht besonders breit. Er mühte sich eine Weile ab und spürte plötzlich erstaunt, dass ihm auf der anderen Seite der Tür eine Hand behilflich war. Als die Sendung in der Öffnung verschwunden war, klopfte Jakub noch einmal. Eine Kette klirrte, die Tür öffnete sich einen Spalt, und er sah Hanna. Er hatte sich die ältere Schwester ganz anders vorgestellt. Die beiden sahen sich zwar ähnlich, doch hatte die reine Physiognomie hier, wenn überhaupt, wenig Bedeutung. Im Zimmer, wohin sie ihn widerstrebend geführt hatte, achtete er, während sie las, auf die Bewegung ihrer Hände, auf die Neigung ihres Kopfes und den Ausdruck der Augen.

«Also waren Sie», sie schaute von dem Papier auf, «so lange dort?»

Er bedauerte jetzt, dass er den Brief nicht gelesen hatte. Was meinte sie mit «dort»? Er schwieg und zuckte gleichgültig mit den Schultern. Doch sie fragte vorerst nicht weiter. Die Sätze ihres Monologs, lang und ziemlich unklar, in denen die ferne Vergangenheit sich mit den Ereignissen der letzten Tage mischte, waren eintönig wie die Märzdämmerung, die draußen gerade anbrach. Was ging es ihn an, dass Ludwik vor einigen Monaten heldenhaft an der Front gefallen war? Oder ihre Angst, was sie tun würde, wenn die Russen den Polen die

Stadt überließen? Die Sorge um die jüngere Schwester klang nicht besonders aufrichtig. Auch nicht die hier und dort eingestreuten Bemerkungen über die Schrecken des Krieges, die sie sicher im Hinblick auf ihn machte. Er wollte gehen, da entrüstete sie sich: Die Bitte ihrer Schwester sei ihr heilig! Im Übrigen sei jetzt Polizeistunde, die Russen könnten ohne Vorwarnung schießen.

«Hier ist ein Zimmer, genau richtig für Sie», sagte sie. «Können Sie wenigstens ein bisschen Polnisch?»

Er nickte, was heißen konnte: «Ja, sehr gut.» Aber anstatt diese Geste durch Worte zu bestätigen, fragte er, ob die Schwester in dem Brief etwas über Ludwik schreibe.

«Über Ludwik?», fragte sie erstaunt. «Nein, weshalb denn über ihn, sie schreibt über Sie, fast den ganzen Brief, hat sie es Ihnen nicht gesagt?»

Er war in Verlegenheit. Besonders als Hanna, die den Brief noch einmal überflog, ihm die Frage stellte:

«Lieben Sie sie? Ist es zwischen Ihnen zu einer Annäherung gekommen?»

Als er schwieg, fügte sie schnell hinzu:

«Seien Sie nicht beleidigt, ich bin eine moderne Frau, über solche Dinge spricht man am besten offen, nicht wahr? Glauben Sie, sie kommen jemals zurück? Sie schreibt mir, sie wolle bis zum Herbst warten, käme dann hierher in die Stadt und hoffe, Sie zu treffen. Das ist schön, dass ihr euch verabredet habt. Soll ich das so verstehen, dass sie jetzt ganz allein ist? Ja, sie war immer sehr mutig. Sie wissen es sicher nicht, aber als meine Leute mich verstoßen haben, war sie die Einzige, die mich besuchte. Mein Gott, damals schien alles so einfach. Und jetzt?»

Schon beim Abendessen erzählte Jakub Hanna, er wolle in die Welt aufbrechen. Vielleicht würden in einigen Monaten Linienschiffe fahren? Und wenn nicht, dann sei er entschlossen, sogar durch Deutschland zu reisen. Er habe einen Onkel in Amerika, werde ihn aufsuchen und dort, jenseits des Atlantiks, ein neues Leben beginnen. Denn hier, auf dem alten Kontinent, werde immer einer den anderen bekämpfen wollen, die Städte wegnehmen, die Häuser anzünden.

Hanna betrachtete Jakub mit zurückhaltender Neugier. Wenn er sich ereiferte und schneller sprach, blitzten in seinen Augen kleine Flammen auf. Erst nach einer gewissen Zeit entdeckte sie jene verblüffende Ähnlichkeit: Jakubs Gesicht und das Gesicht auf dem Bildchen, das sie vom Pfarrer erhalten hatte, waren fast identisch. Als hätte ihr Gast einem unbekannten Maler Modell gestanden. Das war natürlich unmöglich, umso mehr spürte sie das Außergewöhnliche der Situation. Jakub fing den Blick auf, mit dem sie unbewusst seine Augen auf die Wand lenkte. Zwischen einem Hochzeitsfoto und einer Fotografie von Ludwik hing in einem goldenen Rahmen das «Andenken an die heilige Taufe». Jesus hob die Hand, und sein verwandelter Leib wurde von einem überirdischen Licht erhellt.

«Jetzt verstehe ich», sagte Jakub lachend, «warum Sie mich so anschauen.»

Sie schwieg und er fügte hinzu:

«Dort habe ich weder in der Kirche noch in den Häusern Bilder gesehen.»

«Für sie gilt das als Sünde. Im Übrigen ist für sie», seufzte sie, «alles Sünde und Frevel. Sie sagen, sie ahmten Gott nach. Aber darf der Mensch denn so etwas wagen? Das ist doch anmaßend! Deshalb ist ihr Leben eine Qual, denn wenn es ihnen nicht gelingt, sind sie grausam, glauben Sie mir, ich habe es erlebt.»

Er nickte, eher aus Verständnis als aus Mitgefühl. Als er später im Bett lag, konnte er lange nicht einschlafen. Draußen waren immer wieder vereinzelte Schüsse zu hören, Rufe von Soldaten, Getrampel von Stiefeln. Über dem Bett tickte eine Wanduhr, aus dem Zimmer daneben hörte er Hannas leises Schnarchen. Er sehnte sich nach dem Rauschen des Meeres, dem blendenden Weiß der Dünen, dem Duft von Kiefern und Wacholder. Er erinnerte sich an jenen Sommerabend, als sie ihn in den Schuppen geführt hatte, wo, seit Jahren unberührt, die Dinge der Schiffbrüchigen lagen: eine Sanduhr mit griechischen Buchstaben, ein schwedischer Sextant, eine russische Goldwaage, der Schuh eines Matrosen, ein Ballen Seide, eine angebrochene Kiste Whisky, französischer Portwein, ein Seidenhemd unbekannter Provenienz, außerdem Leuchter, Besteck und Teller, zwei Ölgemälde von holländischen Meistern und die Kiste eines belgischen Kapitäns, in der er Pistolen, eine Hand voll Silbermünzen, alte Landkarten sah – und die Geige, eine italienische Arbeit, wie sich dann herausstellen sollte. Später erklärte sie ihm, dass sie seit hundert oder mehr Jahren, seit die Herrschaft der polnischen Könige zu Ende war, die gefundenen Sachen nicht mehr den Behörden übergaben. Sie sollten hier auf ihre Besitzer warten, bis zum Jüngsten Tag. So war es in der Kirche beschlossen worden.

Er erinnerte sich an jenen Herbsttag, es war wohl Ende September, als er nach einem Sturm einsam am Strand entlanggegangen war. Zwischen Muscheln, Seetang und Bernstein hatte er einen Schäkel gefunden. Er war nicht verrostet, und er erkannte ihn sofort wieder: mit Willmann zusammen hatte er ihn geschmiedet, bevor sie das Takelwerk vervollständigten. Ein zerrissenes Stück Tau ragte aus dem Schäkel wie ein gesträubtes Fell. Er klopfte den Sand ab, holte aus und warf das Fundstück weit ins Meer hinaus.

Dieses unablässige Rauschen begleitete ihn nun in den Schlaf. Er war auf dem Weg nach Hause. Das Moos, das die Dünen bedeckte, war weich wie ein Teppich.

Von beiden Seiten schossen Kiefern in den Himmel, dazwischen rauschte hohes Gras. Sie wartete am Wegrand auf ihn, in einem festlichen schwarzen Kleid mit weißem Kragen.

«Es ist Zeit», sagte sie. «Alle warten auf dich.»

In der Kirche drängten sich die Menschen. Er spürte die Wärme ihres Atems und der brennenden Kerzen. Harmenszoon reichte ihm die Geige und den Bogen, und als er das Instrument in die Hand nahm, öffnete der Alte das Buch. Statt Verse waren hier Notenlinien, und anstelle der Buchstaben sah er die schwarzen Schwalben der Noten. Er hatte diese Musik noch nie gelesen oder gespielt. Sie war durchsichtig wie die Fugen von Bach, erhaben wie Händels Sarabanden, fröhlich wie Vivaldis Konzerte, melancholisch wie die Lieder von Schubert. Bevor die Coda ausklang, erblickte er die beiden Gesichter der Schwestern: über das Geländer der Empore gebeugt, verfolgten sie sein Spiel mit höchster Konzentration. Als er fertig war, war niemand mehr in der Kirche. Die Wellen schlugen an die Wände. Die Erde krampfte sich zusammen. Durch die eingeschlagenen Scheiben heulte der Wind, blätterte die leeren Seiten der Bücher um, wehte Schnee herein, trockene Blätter und heiße Sandkörner.

Als Hanna am nächsten Morgen das leere Bett und die angelehnte Tür sah, war sie nicht besonders erstaunt. Der helle Fleck an der Wand anstelle der Uhr und das Fehlen des silbernen Leuchters dagegen brachten sie in Verlegenheit. Wie sollte sie das ihrer Schwester erzählen? Das Wort «Dieb» schien nicht angebracht, und «Gauner» war auch nicht ganz richtig. Vielleicht sollte sie lieber schweigen? Sie konnte sich die beiden nicht zusammen vorstellen, wann immer, wo immer. Und sie konnte sich nicht verzeihen, dass sie ihn leichtfertig hereingelassen und ihn dann, da es schon geschehen war, wie einen guten Bekannten behandelt hatte. Hannas Verlegenheit sollte sich jedoch noch als weitaus größer erweisen, als Jakub gegen Mittag aus der Stadt zurückkam. Er stellte zwei Militärkonserven und eine Flasche Wodka auf den Tisch, legte ein Stück Speck dazu, einen geräucherten Fisch, Salz, ein Säckchen Graupen und Streichhölzer. Aus der Tasche nahm er eine Hand voll Tee, in Papier eingewickelt.

«Ich sehe, Sie wissen sich in jeder Situation zu helfen», sagte sie.

«Ich fürchte, ja», bestätigte er.

Die beiden lächelten sich an. Dann zeigte Jakub ihr ein amtliches Papier. Mit dem Stempel der sowjetischen Stadtkommandantur sah es recht bedrohlich aus.

«Was steht hier geschrieben?», fragte sie.

«Dass ich legal hier wohne, Sie sind also hier sicher, zumindest eine Zeit lang.»

Nur ein gewisser Molke aus dem Parterre hörte auf, sie zu grüßen. Aber das beachtete sie nicht im Geringsten, und auch Jakub nahm die Nachbarn einfach nicht zur Kenntnis.

VI

«Nehmen Sie die Subway ‹D› und fahren Sie bis Bedford Park Boulevard, die Dame wird im botanischen Garten warten. Haben Sie einen Stadtplan? Was sagen Sie? Welchen Reiseführer? Ja, in Ordnung. Das heißt Rhododendrontal, wissen Sie, wie diese Pflanzen aussehen? Die Dame sitzt im Rollstuhl, sie wird das Buch in der Hand haben, bestimmt werden Sie sie erkennen.»

Ich war erstaunt: Woher hatte sie meine Telefonnummer? Und was für eine seltsame Idee war es, sich durch einen Sekretär – oder jemand Ähnliches – zu verabreden?

Mit der 34 kam ich zum Herald Square, und schon an der Haltestelle überlegte ich, ob ich vielleicht lieber nicht fahren sollte.

Doch seine Worte, nachdem er sich als Mr. Hook vorgestellt und gefragt hatte, ob er mit Herrn Helke spreche, dem Schriftsteller aus Europa, der kurze Satz: «Die Dame hat die Erzählung *Der Tisch* gelesen und möchte Ihnen sagen, wie es wirklich war» – diese Erklärung, in der nicht der leiseste Zweifel lag, dass ich die Einladung annehmen würde, ließ mein Herz ein wenig zittern. Im schlimmsten Fall erwartete mich eine Enttäuschung – ein langer Monolog über ein gescheitertes Leben oder Fragen in der Art: «Warum haben Sie über die Mennoniten geschrieben?»

Rhodos bedeutet im Griechischen Rose und *dendron* Baum, und tatsächlich: Die Rhododendren blühten wie kleine Rosenbäume, in Purpur, Weiß und Rot. Wie Mr. Hook gesagt hatte, saß sie im Rollstuhl mit dem Buch in der Hand. Sie musste mich von weitem erkannt haben, denn als ich näher kam, hob sie den weißen Umschlag in die Höhe und begrüßte mich damit freundlich.

«Ich danke Ihnen, dass Sie gekommen sind», waren ihre ersten Worte. «Ich werde bald sterben, und das, was ich hier gelesen habe» – sie zeigte auf das Buch –, «erlaubt mir anzunehmen, dass Sie diese Geschichte hören möchten und irgendwann über sie schreiben werden in Ihrem Land.»

Und sie begann sofort, ohne jegliche Einleitung, zu erzählen. Das Englisch, dessen sie sich bediente, war hart, aber einfach. Nur manchmal warf sie ein deutsches Wort ein, dann unterbrach sie sich, sagte «Entschuldigung», und die Erzählung ging weiter.

Nach etwa einer Stunde, als Jakub und Willmann gerade das Boot bauten, kam Herr Hook. Er sah merkwürdig aus. In seinem riesigen Borsalino und dem Sommeranzug glich er eher einer Figur von Tschechow als einem Bewohner der Bronx. Er brachte belegte Brote, heiße Schokolade, strich die Decke auf ihren Knien zurecht und entfernte sich wieder, wobei er diskret auf die Uhr schaute.

Mein Erstaunen wuchs von Minute zu Minute: Warum brachte man in das Dorf, aus dem die Deutschen alle Bewohner deportiert hatten, keine Siedler? Hatte Willmann mit Jakub verabredet, dass sie nur zu zweit fahren würden, oder wollten sie zu dritt fliehen? Warum hatte Jakub Harmenszoon nicht in der Kirche gesehen, sie dagegen behauptete, sie habe ihn nach seinem Begräbnis mehrmals gesehen? War Ludwik, der in der Uniform, wirklich der Mann ihrer Schwester?

Ich schrieb immer mehr Fragen in mein Notizbuch, aber ich wagte es nicht ein einziges Mal, den Fluss der Erzählung zu unterbrechen. Jeder ihrer Sätze, die sie mit gut verborgener Mühe aussprach, hatte etwas Endgültiges, als ginge nach dem Punkt, der eine kurze Pause bedeutete, jedes Mal die Welt unter.

Sie war schon vor dem Herbst in die Stadt gekommen. Hanna begrüßte sie herzlich, Jakub kühl. Ihre Idee, eine unbegrenzte Aufenthaltserlaubnis von polnischer Seite zu erhalten, erwies sich als fatal. Nun hatte sie die beiden und eine Meute von Beamten gegen sich. Wie sollte sie beweisen, dass sie keine Deutsche war? Sie hatte keinen Ausweis, beherrschte die Sprache nicht, und ihre Ausführungen, dass ihre in den Niederlanden verfolgten Vorfahren vor langer Zeit hierher gekommen waren, riefen allenfalls ein bitteres Lachen, eher aber Irritation hervor. Schließlich standen sie eines Tages im Herbst zu dritt auf dem Güterbahnhof inmitten einer Menschenmenge von Deutschen. Sie erinnerte sich, dass nicht viele Männer im Waggon waren. Einer von ihnen begann, als der Zug sich in Bewegung setzte, ein Lied zu summen: «Wer hat dich, du schöner Wald, so hoch gebaut?»

Herr Hook lud uns zum Lunch im Restaurant des Parks ein. «Als dann alle sangen», fuhr sie am Tisch fort, «wenn auch nicht so laut, wie es bei den Deutschen üblich ist, bemerkte ich, dass auch Hanna und Jakub sangen. Ich biss mir auf die Lippen, glauben Sie mir, um nicht vor Angst, Hass und Ekel zu schreien.»

«Meine Liebe, es reicht jetzt.» Herr Hook legte seine Hand auf ihre. «Herr Helke wird bestimmt darüber schreiben. Das ist ein sehr bunter Stoff», wandte er sich jetzt an mich, «reich, wenn auch tragisch, und faszinierend für einen Schriftsteller, nicht wahr, junger Mann?»

Ich schluckte einen Bissen meines Steaks herunter.

«Nein, Herr Hook», sagte ich, «ich heiße nicht Helke.»

«Sollte ich ...?» Seine Hand mit dem silbernen Siegelring griff nach dem Buch. «Ach ja, Entschuldigung, aber – Sie sind Deutscher?»

Sie warf ihm einen vernichtenden Blick zu. Er verstummte für eine Weile und konzentrierte sich aufs Kauen.

«Was geschah weiter?», fragte ich.

Sie zögerte einen Augenblick.

«Er betrog mich, sobald wir in Amerika ankamen. Ich konnte nicht verstehen, warum, was er an dieser dicken Klavierstimmerin fand, die älter war als er. Später, als er auch sie verließ, begriff ich. Er holte Hanna zu sich und wohnte mit ihr in Chicago. Sie hatten zwei Söhne, aber er verfiel dem Alkohol, und Hanna ging schließlich mit den Kindern in den Süden. Er hielt sich für einen Künstler. Aber solche wie ihn gab es hier zu Tausenden. Wenn sie ihn in der Kneipe spielen ließen, war es gut. Hanna starb vor fünf Jahren. Ich war nicht auf ihrem Begräbnis.

Damals, im Zug nach Deutschland, sah ich, wie sie sich an den Händen hielten. Glauben Sie mir, in dem Moment, als ich mit der Geige an der Wohnungstür stand, wusste ich schon, dass er sie liebt, nicht mich. Von Ludwik habe ich meiner Schwester nie erzählt. Aber er wusste es von mir, und ich bin nicht sicher, ob er es nicht irgendwann verraten hat, als er betrunken war und Szenen machte. Wenn ja, dann hat sie es bestimmt nicht geglaubt. Eine Zeit lang, als er schon ohne Hanna lebte, rief er mich öfter an und sagte: Hallo, hier ist Harmenszoon, ist Fräulein Wolzke heute zu Hause? Aber ich hatte schon lange keine Angst mehr vor Gespenstern. Genauso wenig wie vor der Verdammung. Ich glaube an nichts mehr, was diese Dinge betrifft. Und Sie, glauben Sie an Gott?»

«Denkst du nicht, es ist Zeit, nach Hause zu gehen», mischte sich Herr Hook ein.

«Glauben Sie an Gott?», wiederholte sie.

«Ja», sagte ich, «trotz allem.»

Das Rhododendrontal ging in einen Rosengarten über. Der Rollstuhl, den Herr Hook schob, rollte glatt über den Weg, fast lautlos.

Sie wollte unbedingt wissen, wie die Stadt jetzt aussah, ob man auf den Dünen Bungalows gebaut hatte und ob die Kanäle an den Poldern regelmäßig gereinigt wurden. Der botanische Garten endete an der White Plains Road.

«Hier in der Nähe wohnen wir», teilte mir Herr Hook mit, «ich bei der Tankstelle und sie über der Buchhandlung.»

«Ich danke Ihnen, dass Sie gekommen sind», sagte sie. «Und erwähnen Sie auch Rachela van Dorn, sie hat als Einzige die Deportation und das KZ überlebt und hat mir aus Frankreich geschrieben. Sie hat mich wirklich geliebt.»

Die Ampel wurde grün. Ich sah, wie die beiden, Herr Hook und sie, jenseits des Autostroms im Gedränge verschwanden.

Zwei Jahre später schickte mir Herr Hook über den Verlag ihre Todesanzeige. Erst dann stellte ich sie mir vor, um einige Jahrzehnte jünger, auf dem Weg, den sie so liebte.

Unter den Eichen

Moment, Moment, bleiben wir bei den Tatsachen! Der Zeuge der Anklage sagte, soweit ich mich erinnere:

«Sie saßen dort schon seit dem Morgen, tranken und planten bereits die Demonstration!»

Erstens: Was heißt «seit dem Morgen»? Zweitens: Der Ausdruck «tranken» suggeriert, dass die Vorfälle, zu denen es kam, ein Exzess im Rausch waren, Unfug von arbeitslosem Gesindel, nicht aber eine schöpferische Tätigkeit – und zwar auf höchstem Niveau. Drittens, so frage ich, was meint der Zeuge der Anklage hier mit dem Wort «planen»? Guter Gott, planen kann man ein Attentat, eine Ehe, einen Banküberfall, aber nicht spontane Dinge, die aus heiterem Himmel kommen und alle überraschen. Und schließlich viertens: Was für eine Demonstration?! Ich glaube zu wissen, worauf das abzielt. Der Zeuge, Verzeihung, ich habe den Namen nicht verstanden, ja, danke, also der Zeuge will dem Hohen Gericht weismachen, dass ich und meine mitangeklagten Kollegen mit Vorbedacht ein Szenarium der Ereignisse vorbereitet und dann jemanden gesucht hätten, der den Plan in die Tat umsetzt, um an jenem denkwürdigen Tag die verbrecherische Partitur zu spielen!

Ja, du liebe Zeit, das wäre eine einfache Erklärung. Was ist natürlicher, als dass ein paar arbeitslose, frustrierte Akademiker beschließen, Unruhe in der Stadt zu stiften? Und dennoch, Hohes Gericht, ist es eine völlig absurde These. Ich werde versuchen zu beweisen, wie absurd sie ist.

Konnten wir denn so viele Dinge auf einmal voraussehen? Dinge, die zudem fast am gleichen Ort und zur gleichen Zeit geschahen? Wer von uns wusste zum Beispiel etwas vom Bankrott der Philharmonie? Wer von uns konnte ahnen, dass genau an jenem Tag den Werftarbeitern von der AG gekündigt werden würde? Wer von uns – und das möchte ich besonders hervorheben – konnte das Erscheinen des Pferdewagens voraussehen? Oder die Überproduktion an Kartoffeln? Von den Geistlichen, den Russen und Legionisten will ich gar nicht erst reden, Hohes Gericht! Es ist doch offensichtlich, dass solche Zufälle, eine solche Fülle von Fakten und Umständen, uns nur das Leben beschert, das wunderbare, unberechenbare Leben, nichts sonst. Kein noch so begabter Dramaturg, kein Zauberkünstler, kein Verschwörer, kein Skakespeare wäre imstande gewesen, es so einzurichten.

Was ich damit sagen will? Dass die Ereignisse jenes Nachmittags, jenes Abends und jener Nacht ihre eigene innere, recht überraschende Logik hatten, das gebe ich zu; aber keiner von uns, keiner von den Angeklagten, hat all die Hebel in Bewegung gesetzt. Wir waren machtlose Gestalten auf einem Floß, das ein Sturm vor sich hertreibt.

Aber zur Sache: An jenem Tag interessierte uns einzig und allein, was der Bevollmächtigte sagen würde. Sollte uns der Herr Rektor auf die Straße setzen, dann war nichts zu machen – in Gottes Namen. Wir forderten lediglich, dass es ein gemeinschaftlicher Abbau von Arbeitskräften sein sollte, mit Pauken und Trompeten, im vollen Bewusstsein der Krise, mit einer anständigen Abfindung – und nicht einzeln, durch die Hintertür, heimlich, still und leise, als wären wir Würmer, keine Menschen. Dass ich nicht mit meinen Kollegen Zbyszek und Michał ins Büro des Bevollmächtigten gegangen bin, daran, Hohes Gericht, ist nur mein Temperament schuld. Ich gebe zu, ich kann einfach nicht den Mund halten. *Schlagfertig* – so nennen es die Wiener. Und in

Situationen wie jener, wenn es darauf ankommt, dass man im Gespräch mit einem staatlichen Beamten gelassen bleibt, in solchen Situationen ist mein Temperament der Verständigung nicht gerade förderlich. Zumal weder der Herr Rektor noch der Herr Bevollmächtigte Spaß verstehen, Hohes Gericht. Ihren Humor würde ich als phlegmatisch bezeichnen – von der englischen Art.

Wie ich zu dieser Meinung komme? Sie beruht auf Erfahrung, Hohes Gericht. Schließlich hatten wir zwei Monate vorher eine erste Audienz; und als der Herr Rektor damals erklärte, als Philosophen müssten wir ja nicht unbedingt an der Akademie arbeiten, wir könnten uns auch, zum Beispiel, mit dem Schusterhandwerk befassen, als er dies lächelnd sagte und betonte, philosophieren könne ja jeder in seinem eigenen Bereich und dabei zugleich eine nützliche Tätigkeit ausüben, wie es eben zum Beispiel das Schustern sei, denn schließlich brauche man zur Haarspalterei keine Akademie und auch keine Studenten – als er das sagte, Hohes Gericht, stand ich wie von der Tarantel gestochen von meinem Stuhl auf, nahm aus dem Blumentopf, der auf dem Fensterbrett stand, den Stab, der einen Philodendron stützte, kniete mit diesem Stab vor dem Herrn Rektor nieder, zog ihm den rechten Schuh aus, hielt den Stab an die Sohle und brach das dünne Hölzchen ab, worauf eine fürchterliche Verwirrung entstand.

«Was machen Sie da, was fällt Ihnen ein, sind Sie verrückt geworden?», fragte der Herr Rektor ruhig.

Doch der Bevollmächtigte schrie: «Das ist ja unerhört, unerhört. Ich rufe gleich die Psychiatrie an, sie sollen jemanden schicken, ein Assistent von uns ist übergeschnappt!»

Bei diesen Worten, Hohes Gericht, fielen Zbyszek und Michał, meine Kollegen, ebenfalls auf die Knie: Sie wollten mich mit Gewalt zum Aufstehen zwingen. Die

Sekretärin kam ins Zimmer, die Akte fiel ihr aus der Hand, ich stand auf, meine Kollegen ebenfalls, und auch der Herr Rektor stand auf, und ich betrachtete den gebrochenen Stab und sagte:

«Hervorragend, ausgezeichnet, Sie haben Schuhgröße sechseinhalb, das heißt siebenunddreißig, darf ich Sie also um einen Vorschuss für die Schuhe bitten, die ich Ihnen anfertigen werde? Es wird mir eine Ehre sein, dass gerade Sie mein erster Kunde sind, das schlagen Sie mir doch nicht ab, nicht wahr? Genau zur Herbstsaison, mit weichem Schaft à la Schopenhauer, obwohl Ihnen vielleicht Schuhe à la Kierkegaard besser stünden, also entscheiden Sie sich, Herr Rektor, welche Schuhe Sie möchten, denn gleich morgen werde ich mich an die Arbeit machen, morgen eröffne ich die Firma ‹Schusterleidenschaft› und lasse sie unter dem Namen Stanisław eintragen, aber nicht nach dem Bischof, sondern nach Ignacy Witkiewicz, dem Verfasser der ‹Schuster›.»

Die Gesichter meiner Kollegen Zbyszek und Michał waren weißer als Alpengletscher, Hohes Gericht, der Bevollmächtigte hielt schon den Telefonhörer in der Hand, aber der Rektor sah mich nur ganz ruhig an und sagte:

«Ich fürchte, junger Mann, Sie haben umsonst Maß genommen, ich kaufe meine Anzüge und meine Schuhe immer fertig im Laden, Maßarbeit ist mir zu teuer.»

Ja, das war zwei Monate vorher; und zum nächsten Treffen mit dem Bevollmächtigten, an jenem denkwürdigen Tag, gingen meine Kollegen Zbyszek und Michał deshalb lieber allein, ohne mich. Wie ich zu Protokoll gab, verabredeten wir, dass ich in der Bierstube «Unter den Kastanien» auf sie warten würde.

Wie bitte? Nein, das ist nicht unsere Stammkneipe. Wir waren selten dort, einmal im Jahr vielleicht, zum Abschluss des Sommersemesters, nach den Prüfungen. Im

Vergleich zu unserer Mensa, wo der Geruch von Nieren, Kutteln und Bigos an die Waisenhäuser in den Romanen von Dickens erinnert, im Vergleich zu diesen Miasmen ist die Terrasse der Bierstube ein reinlicher und geräumiger Ort, genau der richtige für Gentlemen.

Also: Um 11 Uhr 30 fanden sich meine Kollegen im Büro des Bevollmächtigten ein. Ich sollte sie später, etwa gegen 12 Uhr 15, «Unter den Kastanien» erwarten. Fünfundvierzig Minuten, das ist Zeit genug für Argumente, Diskussionen und Schlussfolgerungen, vor allem, wenn es um Entlassungen geht, Hohes Gericht. Wir waren alle pünktlich, jeder an Ort und Stelle – alle außer dem Herrn Bevollmächtigten. Der Herr Bevollmächtigte verspätete sich um eine Stunde, und dann telefonierte er noch, und als meine Kollegen in sein Arbeitszimmer traten, ging es bereits auf ein Uhr zu. Ich weiß noch, es war ein heiterer Tag, wenn auch etwas windig. Goldener Auguststaub schwebte über dem Rasen, im Park tummelten sich Eichhörnchen, und wie immer quietschten die Straßenbahnen und dröhnten die Autos zwischen den Linden der Aleje Zwycięstwa.

Woran ich damals dachte? Es tat mir Leid um die Akademie, Hohes Gericht. Denn sie war ohne uns verwaist, nicht umgekehrt. Ich kenne natürlich die Meinung des Herrn Rektors zu diesem Thema. Wozu brauchen Medizinstudenten etwas so Unpraktisches wie Philosophie? Kann es beim Knochensägen nützlich sein, wenn man etwas über Platon weiß, über Aristoteles oder die subtilen Zweifel Kants? Meine Ansicht zu diesem Thema ist vollkommen anders: Wissen – das sind nicht nur praktische Kenntnisse, das ist vor allem Sophia, Weisheit, die Kenntnis der menschlichen Seele und all dessen, was abscheulich und was wunderbar an ihr ist.

Wie bitte? Aber gerade das gehört doch zum Wesen der Sache, Hohes Gericht, eben die Frage: Was soll der

Arzt sein? Ein Techniker, zuständig für den Austausch defekter Teile? Eine solche Ansicht können wir nur vertreten, wenn wir mit der These Herrn de La Mettries einverstanden sind, dass der Mensch eine Maschine ist – eine denkende zwar, gewiss, aber doch nur eine Maschine. Natürlich – die Seele kann man nicht sehen. So wenig wie Gott. Aber heißt das, dass beide nicht existieren? Dass wir eine Laune, ein Scherz der Materie sind? Ein zufälliges Gebilde? Ein Nebenprodukt der Evolution? Bedeutet dies, dass es außer kreisenden Atomen und dem Raum, den sie ausfüllen, nichts gibt, woran unser Denken sich halten und worauf es sich stützen könnte? Ist das Hohe Gericht sich der Bedeutung dieser Frage bewusst?

Ja, darüber dachte ich nach, während ich auf der Terrasse der Bierstube «Unter den Kastanien» saß, Hohes Gericht, und auch darüber, dass die Deutschen, als sie diese Schule gründeten, sie «Akademie für praktische Medizin» nannten, *praktische*, möchte ich betonen. Und es war mir gewissermaßen peinlich, es bereitete mir ein ungutes Gefühl, dass der Herr Rektor und sein Bevollmächtigter, als sie ihre Maßnahmen zur Beschleunigung der Reformen einleiteten, ausgerechnet an jene Tradition anknüpften, wenn auch sicher unbewusst, denn ich nehme nicht an, dass sie sich mit der Geschichte der praktischen Medizin deutscher Prägung beschäftigt haben.

Also: Um 12 Uhr 30 bestellte ich mir ein Bier. Ich wurde langsam nervös und fragte mich, was meinen Kollegen zugestoßen sein könnte, warum sie nicht kamen, was sie dort aufhielt. Und ich war schon im Begriff, in der schaumigen Welle des Pessimismus zu versinken, als sich plötzlich und unverhofft Herr Mirek zu mir setzte, ein Rentner und ehemaliger Kranführer. Dieser Mensch hat einen absoluten Spleen, Hohes Gericht, was Präsidenten und Bierbrauereien betrifft. Aber nein, er drückte sich respektvoll aus, o ja, mit höchster Achtung und tiefer Sorge.

«Wenn Präsident Václav Havel mindestens einmal in der Woche den Hradschin verlassen und auf einen Krug Pilsner in den ‹Kelch› gehen kann, warum», fragte er, «kann Präsident Lech Wałęsa dann nicht wenigstens einmal im Monat ‹Unter den Kastanien› einkehren?»

Ich bemühte mich, meinen Gesprächspartner auf deduktivem Weg davon zu überzeugen, dass es für Präsident Václav Havel von seinem Schloss auf dem Hradschin zum «Kelch» nur ein paar Schritte seien, für Präsident Lech Wałęsa dagegen vom Belvedere zu den «Kastanien» über dreihundert Kilometer. Aber Herr Mirek schenkte meinen Ausführungen kein Gehör. Mit Tränen in den Augen erinnerte er sich an die alten Zeiten, als «Unter den Kastanien» noch keine Bierstube war, als es da noch keine Tische, keine Terrasse und so weiter gab, sondern nur eine grüne, aus Brettern zusammengenagelte Bude, wo Frau Maria thronte, das Idol aller Werftarbeiter, mit blondem Haar und üppigem Busen.

«Mein Gott, mein Gott», meinte Herr Mirek, «sie war wie eine Mutter, wie eine Göttin! Ich sag Ihnen, wäre der Herr Präsident Havel damals hergekommen, hätte er sich bestimmt in Frau Maria verliebt, und die tschechische Literatur hätte einen schweren Verlust davongetragen, denn statt politische Dramen zu schreiben, hätte Herr Havel, wie verliebte Dichter so sind, seufzend Sonette geschmiedet, und wer würde heute», fragte mein Gesprächspartner, «wer würde heutzutage schon jemanden ernst nehmen, der Sonette an eine Wirtin in einer grünen Bude schreibt, und wenn sie noch so schön wären?»

Nun ja, aber Herr Havel kam nicht, damals verkehrte hier unser Elektriker mit seinen Kumpeln; o nein, er hat's nie übertrieben, er kam an die Theke und sagte zu Frau Maria:

«Ein Bier, bittschön.» Und sie lächelte ihm so zu, dass seine Kumpel ganz außer sich gerieten und vor Neid fast platzten.

«Was sieht die nur in dir, Lech?», fragten sie. Worauf er gewöhnlich erwiderte: «Meine Bestimmung!»

Dann setzten sie sich unter die Kastanien ins Gras, denn damals war das ein normaler Park, nur hier und da sah man noch Spuren des deutschen Friedhofs. Sie setzten sich also und plauderten, und unser Elektriker mischte sich nur ab und zu mit der Bemerkung ein, der Sozialismus sei ja gar nicht so übel, wenn die Leute nur Geld verdienten, eine Wohnung bekämen und nicht klauen müssten.

«Und wenn Präsident Václav Havel einmal in der Woche im ‹Kelch› sein kann, wieso», fragte Herr Mirek weiter, «kann Präsident Lech Wałęsa dann nie ‹Unter den Kastanien› einkehren, um sich an das Lächeln von Frau Maria zu erinnern – um sich an all das zu erinnern, was die Zeit, dieser hinterlistige Dieb, uns unwiederbringlich wegnimmt?»

Der Zeuge dagegen, Hohes Gericht, der Zeuge, Verzeihung, ich hab schon wieder seinen Namen vergessen, ja, danke, also der Zeuge der Anklage gab an:

«Sie haben unser Staatsoberhaupt beschimpft.»

Was für eine niederträchtige Unterstellung! Herr Mirek, Kranführer im Ruhestand, breitete vor mir lediglich die rosigsten Visionen aus.

«Wenn nämlich», so meinte er, «der Herr Präsident sich mindestens einmal im Monat mit den einfachen Leuten ‹Unter den Kastanien› treffen würde und im Fernsehen zu sehen wäre, wie er sich bei einem Glas Hevelius mit ihnen unterhält, dann hätten unsere wirtschaftlichen Schwierigkeiten bald ein Ende.»

Wieso das? Nun, der Bierkonsum würde schlagartig ansteigen, die Brauereien würden Billionen verdienen, und diese Billionen würden einen stetigen rauschenden Strom von Investitonsdarlehen, zu niedrigen Prozenten, für andere Industriezweige abgeben; die Arbeitslosigkeit würde zurückgehen, die Konjunktur käme in Schwung, und unsere Regierung hätte, nach knapp einem Jahr, die Taschen voller Geld, aber nicht von solchem, das noch nach Druckfarbe riecht, sondern von solchem, das im Schweiße des Angesichts verdient wurde, zuerst von den Bierbrauern, dann von anderen Branchen.

«Und der Diskontsatz? Und die Refinanzierungskredite?», fragte ich. «Wie würden Sie das sehen? Wie würden Sie das handhaben? Und außerdem» – ich ließ mich nicht so leicht beirren –, «was würde zu alldem der Primas sagen, wie würde er wohl dazu stehen, dass das Land dank des Aufschwungs des Brauereiwesens so blitzartig zu Wohlstand gelangt?»

An dieser Stelle, Hohes Gericht, wurde das Gespräch unterbrochen, aber nicht etwa aus Abneigung gegen den Primas, sondern weil plötzlich die Werftarbeiter von der AG kamen.

Wie jeden Tag verließen sie die Werft durch das zweite Tor, wie jeden Tag kamen sie über die Bahngleise, und wie jeden Tag machten sich viele auf den Weg zu der von Kastanien beschatteten Terrasse der Bierstube. Und dennoch – die Situation war außergewöhnlich. Erstens kamen sie wesentlich früher als gegen Ende der ersten Schicht. Zweitens waren sie aufgewühlt, schrien durcheinander und gestikulierten, und ihre blauen Jeanshemden bewegten sich schneller als normal in den flimmernden Sonnenflecken.

«Oh, oh!», meinte Herr Mirek. «Ich glaube, es gibt einen Streik!»

Aber, Hohes Gericht, es wurde kein Streik ausgerufen.

Denn kaum saßen sie an den Tischen und die Gläser klirrten, da rauschten die Flüche, einer nach dem anderen, flink wie der Blitz durch die Luft, eine ansteigende Welle.

«Wir haben doch nicht zehn Jahre den Arsch hingehalten, um jetzt auf der Straße zu landen! Dafür haben wir nicht die Beiträge bezahlt, um jetzt von Stütze zu leben!»

«Zum Teufel mit dieser Beschleunigung der Reformen», riefen andere. «Zum Belvedere, man muss zum Belvedere gehen! Der Lech soll sich dazu äußern!»

Das sind nur einige der Parolen, Hohes Gericht, die harmlosesten sozusagen. Über die anderen wird Sie der Zeuge der Anklage schon informiert haben, Verzeihung, ich kann mir seinen Namen einfach nicht merken, ja genau, danke.

Aber jetzt zur Internationalen! Es stimmt: Das Lied wurde gesungen, aber nicht «während der Fahrt durch die Stadt, wobei Flugblätter verteilt wurden, die zum Sturz der Regierung aufriefen» – das hat der Zeuge der Anklage glatt erfunden –, sondern dort, auf der von Kastanien beschatteten Terrasse. Chor und Orchester? Das war wesentlich später. Die Internationale intonierten die Blauhemden von der Werft-AG ein einziges Mal, und das war, bevor meine Kollegen Zbyszek und Michał erschienen, bevor die Musiker von der Philharmonie kamen und dieser Pferdewagen auftauchte, der so viel Verwirrung stiftete. Wie das kam? Wie viele von ihnen sangen? Es fing ganz gewöhnlich an. In einem bestimmten Moment sprang einer der Arbeiter auf den Tisch, brachte die anderen zum Schweigen und schrie, er habe jetzt die Schnauze voll, früher hätten die Leute vorm Sicherheitsdienst Angst gehabt und vor den Roten, und jetzt hätten sie noch mehr Angst vor Entlassung.

«Und überhaupt», schrie er, «diese bescheuerte Gewerkschaft nützt uns gar nichts! Deshalb ist hier so ein Sauladen und ständig Zoff, und überhaupt!»

«Genau», rief es ringsum, «man bestiehlt uns schon wieder, noch mehr als vorher!»

Und genau da, Hohes Gericht, da holte dieser junge Arbeiter ein Blatt Papier aus der Tasche und rief:

«Wisst ihr, was das ist?»

Worauf man ihm antwortete: «Klar, wir haben die gleichen Kündigungen!»

Und da machte er mit dem Blatt Papier eine Geste, um zu zeigen, wo sie ihn alle könnten, und dann zerriss er langsam und demonstrativ seine Kündigung und warf die Schnipsel in die Luft, und der Wind trieb sie hoch und immer höher, über den Rasen, über die Bäume, und verstreute sie im ganzen Park. Und die anderen folgten seinem Beispiel, sprangen auf die Tische oder Stühle, rissen ihre Kündigungen in Fetzen, und irgendeiner, ich weiß nicht wer, stimmte die Internationale an, anfangs leise, dann immer lauter, und die anderen stimmten ein, zuerst scherzhaft, zum Spaß, dann aber immer lauter, immer ernster, und ich stand da, Hohes Gericht, ich stand da und schaute gerührt zu, denn diese wirbelnden Papierstückchen, die der Wind weit über den Park hinaus trug, über die Dächer der Häuser, die Kirchtürme, auf die Fahrbahnen und Bürgersteige, diese durch die Luft wirbelnden Fetzen der Kündigungsschreiben und die Melodie, von den Werftarbeitern gesungen, die vor kurzem noch Lenin-Mannschaft hießen, dieser Augenblick, Hohes Gericht, war wie der Knall einer zugeschlagenen Tür, wie ein Schlussakkord, der eine eben zu Ende gegangene Epoche abschließt und eine neue eröffnet.

Was geschah weiter?

«Die, die nicht mehr gebraucht werden, dürfen gehen», sagte Zbyszek und setzte sich zu uns an den Tisch.

«Und hier ist dein Passierschein in die Freiheit», fügte Michał hinzu und gab mir mein Kündigungsschreiben. «Wir haben die gleichen!»

«Kollektiv?!», rief ich enthusiastisch und voller Freude. «Also mit Pauken und Trompeten, mit Entschädigung, in vollem Glanz?!»

«Ach, woher denn», sagte Michał, winkte ab und bestellte ein Bier. «Kollektiv können wir uns besaufen und uns dann aufhängen, und danach gründen wir eine Gesellschaft ohne jegliche Haftung.»

Also, Hohes Gericht, damit war alles klar. Paragraph zweiundzwanzig, besonders perfide und gehässig, nicht zu unterschätzen, ein kannibalischer Paragraph, in anderen Worten: individueller Abbau von Arbeitskräften im Zuge allgemeiner Beschleunigung der Reformen! Was hätten wir tun sollen? Wir tranken in Ruhe unser Bier und tauschten Informationen aus. Was das für Informationen waren? Oh, nichts Besonderes. Zum Beispiel: Eine Witwe aus Gdynia hatte ein Studio für Traumdeutung gegründet, das hervorragend lief, die Kunden gaben sich die Klinke in die Hand, jeden Tag kamen Dutzende von Milliardären, Politikern und Geschäftsleuten. Oder: Ein entfernter Bekannter von uns, ein Physiker, der von seinem Gehalt an der Universität nicht leben konnte, hatte das System des Roulettes wissenschaftlich analysiert; morgens ging er ins Danziger Kasino, den Nachmittag verbrachte er im Spielhaus in Sopot, und abends begab er sich in die Spielhöhle in Gdynia, und immer gewann er, nie ließ er – per saldo – auch nur einen Groschen übrig, Hohes Gericht; also setzten die Besitzer dieser Anstalten ein festes dreifaches Gehalt für ihn aus, etwa vierundzwanzig Millionen monatlich, damit er bloß nicht mehr bei ihnen auftauchte und den Betrieb nicht ruinierte, und jetzt lebt unser Physiker wie ein Professor in Harvard, zur Universität geht er gar nicht mehr, er spaziert nur am Meer entlang und denkt über eine allgemein gültige Feldtheorie nach.

Ja, es ist wunderbar, bei einem Glas Bier über diejenigen zu plaudern, die Glück gehabt haben, über echte Erfolgsmenschen, es ist angenehm, aber auch gefährlich, wenn man eine Kündigung in der Tasche hat, wenn der Paragraph zweiundzwanzig über einem hängt, und vor allem, wenn man selbst keine Witwe mit Traum-Studio und kein Roulette-Physiker ist. Und deshalb, Hohes Gericht, wechselten wir den Gesprächsstoff und gingen zu weniger schmerzlichen Themen über – ins Reich der Erinnerungen.

«Wisst ihr noch», sagte Zbyszek gerührt, «wie zweiundachtzig der Studienchef der Militärakademie, Oberst Gdybaś, in unser Zimmer platzte und brüllte: ‹Ich lass euch alle erschießen, ihr Arschlöcher! Wer hat euch erlaubt, diesen, diesen Aristoteles zu einer Vorlesung einzuladen? Über was soll das sein? Staatsphilosophie? Der Staat bin ich›, erklärte der Oberst, ‹und diesen Aristoteles, den werden wir schon erledigen!›»

«Erinnert ihr euch», sagte dann Michał gerührt, «an den Mann vom Geheimdienst, der immer in die Vorlesungen kam und alles notierte, bis er es eines Tages nicht mehr aushielt, aufstand und sagte: ‹Was soll das eigentlich mit der Dings, mit der Metaphysik? Als ich klein war, ging ich öfter auf den Friedhof, aber Dings, aber Geister hab ich nie gesehen!›»

«Und erinnert ihr euch», sagte zur Abwechslung ich ganz gerührt, «an die Rakete, die im Auditorium ein Fenster einschlug, mit fürchterlichem Zischen und Knallen durch den ganzen Saal flog und sich dann in die Tür des alten Schranks bohrte? Wisst ihr noch, wie Zbyszek hinlief, die Tür aufmachte, denn es fing schon an zu brennen, und als er das stinkende Ding austrat, da fiel ihm aus dem Schrank, der seit Jahrzehnten nicht geöffnet worden war, da fiel ihm das Modell eines Skeletts entgegen, in lauter einzelnen Teilen? Wisst ihr noch, wie wir da lachten und meinten, der Zomo-Mann, der die Rakete abgeschossen hatte, müsse wohl eine Vorliebe für tschechische Filmkomödien gehabt haben?»

Ob wir traurig waren? Aber nein. Und bestimmt, Hohes Gericht, hätten wir nach diesen Erinnerungen einen Abschiedstrunk zu uns genommen und wären brav nach Hause gegangen, wären nicht plötzlich und unverhofft die Musiker der Philharmonie «Unter den Kastanien» erschienen. So plötzlich, wie sie gekommen waren, packten sie ihre Instrumente aus, und ebenso unverhofft begannen sie, Mozart zu spielen. Was für ein Stück das war? Natürlich tam, tam tam, tam tam tam tam tam tam, also dachten wir anfangs, es handle sich um eine Probe für eine Filmszene und gleich würden Kamera, Scheinwerfer und ein Regisseur mit seinen Assistentinnen zur Stelle sein. Wir dachten, es solle ein Film gedreht werden, zum Beispiel «Wolfgang Amadeus unter den Kastanien». Doch von Minute zu Minute schwoll die Musik an, immer mehr Musiker kamen, die Werftarbeiter von der AG umringten sie, immer neue Instrumente stimmten in das Spiel ein, und ein Kamerateam war noch immer nicht zu sehen. Nun, und als das Stück zu Ende war, sagte Soloviolinist Fox, denn so stellte er sich dem Publikum vor, Soloviolinist Fox also verkündete, dass die Philharmonie vor einer halben Stunde ihren Bankrott erklärt habe, dass die Kasse völlig, aber auch völlig leer sei, und da die Stadtverwaltung ebenfalls bankrott sei und nichts mehr in der Kasse habe, hätten sie, die Musiker, beschlossen, nicht Trübsal zu blasen, sondern zu spielen, jeden Tag an einem anderen Ort in der Stadt.

Was war das für ein Konzert, Hohes Gericht! Sie erfüllten den Zuschauern jeden Wunsch! «Die erste Brigade»? Bitte schön. «Marsch, marsch, Polonia»? Aber natürlich! «Galopp-Polka»? Mit dem größten Vergnügen. Die Titelmelodie aus den «Vier Panzersoldaten»? Aber gern! «Einsatz größer als das Leben»? Wie gewünscht. «O sole mio»? Selbstverständlich! Erste und zweite Geige! Trompeten! Hörner! Oboen! Flöten! Violoncelli und Kontrabässe! Sogar ein Schlagzeug war da, und wenn irgendein Instrument gefehlt hat, dann höchstens Klavier oder Orgel. Die Sonnenstrahlen glänzten auf dem goldenen und silbernen Metall der Blechinstrumente. Die Kellner kamen nicht nach mit den Bierkrügen. Der Schaum kam nicht dazu, sich zu setzen. Blütenstaub flimmerte auf dem Rasen, in der Ferne ratterten die Straßenbahnen und Züge, und hier, auf der Terrasse der Bierstube «Unter den Kastanien», raschelten die Geldscheine, die aus den Händen der einen Arbeitslosen in die Taschen der anderen Arbeitslosen wanderten. Und obwohl weder Präsident Václav Havel da war, der vermutlich gerade auf dem Hradschin sein neues Drama schrieb, noch Präsident Lech Wałęsa, der im Belvedere sein eigenes Drama erlebte, so waren wir doch glücklich, Hohes Gericht, und ich kann gar nicht erklären, warum eigentlich eine solche Unbeschwertheit herrschte, diese wunderbare Leichtigkeit des Daseins, vielleicht hatte sie mit Mozart zu tun, den man auf meinen Wunsch noch einmal spielte. Aber diesmal kamen die Musiker nicht weit, denn nach einigen Takten brach in den Klang der Instrumente eine laute, durchdringende Stimme ein:

«Kartoffeln! Kartoffeln!»

Ja, Hohes Gericht, über die Parkallee, aus der Richtung des Oliwaer Tors, näherte sich ein Wagen, vor den zwei Pferde gespannt waren.

«Kaartoofeeln! Kaartoofeeln!», rief der Fuhrmann noch einmal mit singender Stimme.

Aber niemand wollte Kartoffeln kaufen, nicht einmal zu dem verbilligten Preis.

Welchen Zusammenhang die neuen Kartoffeln mit dem Bankrott der Philharmonie hatten? Gar keinen! Mit der Kündigung der Werftarbeiter von der AG? Gar keinen! Und mit uns? Auch keinen.

Der Zeuge der Anklage dagegen sagte aus:

«Zu einer festgelegten Zeit, als alle anderen schon an Ort und Stelle waren, traf, wie verabredet, der Fuhrmann ein.»

Ist das seitens des Zeugen, Verzeihung, ich habe den Namen wieder nicht richtig verstanden, ja, danke, also: ist das seitens des Zeugen nicht zu viel der Präzision? Ein hegelianisches Sodbrennen, das den Zeugen und sein Gewissen nicht erst seit heute quält? Es war reiner Zufall, Hohes Gericht, reiner Zufall, dass gerade an diesem Tag die Bauern vor die Verwaltung der Wojewodschaft fuhren und – platsch – die Butter auf die Straße schmissen und – zack – mit Käse um sich warfen, dann Säcke voll Kartoffeln und Schinken, Lende und Speck hinterdrein!

«Ach», sagte der Fuhrmann und nahm einen Schluck Bier, «zum Teufel mit so einer Demonstration!»

«Polizei?», fragte der Chor der Musiker und der Werftarbeiter von der AG, verstärkt durch unsere drei Stimmen. «Hat die Polizei euch vertrieben? Haben die euch sehr zugesetzt? Zeigen Sie mal Ihren Rücken!»

«Ach, woher», meinte der schnauzbärtige Bartosz, «wenn's noch die Polizei gewesen wär! Die Russen waren's, die Russen haben uns die Demonstration vermasselt!»

«Was denn für Russen, wieso denn schon wieder die Russen?», fragte der Chor der Musiker und der Werftarbeiter von der AG, verstärkt durch unsere drei Stimmen. «Sind die nicht endgültig weg?»

«Ach», sagte der schnauzbärtige Bartosz und nahm noch einen Schluck Bier, «die einen sind weg, aber dafür sind andere gekommen, noch viel mehr, bloß halt nicht in Uniform, sondern in Zivil!»

«Mafia, Mafia!», flüsterte der Chor der Musiker und der Werftarbeiter von der AG, verstärkt durch unsere drei Stimmen. «Heute kontrollieren sie die Märkte, die Autobörse, die Grenzübergänge, und was werden sie morgen kontrollieren, was morgen?»

Diese Frage, Hohes Gericht, die flüsternd und nicht ganz ohne Angst unter dem diskreten Rauschen der Kastanienblätter in den Raum gestellt wurde, diese Frage blieb unbeantwortet.

«Ach, woher», sagte der schnauzbärtige Bartosz, «wenn das noch 'ne richtige Mafia wär, dann hätten wir sie zum Teufel gejagt, nach Racławice*, aber das waren arme Schlucker, ein Häufchen vom Basar, wie die Heuschrecken fielen sie über das Zeug her! Wir schmeißen den Speck hin, und mit dem Schrei *Gospodi pomiluj, Gospodi pomiluj*, ‹Herr, erbarme dich›, stürzen die sich drauf, *dawajtje, dawajtje*, wir werfen ein Stück Käse auf die Straße, die schnappen sich's, gebt uns noch mehr, noch mehr, schreien sie.»

Das erzählte der schnauzbärtige Bartosz, und so erfuhren wir, Hohes Gericht, warum den Bauern die Demonstration, bei der es um Einfuhrzölle und Mindestpreise ging, nicht gelungen war. Sie war misslungen, weil die Russen vom nahe gelegenen Markt die ganze Lebensmittel-Barrikade, all die Nahrungsmittel, die auf die Straße geleert wurden und den Verkehr aufhalten sollten, weil sie diese Fuhre wie die Furien in zwei Minuten aufgeklaubt hatten. Unser Fuhrmann konnte nicht ein-

* Anspielung auf die Schlacht bei Racławice (1794), wo die Polen unter Tadeusz Kościuszko einen Angriff auf die Russen starteten. Die Polen wurden zwar geschlagen, werteten die Niederlage aber als moralischen Sieg. (A. d. Ü.)

mal die Hälfte seiner Kartoffelsäcke runterwerfen, da packte ihn eine derartige Wut auf die Landsleute von Fjodor Michajlowitsch Dostojewskij, dass er den Pferden die Sporen gab und losjagte und erst vor der Bierstube sein Tempo drosselte, wo er sich zu uns setzte und seine Kehle spülte.

«So ist das, so ist das», sagte Soloviolinist Fox, «wir sitzen jetzt alle im selben Wagen!»

Ob das eine Anspielung war? Ein Präludium zu dem, was gleich geschehen sollte? Ich glaube nicht. Ich bezweifle es stark.

«Wir stehen in Socken da», fuhr der Musiker fort, «und kein Mensch weiß, wer uns Schuhe machen soll!»

«Doch, doch», riefen die Werftarbeiter von der AG.

Aber ich hörte den weiteren Wortwechsel nicht mehr, der schnell und hitzig geführt wurde, Hohes Gericht, denn kaum hatte Soloviolinist Fox die Schuhe erwähnt, da erinnerte ich mich wieder an das Gespräch mit dem Herrn Rektor und das Stäbchen von dem Philodendron, mit dem ich Maß genommen hatte ... Ich erinnerte mich an alles, was man im letzten Jahr über uns, über die Intelligenz, gesagt hatte, dass sie am Ende sei, pleite, dass niemand sie mehr brauche, weil sie nichts von Geschäften verstehe, weil sie sich in der neuen historischen Situation nicht zurechtfinde, man müsse ihr einen Denkzettel verpassen. Ich erinnerte mich an all das und war sehr traurig, Hohes Gericht, nein, nein, nicht wegen der Arbeitslosigkeit, das ist ja eine vorübergehende Angelegenheit, sondern sozusagen wegen des allgemeinen Klimas im Staate Dänemark.

Und der Zeuge der Anklage, Verzeihung, ich habe seinen Namen wieder nicht richtig gehört, ja, danke, der Zeuge der Anklage sagte über diesen Augenblick Folgendes aus:

«Ein gewisser Heller, Dozent der Philosophie, mischte

sich plötzlich in die Diskussion ein, knallte seinen Bierkrug auf den Tisch und schrie: ‹Das ist doch Scheiße, es lebe das unsterbliche Denken Lenins.›»

Also, das ist schon keine Verdrehung der Tatsachen mehr, das ist auch keine gewöhnliche Lüge, das ist einfach Provokation und Verleumdung! Es stimmt zwar, dass das Wort «Lenin» und das Wort «Scheiße» gefallen sind, es stimmt auch, dass ich mit dem Krug auf den Tisch schlug, aber es war völlig anders! Als einer der Werftarbeiter von der AG zu schreien begann, dass für die ganze wirtschaftliche Misere die Eierköpfe verantwortlich seien, die bescheuerten Professoren und Doktoren und so weiter, und dass man unser Land endlich von diesen Elementen säubern solle, da hielt ich es nicht mehr aus, haute mit dem Krug auf den Tisch und sagte, dass das, was er da von sich gebe, beschissener Leninismus reinster Prägung sei, und diese Idee sei leider bis heute lebendig, da ein Chirurg nicht mehr verdiene als ein gewöhnlicher Klempner oder ein Lehrer nicht mehr als ein Polizist. Er wollte sofort handgreiflich werden, seine Schiffsbau-Kollegen hielten ihn mit Mühe zurück, und erst, als Zbyszek ihm vorsichtig erklärte, wie viel ein Lehrer an einer Mittelschule verdiene, und Michał beiläufig hinzufügte, wie viel ein Adjunkt in der Physiologie bekomme, erst da begann er den Kopf zu schütteln, wollte es nicht glauben, raufte sich die Haare und sagte mehrmals:

«Mann, das gibt's ja nicht, das gibt's nicht, Mann.»

Dann wurde er ganz rührselig, riss sich das Jeanshemd vom Leib, zog aus der Tasche ein paar Geldscheine und sagte zu uns:

«Jungs, nehmt das für euch, nehmt es, ich bitt euch, ich bin ein ehrlicher Kerl, Mensch, ich hab diese Professoren und Doktoren von der Regierung gemeint, nicht euch, also nehmt's! Was, ihr wollt es nicht nehmen, wollt nichts nehmen von einem Arbeiter, einem einfachen Arbeiter?»

Wir versöhnten uns mit ihm, aber es dauerte ein paar Minuten. Das Hemd behielt er schließlich für sich.

Was dann? Brüderschaft, Hohes Gericht, wie zur Zeit des Völkerfrühlings, oder wie in einer Prager Bierkneipe, wo der Dichter Kohout mit dem Mälzer Vanculik trank oder Professor Polaček mit dem Totengräber Stilberg, La Primavera, ein wahres Fest der Demokratie, obwohl weder Präsident Václav Havel bei uns war, der einmal in der Woche in den «Kelch» geht, noch unser Präsident, der vor langer Zeit «Unter den Kastanien» verkehrte.

Es ist mir wirklich nicht bekannt, Hohes Gericht, wer auf die Idee kam, eine Fahrt mit dem Pferdewagen zu unternehmen. Ich fürchte, man kann dies weder induktiv noch deduktiv, weder final noch kausal feststellen. Schon besser würde hier die Theorie des Zufalls passen. Aber wenn dem so ist, dann macht es keinen Sinn, nach den Motiven zu fragen beziehungsweise nach irgendwelchen beabsichtigten Effekten.

Ein Teil der Musiker war schon nach Hause gegangen. Einige Werftarbeiter ebenfalls. Auch wir beabsichtigten aufzubrechen, als wir plötzlich den Soloviolinisten Fox und einige seiner Kollegen erblickten, wie sie gerade auf den Wagen kletterten, um dort oben ein neues Stück zu spielen. Es ging um die Akustik, denn auf der Terrasse drängten sich immer mehr Leute aus der Stadt, und in solch einer Enge lässt sich schlecht spielen.

Wie bitte? Ja, Altsaxophon, Trompete, Kontrabass, Horn, sogar ein kleines Schlagzeug. Nein, an ein Banjo kann ich mich nicht erinnern. Jedenfalls, als sie die ersten Takte spielten, da lief uns ein Schauer über den Rücken, Hohes Gericht. Das war New Orleans, ein trauriger Blues, der heiße Hauch des Südens, Poesie der Trauer und der Leidenschaft. Das war echter Jazz, Hohes Gericht. Ein neuer Geist beseelte die Menschen. Sie kamen an den Wagen heran. Und diese Lockerheit, dieses Improvisieren, diese wunderbare Leichtigkeit, mit der jeder den Rhythmus schlug, womit er gerade konnte! Ja, und sie schraubten das Tempo hoch, Synkope, Synkope, Achtel, Sechzehntel, Dreißigstel, Hundertstel, völlig verrückt! Singen, Schreie, ich weiß selbst nicht, Hohes Gericht, wie es kam, dass wir alle auf den Pferdewagen sprangen, und nach uns noch ein paar Musiker und Werftarbeiter von der AG, und ich weiß auch nicht, warum der Fuhrmann auf den Bock sprang und die Pferde antrieb. Ich wüsste selbst gern, wer mir das Instrument lieh oder vielmehr in die Hand drückte, jedenfalls fuhren wir los, durch die Parkallee, und hörten nicht auf zu spielen. Schließlich kamen wir auf die Aleje Zwycięstwa, nun ja – und so begann alles. Hupen! Beifall! Applaus! Nein, es störte niemanden, die Autofahrer begrüßten uns herzlich, und die Leute an den Straßenbahnhaltestellen winkten uns zu. Der Polizist beim Deutschen Konsulat salutierte beflissen, als wir «Preußens Gloria» spielten, um die Frau Konsul zu grüßen, und als wir in Wrzeszcz vor dem Hotel Morski anhielten, von dessen Balkon aus damals der Vorsitzende der Gewerkschaft die Streikbereitschaft von Bydgoszcz proklamiert hatte, und «When the Saints go Marching in» spielten, da jubelte die versammelte Menge, als riefen wir etwas tausendmal Attraktiveres als einen Generalstreik aus.

Ach so, die Transparente. Ja, die Transparente. Der Zeuge der Anklage, Verzeihung, ich habe schon wieder seinen Namen vergessen, ja, danke, der Zeuge sprach also von dreien. Dem muss ich entschieden widersprechen. Es gab nur zwei Transparente; vorn am Wagen hieß es: «Ich bin dafür und sogar dagegen», und hinten: «Ich konnte nicht anders». Ja, ich erkläre nochmals in aller Entschiedenheit: Ein drittes Transparent mit der Parole «Weg mit dem Weg!» – das gab es nicht. Das sind verworrene Konfabulationen des Zeugen, Hohes Gericht, so ist es. Woher die Transparente kamen? Ich weiß es wirklich nicht. Störung des Straßenverkehrs? Nun ja, einige Autos mussten tasächlich bremsen, als wir die Spur wechselten, aber schließlich gab es keinen Zusammenstoß.

Was weiter war? Einer der Musiker fragte:

«Meine Herren, was machen wir jetzt mit dem angebrochenen Tag?»

Nun ja, Hohes Gericht, Arbeitslose müssen ja am nächsten Morgen nicht aufstehen. Nachdem wir uns im Laden in der Chełmońskiego mit dem nötigen Proviant und entsprechenden Getränken versehen hatten, machten wir uns – nun langsamer und ohne Musik – auf den Weg durch die Ulica Abrahama bis ins Samborowo-Tal, dort, wo der Wald anfängt.

Ob wir etwas Bestimmtes vorhatten? Klar, wir wollten uns ins Gras setzen, ein Feuerchen machen, ein Bierchen trinken, ein bisschen Musik machen, singen und die Sterne betrachten. Das war der ganze Plan: ein Maiausflug Mitte August, Hohes Gericht, ein wenig Entspannung, wie sie das Schicksal uns beschert hatte, im Schoße der Natur.

Die Geistlichen? Mein Gott, wer hätte das ahnen können! Wir sahen sie etwa in der Mitte des Tals, auf der gegenüberliegenden Seite. Sie gingen, besser gesagt, sie marschierten in zwei gleichmäßigen Reihen und sangen, von Gitarrenklängen begleitet: «Voran, voran, voran, so ziehen wir ins Gelobte Land!» Schön war es: das saftige grüne Gras, die länger werdenden Nachmittagsschatten, das Zirpen der Grillen, das Schwarz der dahingleitenden rechteckigen Gestalten – und das Gelobte Land, von dem sie sangen. Wir ließen uns im Schatten der Eichen nieder, gute hundert Meter von ihnen entfernt. Es dauerte etwa eine halbe Stunde, bis wir den Platz für das Feuer vorbereitet und die Zweige dafür gesammelt hatten. Aber nein, die Geistlichen schenkten uns keine Beachtung und wir ihnen auch nicht. Wir wunderten uns nur ein bisschen darüber, dass sie immer, wenn sie hundert Meter über die Wiese marschiert waren, die glatt wie ein Tisch war, die Reihen neu formierten, umkehrten, zurückmarschierten und zu Gitarrenklängen sangen: «Reich deinem Bruder die Hand, allein soll niemand bleiben», oder: «Zu Hilfe, eilt dem Menschen zu Hilfe, jemand ruft SOS.»

«Die bereiten sich bestimmt aufs Festival vor», meinte Herr Janek, ein Werftarbeiter von der AG, «meine Tochter arbeitet da auch jedes Jahr mit.»

«Aufs Festival in Sopot?», fragte Soloviolinist Fox verwundert.

Da erklärte Herr Janek, dass es jedes Jahr ein Jugend-Festival des Sacro-Songs gebe, na, und die Geistlichen hier übten bestimmt einen kollektiven Auftritt, so etwas wie ein Finale, wie in Opole oder Kołobrzeg. Nein, es störte uns überhaupt nicht, obwohl, wie ich zugeben muss, einige Liedertexte und die Stimmen der Geistlichen so süßlich waren, dass sie mit der Bitterkeit unserer existentiellen Situation nicht gerade harmonierten. Was ich damit meine? Nun, als wir zum Beispiel das Feuer anzündeten, vielleicht eine halbe Stunde vor Sonnenuntergang, da bildeten die Geistlichen einen großen Kreis auf der Wiese, fassten sich an den Händen und begannen zu singen: «Die Welt ist voller Feuer, doch wisset, nur Liebe macht ihr Antlitz neuer.» Während sie so sangen, dachte ich: Liebe – gewiss, eine gute und edle Sache, doch was die Erneuerung der Welt betrifft, da wäre ich nicht so optimistisch! Mehr als einer wollte sie verändern, und was dabei herauskam, war von Liebe weit entfernt. Was ich im Sinn habe? Goethe, Hohes Gericht, Johann Wolfgang Goethe. Wenn aus Bösem Gutes entstehen kann, wie Doktor Faust beweist, dann ist die Umkehrung dieser Abhängigkeit ebenfalls denkbar: Wenn die Dosis des verabreichten Guten zu groß ist, dann kann Böses daraus entstehen. Darüber spricht Aristoteles in seiner Ethik, Hohes Gericht, und auch in dem verloren gegangenen zweiten Brief an die Makedonier ist davon die Rede.

Ja, gut, kommen wir zur Sache. Was geschah weiter? Das Feuer knisterte fröhlich, die Würstchen brieten an den Spießen, und wir lagen träge da, tranken Bier und plauderten. Die Musikinstrumente hatten wir beiseite gelegt, ja, wir warteten auf den Abmarsch der Geistlichen und wollten sie nicht stören. Und da erhebt sich plötzlich, mitten aus dem großen Kreis der schwarzen Soutanen, ein Ballon in die Lüfte, ja, ein Ballon von der Form eines Luftschiffs, ein kleiner Zeppelin, eine längliche, mit Gas gefüllte Zigarre, erhebt sich, schwebt über der Wiese in der Luft, und zu unserem Erstaunen stellen die Geistlichen sich wieder in einer Reihe auf, üben wieder singend den Marsch, nur, dass sie jetzt noch das Maskottchen an zwei Seilen mit sich führen. Sie übten dieses Manöver einige Male, sodass wir an der einen Seite des Zeppelins die Aufschrift «Pro Life» lesen konnten und an der anderen «August – der Monat des beginnenden Lebens».

Na, und da fing es an, Hohes Gericht, wie am Jüngsten Tag, wie bei einer Sitzung der Nationalversammlung. Die Musiker machten sofort mit. Danach die Werftarbeiter von der AG. Und auch wir, Hohes Gericht, waren weit entfernt von Gleichmut. Konzeption prallte auf Gegenkonzeption. Zurückhaltung auf heidnische Zügellosigkeit. Barmherzigkeit auf erbarmungslosen Jähzorn. Ganz so, als kämpfte unter den Eichen der heilige Paulus mit Dionysos oder als würde der heilige

Augustinus den kleineren Gott Priapos austreiben, dem hinter den Bäumen hervor Friedrich Nietzsche und Dr. Freud sekundierten. Mein Gott, wie viele zornige Worte flogen durch das Tal und über die Köpfe der Geistlichen hinweg. Nur unser Kutscher, Bartosz, lag im Gras, blickte zum Himmel auf und seufzte:

«Ach, Leute, wir sind doch sowieso alle verdammt, das sagt der Pfarrer doch jeden Sonntag.»

Die Diskussion verwandelte sich in einen Streit, der Streit in eine handgreifliche Auseinandersetzung.

«Kommt», sagte ich zu meinen Kollegen Zbyszek und Michał, «das hat doch keinen Sinn, wir wollten Musik machen und singen, wir wollten fröhlich sein, und jetzt springen wir einander an die Gurgel wie junge Welpen oder sogar wie Schäferhunde!»

Und bestimmt hätten wir die erhitzte Gesellschaft der Arbeitslosen verlassen, wären nicht plötzlich, im letzten Moment, hinter den Bäumen sieben junge Burschen hervorgekommen, alle gleich angezogen, alle gleich zornig dreinschauend, wenn auch zum Glück nicht alle gleich bewaffnet. Der mit den meisten Pickeln im Gesicht trat vor und sagte: «Im Namen der Konföderation des Unbefleckten Polen fordere ich Sie auf: erstens – auf der Stelle das Feuer zu löschen, zweitens – auf der Stelle das Geschrei einzustellen, drittens – auf der Stelle nach Hause zu gehen. Sie sind hier illegal, meine Herren!!»

Da blieb uns die Spucke weg, Hohes Gericht. Oh, diese kurzen Hosen, diese nackten Knie, oh, diese gleichmäßig gestutzten Ponys und ausrasierten Nacken, diese zornigen, unschuldigen Blicke, mit denen sie voller Verachtung die Transparente auf dem Pferdewagen und auch uns musterten, oh, es war ein unglaublicher Anblick, Hohes Gericht!

«Hört mal zu», sagte Soloviolinist Fox, indem er sich erhob.

«Wir – hören – niemandem – zu!», unterbrachen die Burschen ihn im Chor, «niemandem – außer – unserem – werten – Führer. Er lebe – hoch! Hoch! Hoch!»

Oh, was war das für eine Sprache, was für eine Tradition, Hohes Gericht! Soloviolinist Fox spürte es sofort, legte die Hand an die Seite und sagte wie ein Vertreter des Hetmans persönlich:

«Schließlich stehen wir in unserem eigenen Land und führen keine Feindseligkeiten gegen seine Bürger im Schilde. Geht nach Hause, meine Herren Pfadfinder, einen Tee trinken oder eine Tasse heiße Milch, ich bitte euch.»

«Wir – sind – keine – Pfadfinder!», tönte der Picklige mit seiner Fistelstimme. «Wir – sind – Legionäre – unseres – geliebten – Führers!»

«Hoch! Hoch! Hoch!», stimmte sein treues Fähnlein ihm bei.

«Was geht uns das an?» Zbyszek stand auf und mischte sich ins Gespräch. «Euer Führer ist für uns keine Autorität!»

«Genau», sagte ich und stellte mich neben Zbyszek und den Soloviolinisten Fox. «Es sieht ganz danach aus, dass ihr hier illegal seid! Wissen denn eure Mütter Bescheid? Und eure Väter? Und wie steht's mit der Waffenerlaubnis? Habt ihr eine Waffenerlaubnis? Dieser Herr hier», ich zeigte auf Michał, «unser Kollege, ist Staatsanwalt. Ich rate euch also, seid vorsichtig, Jungs!»

«Wir – erkennen – keine – Staatsanwaltschaft – an», bellte der picklige Legionär. «Wir haben – dieses Terrain besetzt – für Schießübungen – und außerdem – beschützen wir – die Vorbereitungen – für die – Demonstration – morgen.»

«Demonstration?!», fragten wir wie aus einem Mund. «Was für eine Demonstration?»

«Zur – Verteidigung – der Rechte – des Volkes – zum

Leben – unter Beteiligung – von Tausenden – von Familien! Ihr seid nicht aufgeklärt – weder ethisch – noch national! Das – merkt – man.» Er sah uns voller Abscheu und Verachtung an. «Aber – das – wird – sich – bald – ändern – in unserm Land – das – wird – sich – ändern! Alles – wird – sich ändern – und wieder erstehen! Wir bekämpfen – den Geist – des Passivismus – der Selbstverleugnung – der Dekadenz und – der – westlichen – Pornographie. Wir – werden – das Volk schon – erziehen – und wenn – unser – geliebter – Führer – dann Präsident ...»

«He, Kleiner! Jetzt verpiss dich aber!» Einem der Werftarbeiter von der AG, Herrn Janek, wurde das zu viel. Hinter ihm erhoben sich seine Kollegen und die Musiker: «Den Präsidenten haben wir selbst gewählt, und ihr lasst die Finger von ihm, also verpiss dich, aber schnell, denn wenn ich den Gürtel nehme und dir den Hintern versohle, dann erkennt dich dein geliebter Führer nicht wieder!»

Der Worte waren genug gewechselt. Die Zeit der Taten war gekommen. Der Picklige nahm sein Sportgewehr von der Schulter, und bevor wir irgendetwas tun konnten, schoss er in die Luft.

«Das – ist – zur Warnung!», schrie er.

Ja, Hohes Gericht, nur der schlechten Schulung dieser Bürschchen, nur ihrer Ungeschicklichkeit verdanken wir es, dass kein Blut vergossen wurde. Der Zeuge der Anklage, Verzeihung, ich kann seinen Namen nicht aussprechen, ja, danke, also der Zeuge der Anklage sagte:

«Nach übermäßigem Genuss von Alkohol hatten sie sich zum Zweck eines weiteren Trinkgelages zu der Lichtung in den kommunalen Wäldern begeben und dort eine Schlägerei provoziert, in deren Verlauf sie eine Gruppe junger Touristen verprügelten, die das Marschieren nach dem Kompass übten.»

Na, wunderbar, Hohes Gericht, und es wird noch

wunderbarer werden, wenn noch mehr solche Touristen zu uns kommen und das Marschieren üben! Im Übrigen – warum hat der Zeuge mit keiner Silbe erwähnt, dass wir sie entwaffnet haben? Er hat ganz im Gegenteil ausgesagt:

«Mit Hilfe einer kurzen Sportpistole durchschossen die Angeklagten sodann den Ballon, der auf der Wiese getestet wurde, und fügten dem Komitee der Organisation ‹Pro Life› einen Schaden in Millionenhöhe zu.»

Hohes Gericht! Als der picklige Legionär in die Luft geschossen hatte, warf sich Herr Janek von der AG mit einem Hechtsprung vor seine Füße und stieß ihn ins Gras, und wir, wir hatten keine Wahl, Hohes Gericht, wir mussten ebenso schnell handeln. Während also auf der anderen Seite des Tals die Geistlichen marschierten und von Liebe und Hoffnung sangen, warfen wir uns, Hohes Gericht, auf die kurz behosten Legionäre und lernten wahrhaftig die Vorteile eines Nahkampfs kennen. Sie konnten nicht einmal ihre Knallbüchsen in die Hände nehmen. Doch eine ging in dem Durcheinander leider los. Ja, wohin die verirrte Kugel flog und was sie dann traf, das ist bekannt, das werde ich hier nicht beschreiben, Hohes Gericht. Die Bürschchen aber liefen davon wie begossene Pudel, und die Geistlichen wickelten rasch die bunte Plane zusammen und gingen ebenfalls, und wir blieben allein zurück, mit den erbeuteten Waffen und einem üblen moralischen Kater, Hohes Gericht. Sollte das unser sorgloser Maiausflug gewesen sein? Unsere Feier der Arbeitslosen? Soloviolinist Fox holte sein Musikinstrument hervor und begann zur Beruhigung der Nerven Schubert zu spielen, worauf sich ihm drei Kollegen anschlossen. Sie spielten am Feuer ein Quartett, und wir saßen dabei, tranken das letzte Bier und betrachteten traurig die Sterne.

«Die letzte Nacht der Philosophen», sagte Zbyszek.

«Ja, die letzte», fügte ich hinzu. «Aber die erste unter den Eichen.»

Noch bevor das Schubert-Quartett verklungen war, kam die Polizei. Nein, wir liefen nicht davon, Hohes Gericht.

«Das sind die Herren Musiker?», fragte der Kommissar erstaunt. «Lehrer, Techniker, Ingenieure? Und ich bekam die alarmierende Meldung, dass hier bewaffnete Banden grassieren, wie damals fünfundvierzig!»

Da kamen hinter den Bäumen lautlos die Leute von der Antiterror-Brigade hervor, Herr Janek von der AG zeigte ihnen, wo die Waffen lagen, wir stiegen in die Autos, und anschließend, auf dem Kommissariat, unterschrieben wir unsere Aussagen. Dann ließ man uns frei.

Aber die Geschichte mit Bartosz, dem Kutscher – sie ist wirklich ein Rätsel, Hohes Gericht. Er war wie vom Erdboden verschwunden, und keiner weiß, wann und wo. Einige erzählten sich später «Unter den Kastanien», er sei gar kein frustrierter Bauer gewesen, sondern der heilige Fikarius persönlich, der Schutzpatron der Kutscher in Irland, der den Leuten gern unschuldige Streiche spiele. Aber warum sollte ein irischer Heiliger sich plötzlich nach Polen verirren? Diese Frage, Hohes Gericht, überschreitet meine Kompetenzen.

Ja, Hohes Gericht, ich komme zum Schluss. Zusammenfassend ist also zu sagen, dass wir unschuldig sind, dass wir uns keines Vergehens schuldig gemacht haben. «Die Menschen begehen verbrecherische Taten nur in drei Fällen», sagt Aristoteles im ersten Buch der Rhetorik. Erstens, wenn sie glauben, die Tat könne vollbracht werden, und zwar gerade von ihnen. Zweitens, wenn sie glauben, dass die Tat nicht aufgedeckt werde. Drittens, wenn sie annehmen, die Tat würde zwar ans Licht kommen, aber sie kämen ungestraft davon, und falls sie bestraft würden, so wäre die Strafe immerhin geringer als der Nutzen, den sie aus der vollbrachten Tat ziehen. Und nun bitte ich Sie zu erwägen, Hohes Gericht, ob irgendeiner dieser Umstände, das heißt, ob eines dieser Motive für uns in Frage gekommen sein könnte? Meines Erachtens ist das nicht der Fall. Folglich sind wir im Lichte der Tatsachen und im Lichte des oben genannten Prinzips, das der Philosoph vor Jahrhunderten so schön formulierte, unschuldig, Hohes Gericht.

Ja, ich bin am Ende, Hohes Gericht, ich habe nichts hinzuzufügen.

Ob ich genau das gesagt habe, was ich sagen wollte? Ja. Ich möchte das Hohe Gericht nur noch darauf aufmerksam machen, dass zwischen den Worten immer ein Rest von Geheimnis bleibt.

Vielen Dank.

Ulica Polanki

Manchmal versuchte ich mir jenen Moment so vorzustellen:

Über den hohen Nussbaumschreibtisch gebeugt, schreibt Urgroßvater Tadeusz den letzten Satz des Memorandums in Sachen Erdölindustrie. Es ist schon spät, einen Augenblick lang lenkt der qualmende Docht in der Lampe seine Aufmerksamkeit von dem Problem ab, das gleich gelöst werden wird, doch bevor der letzte Punkt auf das handgeschöpfte Papier fällt und der feine Sand die Tintenlinie trocknet, klopft unerwartet jemand an die Tür in der Ulica Ujejskiego, und Maryna betritt das Arbeitszimmer.

«Die Post», sagt sie, lakonisch wie immer.

«Um diese Zeit?», wundert sich Urgroßvater Tadeusz.

«Aus Wien, mit Kurier», erklärt Maryna und fügt hinzu: «Nur mit der Unterschrift des gnädigen Herrn.» Postmeister Maciejewski persönlich wartet in Galauniform im Vorzimmer und wagt trotz der Aufforderung nicht einzutreten, bevor er – mit den Hacken schlagend – dem Empfänger den großen Umschlag ausgehändigt hat:

«Von der Kanzlei Eurer Durchlaucht», flüstert er ergriffen.

In der Tat: drei runde Stempelabdrücke auf rotbraunem Lack, mit dem doppelköpfigen Adler der Monarchie und dem Familienwappen des Herrschers, sind ein offenkundiger Beweis, dass die Sendung nicht von irgendeinem Amt kommt, besser gesagt, dass sie vom allerhöchsten Amt kommt, von dort, wo der Blick Seiner Durchlaucht wie vom Olymp herab Ruhm und Größe des Reichs umschließt.

Man schreibt den 20. Oktober 1912. Mein Urgroßvater Tadeusz ist ein Mensch des 19. Jahrhunderts und kann, obwohl er die Habsburger nicht besonders mag, einen Brief des Monarchen nicht anders als im Stehen lesen. Also stehen sie alle drei im Arbeitszimmer: das Zimmermädchen Maryna, Postmeister Maciejewski und er, Professor der Mechanik; und der ehemalige Offizier der k. u. k. Marine entziffert die kalligraphische Schrift des Sekretärs, unter der ein trockener Stempel prangt und die Unterschrift von Franz Josef höchstselbst. Schließlich schaut er auf und sagt, ohne eine Miene zu verziehen, als ginge es um eine Rechnung vom Magistrat:

«Es sieht so aus, als sei ich auf meine alten Tage Geheimer Hofrat geworden, ist das nicht lustig?»

Maryna bekreuzigt sich nach der Art der unierten Kirche dreimal. Postmeister Maciejewski ist begeistert, denn außer der erhofften Zigarre und einer Krone Trinkgeld wird ihm das Privileg zuteil, diese Nachricht in der Stadt zu verbreiten, noch bevor die Nachmittagszeitungen darüber berichten können. Später, als er wieder allein in seinem Zimmer ist, beendet Urgroßvater Tadeusz den letzten Satz des an den polnischen Sejm gerichteten Memorandums zur Erdölindustrie von Galizien und Lodomerien, worauf er über die sonderbaren Wege des Schicksals ins Nachdenken gerät. Der ihm soeben zuerkannte Titel ist nichts Außergewöhnliches: allein in Wien gibt es mindestens zweihundert Hofräte, und im ganzen Kaiserreich sind es bestimmt, wenn man diejenigen dazuzählt, die ihre Entlassung eingereicht haben, über tausend. Doch das Einzigartige an diesem Augenblick, seine absolute Ausnahmestellung, beruht schließlich nicht auf dem Titel, der nicht viel bedeutet, sondern auf der Tatsache, dass für den kurzen Moment, der für die Unterschrift nötig war, die ganze Aufmerksamkeit des Monarchen vollkommen auf ihn gerichtet war, den bescheidenen Professor an der Technischen Hochschule, dessen Patente, Denkschriften und Vorträge dem k. u. k. Reich messbaren und zuverlässigen, wenn auch nicht übertriebenen Nutzen brachten. Tags darauf besucht Urgroßvater Tadeusz den Laden von Aleksander Kafka am Marienplatz, um unter den Chapeau claques, Melonen und anderen Hüten einen neuen Habig-Zylinder auszuwählen, den er für die kurze Feierlichkeit der Verleihung brauchen wird, die in nicht ganz einem Monat in Wien stattfinden soll.

Daran dachte ich, als der Briefträger die Post brachte. Zwischen Rechnungen, bunten Reklameblättern der «Bücherwelt», Haarwaschmittelproben, einer Postkarte aus Wien mit der Ansicht der Hofburg sowie einem Opel-Prospekt steckte ein weißer länglicher Umschlag aus der Kanzlei des Präsidenten. Die Tatsache bewegte mich nicht sonderlich, wenngleich es auch gelogen wäre, zu behaupten, dass sie mich völlig kalt gelassen hätte: Was konnte Präsident Lech Wałęsa Ende September 1995 von mir wollen? Die Posten, für die ich mich nie beworben hatte, waren längst vergeben, die Konzessionen verteilt, die Hierarchie der Verdienste im Kampf um die Unabhängigkeit ein für alle Mal festgelegt, und den Titel Hofrat oder auch Geheimer Hofrat pflegte Präsident Wałęsa nicht zu verleihen. Welches Anliegen konnte er also haben?

Ich beschloss, meine Neugier im Zaum zu halten, die Spannung episch zu steigern, und der Umschlag vom Präsidialamt blieb den ganzen Nachmittag lang ungeöffnet. Ich war kein Beamter, ich hatte Wichtigeres zu tun. Anula war sauer, wie immer nach meinen Treffen mit Zbyszek, die sich bis in die Morgenstunden hinzogen, und hatte mit lautem Türenknallen das Haus verlassen. Ich musste aufräumen, einkaufen, die Wäsche zum

Mangeln bringen, Julek von der Schule abholen, ihm etwas zum Mittagessen machen, den Notar anrufen, kurzum: Ich hatte mich mit häuslichen Dingen zu beschäftigen, die keinen Aufschub duldeten, was mir – in Anbetracht der Tatsache, dass ein Brief des Präsidenten auf mich wartete – nicht schwer fiel.

Mit dem Staubsauger in der Hand, später im Stau auf der Straße und dann in der Schlange vor der Kasse im Lebensmittelgeschäft, versuchte ich mir die Momente und Orte ins Gedächtnis zu rufen, wo sich unsere Wege gekreuzt hatten. Da war zuerst der Eingang zur Lenin-Werft, von dem der blumenumkränzte Papst herabblickte, dann das Gebäude der Gewerkschaft und schließlich der kleine Saal bei den Dominikanern, wo wir während des Kriegszustands konspirative Versammlungen abhielten. All diese Treffen waren flüchtig und unpersönlich gewesen, es konnte nicht sein, dass der Präsident sich an mich erinnerte. Wie konnte es ihm plötzlich in den Sinn kommen, jemandem wie mir zu schreiben, der weder in seinem Haus verkehrte noch im Belvedere antichambrierte? Ich dagegen erinnerte mich sehr wohl an ihn. Wie er damals, 1980, am Eingang zur Werft sagte: «Und wir haben doch gesiegt!» Oder wie er um acht Uhr morgens mit der Pfeife durch das Gewerkschaftsgebäude ging und in die schäbigen Büros schaute, als wollte er untersuchen, warum um diese Zeit niemand arbeitete. Nur bei uns, den Journalisten der unteren Ränge, bemerkte er eine gewisse Geschäftigkeit, zog dann vergnügt an der Pfeife, nickte zufrieden und sagte: «Na, hier wird doch was geschafft.» Eher hätte ich einen Brief an ihn schreiben und mich über jenen Abend bei den Dominikanern beschweren können. Damals war er in den Saal geplatzt und hatte Daniel bei seinem besten Gedicht unterbrochen, als hätte dieser kein Recht, zu Ende zu sprechen, sondern müsse auf der Stelle von der

Bildfläche verschwinden, da der Vorsitzende der illegalen Gewerkschaft mit seinem Gefolge im Saal erschien und zu allem Überfluss verkündete: «Ich bitt Sie, ich hab keine Zeit zum Warten.» Obwohl nur noch ein paar Zeilen des Gedichts fehlten und der Vorsitzende selbst, anstatt wie verabredet fünfzehn Minuten zu reden, einen Vortrag von eineinviertel Stunden hielt, wodurch er den weiteren auf ihren Auftritt wartenden Künstlern, einem Kritiker, einem Feuilletonisten und einem Maler, die übrigens während des Kriegszustands ebenfalls für illegal erklärt worden waren, endgültig den Garaus machte. Was also konnte der Herr Präsident nach so vielen Jahren von mir wollen?

Anula kam von der Arbeit heim, kontrollierte wortlos die Ergebnisse meiner Tätigkeit, aber leider war alles in bester Ordnung, und sie hatte keinen Grund mehr, mich anzuschnauzen. Mit vager Hoffnung berührte sie noch die Gläser und Tassen, aber das Geschirr war mit einer geradezu außerordentlichen Sorgfalt gespült und abgetrocknet, ohne die geringsten Spuren auf dem Glas, und Anulas blaue Augen blickten schließlich einigermaßen verblüfft zum Tisch, auf dem neben dem inzwischen geöffneten Umschlag aus der Kanzlei des Präsidenten eine schneeweiße Karte lag, auf der in gleichmäßigen Reihen einige schwarze Zeilen prangten. Anula ergriff das Schriftstück, überflog es rasch und sagte dann laut, mit deutlichem Vorwurf in der Stimme:

«Na klar, und ich hab wieder nichts zum Anziehen.» Es trat eine Stille ein, in der die fünfzehn Jahre unserer Ehe wie in einem antiken Spiegel vorbeihuschten. Anula öffnete den Schrank und sah schnell, als müssten wir schon in einer Stunde zum 50. Geburtstag des Herrn Präsidenten aufbrechen, die Kleider, Kostüme, Blusen und Blazer durch, von denen – ihrer Meinung nach – nichts für einen Besuch im Hause des Staatsoberhauptes geeignet war. Der Stapel von Kleidern wuchs wie eine Pyramide, Anula murmelte etwas von Wahlen, Disco-Polo-Musik und Kwaśniewski, doch in diesem Augenblick interessierten mich weder ihre Kleider noch Kwaśniewski mit seiner Disco-Polo-Band, denn an der Einladung des Präsidenten machte mich ein Wort nachdenklich und wirkte dann wie die Madeleine bei Proust, indem es einen höchst seltsamen, launischen und mäanderhaften Mechanismus des Erinnerns in Gang setzte. Dieses Wort war der Name der Straße, wo in einer kleinen Villa mit Garten der Präsident seit einigen Jahren wohnte – Ulica Polanki.

Auf einem Stadtplan vom Anfang des Jahrhunderts zog sich der Pelonker Weg von den Kasernen der gelben Husaren, das heißt von der heutigen Ulica Słowackiego, bis nach Oliwa, wo er direkt in den Park des Klosters mündete. Zu jener Zeit war sie nicht mit Pflaster oder Asphalt bedeckt, sondern mit Katzenkopfsteinen, und die Pferdegespanne, die von Matarnia, Matemblewo oder Firoga zum Oliwaer Markt fuhren und am Hochstrieß in die Ulica Polanki abbogen, müssen fürchterlich gepoltert haben. Doch das störte niemanden, denn damals gab es an der Straße außer den hinter hohen Mauern verborgenen Kasernen und Ställen der Husaren nur Wiesen, auf denen Vieh weidete, keine Wohnhäuser. Diese begannen erst an der Kurve, wo 1911 eine Eisenbahnbrücke für die Linie Langfuhr–Brentau–Karthaus gebaut worden war, genauer gesagt, es standen dort stattliche Villen, Höfe und kleine Palais der reichen Patrizier, zwischen die sich mit der Zeit hier und da bescheidenere Häuser mischten. Der andere Teil der Polanki – von den Kasernen bis zur Eisenbahnbrücke – unterschied sich immer vom weiteren Verlauf der Straße, es gab keine Hügel, keine Parkalleen, die hier mündeten, keine Villen. Die Häuser, die Ende der zwanziger Jahre und später von den Wohnungsgenossenschaften unter der Schirmherrschaft Hitlers gebaut wurden, trugen den Stempel des Provisorischen, der Eile des zwanzigsten Jahrhunderts, der eckigen und klotzigen Geometrie der dreißiger Jahre. Vielleicht hatte man deshalb – vielleicht aber auch aus ganz anderen Gründen – diesen Teil der Polanki in Hubertusburger Allee umbenannt und den Namen Pelonker Weg dem schöneren Teil vorbehalten – von der Eisenbahnbrücke bis nach Oliwa.

Der Straßenname, der für Neuankömmlinge vielleicht komisch klang, war für die ansässige Bevölkerung ganz natürlich:* Man musste nur ein wenig vom Weg abweichen und zu den Moränenhügeln hinaufsteigen, und schon empfing einen die sanfte Landschaft eines Buchenwalds, wo auf sonnenüberfluteten Lichtungen Familienpicknicks und Rendezvous von Verliebten stattfanden, und so weit das Auge reichte, zogen sich Täler hin: die breite Dicke Eiche und das enge, fast an eine Bergschlucht erinnernde Reinketal, das nach Oliwa führte. Die schweren Gespanne mit zwei Pferden, die unter der Brücke nach links abbogen, fuhren jetzt auf einer etwas breiteren Straße und passierten die von Linden beschatteten Höfe: den der Schopenhauers mit dem Dienstbotenflügel, den prächtigen Montbrillant-Hof mit dem oberen und unteren Park, die etwas weiter oben bei den Hügeln liegenden Höfe der Soermanns und Morgenroths und die in Kaskaden von Gärten ertrinkenden Villen, die alle paar Jahre die Besitzer wechselten. Im Sommer, wenn meine Mutter das Fenster gekippt hatte und die vom Schatten der Kastanien gedämpfte Junisonne ins Zimmer fiel, hörte ich das Rattern der Pferdewagen, die nach Oliwa fuhren, und obwohl meine Straße nicht mehr

* polanka (=Diminutiv von polana) bedeutet Lichtung, Waldwiese. (A. d. Ü.)

Hubertusburger Allee, sondern Chrzanowskiego hieß und der Pelonker Weg unmerklich zur Ulica Polanki geworden war, so wie Dicke Eiche zu Samborowo, so polterten die Pferdewagen doch genauso wie früher, als die Straße noch ein Teil des Pelonker Wegs gewesen und mein Urgroßvater Tadeusz über den Hetmannswall in Lemberg spaziert war. Später, als auf der Chrzanowskiego und der Polanki die Pflastersteine durch Asphalt ersetzt waren, verschwanden die Pferdewagen völlig, und trotzdem hörte ich bisweilen noch ihr Gepolter. Und jetzt, als Anula sich vor dem Spiegel auszog und auf ihrem sonnengebräunten Körper ein Kleid nach dem anderen ausprobierte, hörte ich wieder das gleichmäßige Schlurfen der Pferdehufe, wieder folgte ich mit den Augen den Gespannen, die an unserem Haus, dann an der Rückseite des Straßenbahndepots und an der gesprengten Brücke vorbeifuhren, um schließlich in die Ulica Polanki zu gelangen, die Straße der verwilderten Gärten, verlassenen Parks und herrenlosen Höfe.

Doch das dauerte nur einen Augenblick, viel kürzer als die Zeit, die ich brauchte, um mir den Stadtplan vom Anfang des Jahrhunderts ins Gedächtnis zu rufen. Hätte ich denn weiter an jene Epoche denken können, jetzt, da Anula mal nackt und dann wieder bekleidet im Spiegel aufblitzte? Nein, ich dachte weder an den Präsidenten, dem ich die verblüffende Modenschau im eigenen Haus verdankte, noch an Urgroßvater Tadeusz, der im Jahre 1912 mit einem nagelneuen Habig-Zylinder im Gepäck nach Wien fuhr; meine Gedanken kreisten zwar immer noch um die Polanki, aber sie betrafen eine ganz andere Zeit – die Zeit, die durch den revolutionären Körper der üppigen Ewelina gekennzeichnet war.

Jeden Donnerstag stieg Michał an der Haltestelle bei der Universität aus der Straßenbahn. In der Regel brauchte er vier Minuten, um auf einem kleinen Weg zwischen den Schrebergärten die Ulica Polanki zu erreichen, und nach weiteren sieben Minuten kam er, an den Studentenwohnheimen vorbei, zu jener Villa, wo ihn im ersten Stock, in der Wohnung Nummer 2, die üppige Ewelina erwartete, Witwe eines Kapitäns der Binnenschifffahrt. Sie war keineswegs korpulent oder gar dick, allein ihr kupfer- und kastanienfarbenes Haar, mit dem die Natur sie im Übermaß, ohne Sinn und Verstand bedacht hatte, erweckte den Eindruck des Üppigen und gab ihr diesen Namen.

Wir standen gern in unserem Studentenzimmer am Fenster und beobachteten durch das Fernglas, wie Michał mit einer gemessenen Bewegung seine Manschetten unter den Ärmeln des Jacketts zurechtrückte, auf den Klingelknopf drückte und schließlich im dunklen, von Moosflechten bedeckten Portal der Villa verschwand. Und einen Augenblick später passierte das, worauf wir die ganze Woche gespannt waren: Die üppige Ewelina trat auf den Balkon heraus, sah kurz zum Himmel auf, nahm die Wäsche von der Leine, zog die Vorhänge an den vier Flügeln der Balkontür zu und verschwand in der Wohnung, wo der Geliebte sie erwartete. Ihre Donnerstagstreffen dauerten nie länger, aber auch nie kürzer: Nach genau anderthalb Stunden erschien Michał an der Küchentür und ging, im Schatten der kanadischen Fichte, durch die überwucherten Beete direkt auf den Bürgersteig zu, von wo ihn nur noch drei Minuten vom Studentenwohnheim trennten.

Ich mochte den unruhigen Blick, mit dem er unseren Vervielfältigungsapparat, die Papierstöße und die hektographierten Blätter streifte.

«Ob das was wird?», fragte er, während er sich mit einer Tasse Tee in die Ecke setzte, aber in seinen Worten lag keine Furcht, sondern eher Zweifel, ob das ganze

Konspirationsspiel, die Zeitungen, Flugblätter und die Vorträge, zu denen die Arbeiter nur selten kamen, die Mühe überhaupt lohnten, wo die andere Seite doch statt der Hektographen Fotokopiergeräte hatte und außerdem einen funktionierenden Apparat aus Rundfunk, Presse und Fernsehen.

Wir waren jünger als Michał, und keiner von uns zweifelte, dass das etwas würde. Also legten wir zusammen, und Jarek lief in das Geschäft beim Hochhaus, um Brot, Käse, Gurken und Wodka zu kaufen. Manchmal bekam er alles, manchmal brachte er statt Brot nur Kekse oder eine Zwiebel, doch Wodka gab's immer, und immer redeten wir über Russland – das von Bakunin und das von Breschnew – und auch über Berlin, Ost und West. Wenn die Diskussion sich ihrem Ende näherte, trank Michał sein Glas aus, nahm den in Zeitungen eingewickelten Stoß von Flugblättern und verabschiedete sich. Er ging nicht zu der Haltestelle, wo er auf dem Weg zur üppigen Ewelina ausgestiegen war, sondern die Polanki entlang, an den Platanen im Hof der alten Schenke, am Haus des Gärtners und am jetzigen Haus des Präsidenten vorbei, um dann in die Bażyńskiego abzubiegen und jenseits der Straßenbahnlinie nach etwa fünfzehn Minuten die S-Bahn-Station Gdańsk-Przymorze zu erreichen, die damals, vor dem Bau der wellenförmigen Plattenbausiedlung, ebenfalls Polanki hieß.

Bevor er jedoch dort angekommen war, brach bei uns im Zimmer der Streit über die üppige Ewelina aus. Michał erwähnte sie nie, doch wenn er bisweilen auf seiner Jacke ein langes kupferrotes Haar entdeckte, nahm er es – sogar im Eifer unserer Diskussionen – behutsam zwischen zwei Finger und entließ es in die Luft wie einen Schmetterling. Und wenn er dann mit gesenktem Kopf so dasaß, schien er sich an seine Vorfahren zu erinnern, polonisierte Fürsten aus einem weißrussischen

Geschlecht – Hetmans, Wojewoden und Bischöfe, deren Porträts schon längst verkohlt waren und deren in Litauen, Podlachien, Wolhynien und der Ukraine verstreute Gebeine nach dem römischen, nicht nach dem orthodoxen Ritus ihrer Auferstehung harrten. Ja, wir stritten uns über Ewelina, besser gesagt, über ihr Verhältnis zum letzten Spross des Geschlechts: Waren ihre Gefühle nicht vielleicht von dem Wunsch genährt, eine Fürstin zu werden? Wenn wir auch in einer Diktatur des Proletariats lebten, so war für einen bestimmten Typ von Frau diese Art der Verheiratung doch außerordentlich attraktiv, um nicht zu sagen: ein Traum. Doch die üppige Ewelina machte es uns nicht gerade leicht. Sie zeigte sich nie mit Michał in der Stadt, und womöglich waren ihre übertrieben geheim gehaltenen Donnerstagsrendezvous tatsächlich die einzigen, die die beiden sich gönnten. Sicher ahnte Ewelina unsere unschuldige Faszination, wenn wir an Frühlingstagen beobachteten, wie sie auf dem sonnenheißen Balkon den Liegestuhl aufklappte, mit einer raschen Bewegung den BH auszog und ihre nicht allzu großen, aber äußerst wohlgeformten Brüste entblößte, die – wie auch das Gesicht, der Hals und die Schlüsselbeine – von einer Welle ihres kupfern und kastanienrot schimmernden Haares umflossen waren, mit dem der Wind von der Bucht sein Spiel trieb.

«Woran denkst du?» Anula zog vor dem Spiegel ein leichtes weißes Kleid an, das für den fünfzigsten Geburtstag des Herrn Präsidenten bestimmt nicht geeignet war. «Wenn du denkst, dass wir da mit dem Taxi hinfahren, dann hast du dich getäuscht.»

Ich wusste, dass diese Frage unweigerlich auftauchen würde, wie der Satz eines antiken Chors. Doch so früh, vier Tage vor dem Empfang in der Ulica Polanki? Nein, darauf war ich nicht gefasst, und die Erinnerung an die üppige Ewelina und den Geruch der Druckerfarbe, der Ende der siebziger Jahre über der Polanki hing, verflüchtigte sich augenblicklich zugunsten einer anderen Assoziation: Ich sah, wie meine Großmutter Maria vor dem Spiegel ein Ballkleid anprobierte, den Blick auf ihren Gatten richtete und besorgt sagte:

«Ich glaube, wir nehmen doch besser Ambroży.»

Worauf Großvater Karol ganz entschieden erwiderte:

«Kommt nicht in Frage, ich werde selbst fahren.»

Darauf sie: «Dann bleib ich zu Hause.»

Und schon entbrannte zwischen den beiden ein Streit und es gab eine Szene. Denn jedes Jahr, wenn sie von Präsident Mościcki eine Einladung zum Neujahrsball erhielten, wollte Großvater das Automobil selbst fahren, durch verschneite Dörfer, bei Wind und Wetter. Er liebte es geradezu, nach einer abenteuerlichen Fahrt mit angeschlagenen Scheinwerfern oder Kotflügeln, die aussahen wie ausgelatschte Galoschen, vor dem Wawel vorzufahren und meiner Großmutter mit einem triumphierenden Blick auf die Uhr zu verkünden:

«Ich hab doch gesagt, wir schaffen es.»

Worauf sie flüsterte:

«Das war das letzte Mal, Karolek», obwohl sie genau wusste, dass Großvater nächstes Jahr um die gleiche Zeit Ambroży wieder freigeben, wieder Frack, Zylinder und Lackschuhe in den Koffer packen und sich in seiner Lederjacke und der bei Tertil gekauften Rennfahrerbrille hinter das Steuer des Mercedes setzen würde, um sein sportliches Ergebnis auf der Strecke Mościce–Krakau um ein paar Minuten zu verbessern.

«Müssen die Männer sich immer wie Kinder benehmen?», denkt Großmutter Maria vor dem Spiegel. «Werden denn ihre Jagden und Wettfahrten, ihre Flugzeuge, Versammlungen und Abende im Klub mit Gallonen von

Whisky immer wichtiger sein als unsere Ruhe, unser Wunsch nach Ordnung und Sicherheit?»

«Ich fürchte, ja», erwidert der Gesichtsausdruck von Großvater Karol. «Erst jetzt leben wir in unserem eigenen, freien Land, ohne Habsburger, Hohenzollern und diese grässlichen Romanows, jetzt können wir endlich Bälle veranstalten, endlich Whisky und Zigarren genießen!»

Verbissen kämpfen sie vor dem Spiegel. Sie hält ihm die Fahrt vom letzten Jahr vor, auf der sie zweimal in einer Schneewehe stecken blieben, die Federung ruinierten und um ein Haar in einem Graben gelandet wären. Er erinnert sie an seine letzten Anschaffungen: Spezialreifen von Dunlop und Ketten aus der Schweiz. Und schließlich fahren sie wieder allein, ohne Ambroży, hinter dem Dunajec-Fluss kommt der Wagen zum ersten Mal ins Schleudern, man muss einen Bauern mit Pferden bemühen, Opa notiert freudig die Verspätung, denn gleich kann er versuchen aufzuholen, gleich kann er endlich den Kampf mit Raum, Zeit und Wetter aufnehmen.

«Wozu braucht er eigentlich mich?» Großmutter Maria auf dem Rücksitz gerät ins Nachdenken. Beide kennen sie den Präsidenten noch aus der Lemberger Zeit, als ihr Vater an der Technischen Hochschule lehrte und Karols Vater eine staatliche Tabakfabrik verwaltete, bis zu dem denkwürdigen Sommer des Jahres 1914, als in Sarajevo der Thronfolger Ferdinand ermordet wurde.

Anula probierte jetzt einen weißen Schal an, und ich folgte mit den Augen dem grünbraunen Mercedes-Kasten, in dem die beiden, Maria und Karol, das letzte Mal in ihrem Leben zu Präsident Mościcki auf den Ball fuhren – doch nicht etwa, weil mein Großvater sich unterwegs den Schädel eingerannt hätte, nein. Es war das Jahr 1939, und einen nächsten Ball gab es nicht; den nächsten

Ball auf dem Wawel gab Gouverneur Frank, jener, der sich Sorgen um den polnischen Wald machte, weil er nicht genug Galgen für die Polen hergab. Das nächste Jahr verbrachte mein Großvater schon in Auschwitz, mit einer eintätowierten niedrigen Nummer auf dem Unterarm, und Großmutter Maria machte Brei aus Kohlrüben und wartete auf eine Nachricht von der anderen Seite des Stacheldrahts.

«Wir fahren also mit unserem Auto», sagte Anula, die mit dem Anprobieren fertig war. «Du fährst hin und zurück.»

«Kannst du dir vorstellen», versuchte ich zu widersprechen, «was auf der Ulica Polanki für ein Stau sein wird? Und wo soll ich parken? Ein Taxi ist viel bequemer!»

«Wenn wir ein Taxi nehmen, wirst du das schamlos ausnützen.» Anula ließ nicht den leisesten Zweifel. «Und ich habe keine Lust, mir deinen politischen Unsinn anzuhören.»

«Was meinst du mit politischem Unsinn?» Ich war geladen.

In knappen, sachlichen Sätzen skizzierte sie folgenden Abend:

Der Minister hatte immer größere Augen gemacht und sich rasch Whisky nachgegossen, während ich ihm die Konzeption der Kaschubisch-Galizischen Union mit exterritorialer Autobahn durch Masowien unterbreitete. Diese Union des Nordens mit dem Süden sollte unter dem Zepter der Habsburger vereinigt, gesegnet und beherrscht werden, nicht etwa unter dem der Hohenzollern oder womöglich der Romanows.

«Ein Korridor bringt immer Probleme mit sich, die sich leicht ausweiten ...» Der Minister kratzte sich am Ohr. «Außerdem sind die Habsburger, wissen Sie, nicht so besonders ...»

Worauf ich ihn beinahe überzeugt hätte, dass gerade die Habsburger am schnellsten Polnisch lernen würden, und vor allem Kaschubisch, und als älteste des Thrones beraubte Dynastie in Europa dieses politische Angebot bestimmt gern annähmen – wenn uns nur die Warschauer Bürokraten keinen Strich durch die Rechnung machten.

«Jaja, die Warschauer Bürokraten ...» Der Minister war schwer beeindruckt von der Autobahn. «Die sind das größte Problem, die werden nie einem Korridor zustimmen ...»

Und während es an unserem Tisch im Cotton Club immer enger und interessanter wurde, während ich mit dem Minister schon die Einzelheiten der Union Danzig-Krakau besprach, die wie ein schöner Regenbogen über der Warschauer Sejmokratie aufstieg, wurde Anula sauer, nahm sich ein Taxi und fuhr beleidigt nach Hause. Weshalb sie eigentlich sauer und beleidigt war, wusste ich nicht – hatten wir nicht endlich unseren eigenen, freien Staat, konnte denn das Geplauder mit dem Minister in der entspannten Club-Atmosphäre etwas Tadelnswertes sein, schmeckten nicht Whisky und Zigarren endlich, wie es sich gehörte, konnte die Politik denn nicht ausnahmsweise einmal Poesie sein, inspiriert von der Muse des Schöpferischen, wo Phantasie und Pep mehr zählten als Statistik und der übliche Beschiss?

«Genau deswegen», schloss Anula ihre kurze Ansprache ab, «kann ich solche Treffen mit Politikern nicht leiden: Du bist völlig aufgedreht und redest einen Quatsch, dass keiner weiß, ob du noch ganz normal bist.»

«Aber *die* sind doch bekloppt», sagte ich jetzt empört, «merkst du das denn nicht?» Und ich ließ eine Litanei von Parteien, Vorsitzenden und grandiosen Gesetzen vom Stapel, dass einem schwindelig werden konnte. «Wer ist denn hier normal?»

«Die Frauen», sagte Anula kurz angebunden, «sonst niemand.»

Ein derart apodiktisches Urteil wollte ich nicht anfechten; außerdem schaltete Julek den Fernseher ein, und auf dem Bildschirm glänzte das braun gebrannte Gesicht Kwaśniewskis: Auf einer Bretterbühne spielte die Band Disco-Polo, der Kandidat für das höchste Staatsamt krümmte sich im Tanz, zog das Jackett aus, lockerte die Krawatte und zwinkerte sogar, worauf das Publikum mit einem Ausbruch von Begeisterung reagierte, die noch stärker wurde, als die Band den Song von einem gemeinsamen Polen für Männer und Frauen anstimmte, worauf Anula herzhaft lachte und Julek stöhnte:

«O Gott, kann der sich keine besseren Musiker leisten?»

Und schon wollten sie Kwaśniewski erledigen, schon wollten sie ihn rausschmeißen, ein anderes Programm einschalten, aber das ließ ich nicht zu. Ich nahm die Fernbedienung an mich und sah mir das Gesicht des Kandidaten für das höchste Amt ganz genau an, und je länger es auf dem Bildschirm glänzte, desto mehr spürte ich einen Hauch von Nostalgie, die Sehnsucht nach einer anderen Epoche in der Ulica Polanki: nach der, die noch keinen Geruch von Druckerschwärze kannte, von illegalen Schriften, Beschlagnahmungen, Verurteilungen wegen Kolportage – und auch nicht den Busen der üppigen Ewelina.

Täuschte ich mich etwa? Nein, das Gesicht auf dem Fernseher, das jetzt im magischen Rhythmus des Disco-Polo aufleuchtete, hatte ich in einem Hörsaal der Universität gesehen, unter einem großen Transparent: «Der Sozialistische Studentenverband Polens lädt ein zur Diskussion.» Wir waren etwa mit einem Dutzend Unorganisierter gekommen, nicht etwa, um Unruhe zu stiften – wer hätte das damals gewagt –, sondern um einige

Fragen zu stellen, so in der Art: Könnte man nicht auch den Unorganisierten Arbeitsbücher geben? Könnte man nicht die Situation im Staat durch freie Wahlen verändern? Könnte man nicht auch Organisationen registrieren, die den Marxismus-Leninismus nicht in der Satzung haben?

Kwaśniewski räusperte sich jedes Mal auf die ihm eigene, weiche Art und sagte: «Ausgeschlossen.» Dann fügte er hinzu: «Nein, das wird nicht durchgehen, Kollegen, glaubt mir, bestimmt nicht» – womit er uns auf die Palme brachte, und zwar nicht, weil alles von vornherein ausgeschlossen war, sondern weil er uns Kollegen nannte, was an Hohn und Spott grenzte. Die Freundschaftsumzüge, die Sternfahrten, die Transparente und Arbeitslager – das war seine Spezialität, nicht unsere, das war sein Spiel, daran glaubte er, nicht wir, und wenn er uns jetzt «Kollegen» nannte, wenn er sich auf diese unerhört höfliche und ausgesuchte Art an uns wandte, so behandelte er uns, als spielten wir in seiner Mannschaft, obwohl wir den Eindruck hatten, dass wir gegen ihn spielten. Und genau das war Kwaśniewskis – für die damalige Zeit sehr scharfsinnige – Methode. Er schlug nicht die harten Töne an wie die bolschewistischen Bonzen, er nannte uns nicht reaktionäre Schweine oder auch nur Agenten des Westens, o nein, er schloss uns dialektisch, unmerklich, Schritt für Schritt an seine Partei-Avantgarde an, er bewies uns, dass all unsere Zerrissenheit, unsere Auflehnung und unsere Emotionen zu einem Gedankenherd verschmolzen – und selbst wenn wir dagegen wären, so wären wir doch in Wirklichkeit, ohne uns dessen bewusst zu sein, eigentlich dafür.

Und natürlich machte dieses auf seine Art logische Kunststückchen auf manche durchaus Eindruck. Einige zukünftige Lehrerinnen umringten nach dem Treffen den Kollegen Kwaśniewski wie ein Rosenkranz, und ihre

Fragen nahmen kein Ende: Wird man in die DDR ausreisen können? Wie wird es mit den Krippen für Studentenkinder? Werden die ermäßigten Fahrpreise für Straßenbahnen beibehalten? Und gibt es im Stoff für die Philologinnen nicht zu viel altkirchenslawische Grammatik?

Kollege Kwaśniewski zeigte sich erfreut über diese Probleme: Wer, wenn nicht er – der Vorsitzende des Lehrerrates – hätte Ferienpraktika in der DDR versprechen sollen? Welche – wenn nicht seine – Organisation hätte auf den Senat der Universität einwirken können, Kinderkrippen zu gründen? Wer sonst hätte sich um die ermäßigten Fahrpreise kümmern sollen? Nur zum Thema der altkirchenslawischen Grammatik äußerte sich Kollege Kwaśniewski etwas zurückhaltend, doch sein Unwille dieser Sache gegenüber hatte keineswegs politische Gründe:

«Die Grammatikprobleme überlassen wir den Grammatikern», sagte er lächelnd, worauf die künftigen Lehrerinnen nahezu enthusiastisch reagierten, ebenso wie die Menge der Wähler, die ich jetzt im Fernsehen beobachtete, als der Kandidat für das höchste Amt nach Beendigung des Disco-Polo die ineinander verflochtenen Hände hob und rief: «Ich halte zu euch!»

«Schau mal, er hat sich überhaupt nicht verändert», sagte Anula, beeindruckt von dieser bühnenreifen Szene.

Vielleicht hatte sie Recht, in der Tat – der Kandidat für das höchste Amt sah genauso aus wie vor Jahren: jugendlich, locker in jeder Hinsicht. Doch eines hatte sich ohne Zweifel geändert: Kwaśniewski benutzte jetzt nicht mehr das Wort «ausgeschlossen», jetzt hatte er ein anderes Wort parat, und wenn ihn nach seinem Bühnenauftritt die Massen der Fans bedrängten und nach Arbeitslosenhilfe, Abtreibung, Wohnungen, Konkordat, volkseigenen Betrieben und Renten fragten, so antwortete er: «Selbstverständlich.» Und mit dem gleichen gewinnenden Lächeln wie Karel Gott gab er den Damen Autogramme. Denn besonders den Damen gefiel dieser Bursche: europäisch und doch vertraut, provinziell und doch weltläufig, der ewig jugendliche Funktionär.

«Hörst du mir eigentlich zu?» Anula ging in die Küche. «Wenn du dich so aufregst, warum siehst du dann überhaupt fern?»

Aber ich regte mich gar nicht auf. Ich erinnerte mich an jenen Abend in der Polanki: Nach einer Debatte in der Universität wollten wir bei Bier und Wein noch etwas plaudern, doch zum Studentenclub «Wysepka» hatten wir an diesem Tag keinen Zutritt. Hinter der Tür, an der ein Zettel mit den Worten «Geschlossene Veranstaltung» hing, hüpften und bogen sich im Getöse der Discomusik ohne Ausnahme die Körper der Organisierten.

«Bloß weg hier», sagte Roman. «Gehen wir zu mir.»

Doch in dem kleinen Zimmer des Studentenwohnheims war es zu eng. Wir zogen ein paar hundert Meter weiter, durch die Polanki ins Samborowo-Tal, und setzten uns dort an ein Lagerfeuer unter den Eichen, und obwohl keiner von uns auch nur im Schlaf daran dachte, sich mit Politik herumzuschlagen, so hing doch das Problem «Was tun?» wie ein großes Fragezeichen in der Luft. Von Zeit zu Zeit trank jemand auf das Wohl Kwaśniewskis oder seiner Organisation, dabei erhoben wir die Bierflaschen wie Pokale und sangen wie ein sophokleischer Chor mit zwei Stimmen: «Ausgeschlossen, ausgeschlossen.»

Auf diese Art und Weise hießen wir, ohne es zu wissen, die neue Epoche in der Ulica Polanki willkommen, deren Symbol später die üppige Ewelina werden sollte. Die Jahre vergingen, es veränderten sich die Zimmer, die

Hektographen und die Treffpunkte, doch Ewelina begleitete uns die ganze Zeit über, als wollte sie uns die Daumen drücken, als wollte sie uns von dem Balkon, auf dem wir sie öfter sahen, ein Zeichen geben: «Es wird alles gut, Jungs.»

Erst eines Donnerstags im Oktober 1980 kam Michał anderthalb Stunden früher als sonst zu uns, was wir – im Eifer des Gefechts um das neue Statut des neuen Studentenverbandes – nicht gleich bemerkten, und er teilte uns mit, obwohl ihn niemand fragte:

«Ewelina ist im Krankenhaus, nichts Schlimmes, nur zur Untersuchung, wisst ihr.»

Jemand drückte sein Mitgefühl aus, jemand ließ sie grüßen, doch wir waren damals so in Schwung, in solch einem Fieber, dass wir kaum davon Kenntnis nahmen. Während des Kriegszustandes, als die üppige Ewelina dann gestorben war, ging keiner von uns zu ihrer Beerdigung. Manche hatten eine Entschuldigung – es war schwierig, aus dem Gefängnis oder dem Lager herauszukommen –, manche waren einfach mit ihrem eigenen Leben beschäftigt oder immer noch mit der Konspiration, und sie hatten die Anzeige in der Zeitung vielleicht übersehen. In der evangelisch-augsburgischen Kirche unweit vom Strand fand ein bescheidener Trauergottesdienst statt, und die sterblichen Überreste wurden in Sopot auf dem kommunalen Friedhof beigesetzt.

«Wo ist wohl jetzt ihre Seele», dachte ich, «wo doch die Protestanten nicht ans Fegefeuer glauben?»

«Oh, das Schlauchboot!» Julek schaltete um und zeigte auf Wałęsa. «Schau, wie er sich aufbläst!»

In der Tat machte sich Präsident Wałęsa auf dem Bildschirm nicht besonders gut: etwas nervös, vielleicht auch müde, erklärte er den Reportern, dass er in seiner zweiten Amtsperiode, wenn er nur die Wahlen gewänne, mit

Sicherheit dafür und sogar dagegen wäre, was das linke Bein betreffe.

«Wieso Schlauchboot?», fragte ich Julek. «Nennt ihr ihn so in der Schule?»

Julek drückte auf die Fernbedienung, und auf dem deutschen kommerziellen Kanal knarrte die Stimme des unverwüstlichen John Wayne, der mit dem Colt auf einen Übeltäter zielte: *«Hände hoch!»*

«O Gott!», sagte mein Sohn genervt. «Wozu braucht man ein Schlauchboot? Um einen Fluss zu überqueren oder Ertrinkende zu retten. Verstehst du das nicht?»

Ich sah, wie der Übeltäter zur Waffe griff, doch Sheriff John Wayne war schneller und streckte ihn mit einem Schuss nieder.

«Da musst du mir schon weiterhelfen.»

«Wałek ist wie ein Schlauchboot», lächelte Julek John Wayne zu, «mit einem Schlauchboot säuft nicht mal der Kommunismus ab.»

«Was ist denn das für eine Sprache», sagte Anula, die ins Zimmer kam. «Habt ihr wirklich kein besseres Thema, immer nur Politik, von morgens bis abends?»

Vielleicht hätte ich mich an jene wunderbare Zeit erinnern sollen, als jede Nachrichtensendung wie eine Messe mit den rituellen Worten begann: «Der erste Parteisekretär...», oder an Feiertagen: «Auf der Tagung des Zentralkomitees wurde...», doch Julek schaltete wieder auf einen anderen Kanal, und auf dem Bildschirm erschien ein russischer Hubschrauber: eine Rakete schoss heraus wie ein heller Lichtstrahl, und im Bruchteil einer Sekunde verwandelte sich ein tschetschenisches Haus in eine Wolke aus glühender Asche. Das nächste Bild zeigte verkohlte Leichen, dann versuchten die Aufständischen, das Dorf zu befreien, die Russen töteten die Verwundeten. «Allah ist groß», sagte das bärtige Gesicht des Anführers, «wir werden diese Söhne des Satans besiegen.» Die Hubschrauber vom Typ MiG-28 schwebten in der untergehenden Sonne über den Bergen, die Aktien an der Warschauer Börse standen an diesem Tag nicht gut, der Wetterbericht meldete in leichte Niederschläge übergehende Aufheiterungen oder umgekehrt, und die russische Armee, die erst seit wenigen Jahren nicht mehr in Polen stationiert war, befand sich in einer moralischen Krise und hatte Versorgungsschwierigkeiten.

Ich nahm den Umschlag mit dem Stempel des Präsidialamtes, ging in mein Zimmer, legte die Einladung weg und begann in alten Fotos zu kramen. Bestimmt war es im Sommer gewesen, es war heiß, aber welcher Monat? Wahrscheinlich August: die Radiomeldungen, voll von Worten wie «Prag», «Hradec Kralové», «Hilfe für das Brudervolk», hingen über den Häusern und stanken zum Himmel, doch bei uns redete man an jenem Tag über Herrn Franio, einen Maler und Künstler, der als einzige Person in unserer Stadt einen Pass bekommen hatte, nach Rom gefahren und glücklich wieder aus der Ewigen Stadt hinter den Vorhang zurückgekehrt war.

«Was ist eine *performance?*», fragte ich meinen Vater, als wir Tee tranken. «Ist das eine Art Vorstellung?»

«Frag nicht, sondern merk dir alles, was deine Augen sehen und deine Ohren hören werden», verkündete er feierlich.

Nach diesem unerwarteten Diktum musste ich mich in Geduld fassen, doch als wir an der gesprengten Brücke vorbeikamen und dann in die Polanki einbogen, lüftete Vater das Geheimnis ein wenig.

«Eine *performance* ist ein Kunstwerk, bei dem die Zuschauer ins Geschehen einbezogen werden.»

«Und dieses Geschehen ist das Kunstwerk?», unterbrach ich ihn.

Er kam in ernsthafte Schwierigkeiten. Hätte ich ihn nach der Mach-Zahl, dem zweiten newtonschen Axiom oder gar nach der Krümmung des Weltalls gefragt, so hätte er mir alles sachlich, klar und anschaulich erklärt. Doch die Kunst war für seine Ingenieurseele ein unsicheres Terrain, vor allem eine so moderne und avantgardistische Kunst wie diese geheimnisvolle und nicht ganz verständliche *performance*, die Herr Franio in fast konspirativer Weise auf einer der Wiesen an der Ulica Polanki vorbereitete.

«Herr Franio», seufzte mein Vater, «wird das Bild eines italienischen Malers lebendig machen. Das heißt», fuhr er bedächtig fort, «er wird uns zuerst eine Kopie des Gemäldes zeigen, und dann wird er die versammelten Teilnehmer in die Gestalten dieses Gemäldes verwandeln. Verstehst du?»

Ich nickte, obwohl mir die Idee nicht ganz klar war.

«Ja», sagte ich, «aber wozu macht er das? Reicht ihm denn das Gemälde nicht, das heißt die Kopie?»

«Künstler», sagte Vater und erhob den Finger, «sind ewig unruhige Menschen und manchmal nicht so ganz ernst zu nehmen. Offensichtlich macht ihn das Gemälde allein nicht glücklich. Und weißt du» – wechselte er, als wir an einer alten, heruntergekommenen Villa vorbeigingen, geschickt das Thema –, «dass in diesem Haus fast bis zum Ende des Krieges Artur Greiser gewohnt hat?»

Wir gingen an dem Balkon vorbei, von dem aus der Chef der Danziger NSDAP sicherlich oft die Hügel in Oliva betrachtet hatte. Ja, es war derselbe Balkon, auf dem ich viele Jahre später die üppige Ewelina mit ihrem kupfern glänzenden Haar sehen sollte. Doch wenn uns damals, an jenem Nachmittag im August 1968, als ich mit meinem Vater durch die Ulica Polanki marschierte, wenn uns damals jemand gesagt hätte, dass noch zu unseren Lebzeiten die Russen aus Polen verschwänden, dass es die «Solidarność», den Kriegszustand und schließlich freie Wahlen geben, dass all dies wirklich geschehen würde und zu allem Überfluss das Haus, das wir gerade passierten, der Friedensnobelpreisträger kaufen würde, der vom Elektriker zum Präsidenten aufsteigt – o nein, das hätten wir uns nicht so einfach anhören können, denn es wäre uns vorgekommen, als sei einer, der solche Prophezeiungen macht, nicht nur völlig meschugge, sondern würde auf grausame, zynische Art über unsere Situation spotten, über die man damals besser schwieg, als mit irgendjemandem, selbst mit dem Nachbarn, darüber zu reden.

Und als ich jetzt die Fotografien meiner ersten *performance* im Leben suchte, dachte ich an die Zukunft, daran, dass sie uns, trotz Tausender von Spezialisten, trotz wissenschaftlicher Prognosen und Expertisen, immer verborgen, unklar und unberechenbar bleiben würde, wie eine trügerische Gottheit, die uns nur bisweilen, für einen Augenblick gewährt, wovon wir jahrelang geträumt haben. Und die Vergangenheit? Sollte sie etwa nur ein Karton mit vergilbten Fotos sein, eine Haarsträhne, der Takt einer Melodie, an die man sich erinnert, ein Duft von Kräutern, der seit langem aus der Luft verschwunden ist, ein Gesicht, das wir nach Jahren dem Vergessen entreißen?

Zweifelsohne war Herr Franio ein Meister der Überredungskunst. Als mein Vater die Kopie des Gemäldes sah (es war «Das Konzert auf dem Land» von Giorgione), sagte er:

«Kommt nicht in Frage, wegen dieser Damen und im Hinblick auf meinen Sohn.»

Doch der Freund aus der Studienzeit schlug vor, dass sie wenigstens die Kostüme anprobierten, womit Vater sich zögernd einverstanden erklärte. Als sie sich ins Gras setzten, in Pumphosen, Baretts und weißen Hemden, und sich an den Wein und das Obst machten, begannen die Damen sich auszuziehen, und mein Vater protestierte abermals.

«Davon war nicht die Rede, Franek.»

Worauf der Künstler ihn zu überzeugen suchte, dass es so schöne Modelle wie diese, frisch an der Akademie eingetroffen, nicht einmal in Italien gebe, und was die Kinder betreffe – sehe man da nicht in Kirchen, Museen und Schulbüchern hundertmal schlechtere nackte Körper, bei weitem nicht so ausgesucht wie diese beiden Damen, die ihren Prototypen – man betrachte nur das Gemälde – auf eine so vollkommene Weise ähnlich waren?

«Franek, du warst schon immer etwas seltsam ...» Mein Vater fühlte sich nicht ganz wohl in seiner Haut. «Aber ich kann doch nicht ...?»

Darauf nahm Franio seine Gitarre und schlug eine bezaubernde Melodie an, sie tranken ihren Wein aus, die Damen setzten sich diskret neben sie, und die zarten Sonnenstrahlen, die durch das Blätterdach schienen, flimmerten auf den vier Gesichtern. Worüber redeten sie? Was sangen sie? Und welchen Wein tranken sie, im August achtundsechzig, auf der Wiese unweit der Ulica Polanki? Das wusste ich nicht mehr.

Und die Fotografie, die ich endlich fand? Die Fotografie erinnerte an etwas anderes: Als die vier, erheitert von der Konversation, der Musik und der ungreifbaren, unschuldigen Atmosphäre der italienischen Renaissance, das Geräusch des Auslösers hörten, wandten sie sofort die Köpfe dem Objektiv zu, und die ganze, von Herrn Franio so sorgfältig vorbereitete Komposition war zerstört. Auf Giorgiones Gemälde schaut keine der vier Personen in Richtung des Malers, der Betrachter hat den Eindruck, unsichtbarer Zeuge zu sein. Auf dem Foto dagegen, das ich jetzt in der Hand hielt, waren alle Augen aufgerissen und schauten ins Objektiv.

«Pack sofort diesen Apparat weg!» Vater wäre fast aufgesprungen. «Schämst du dich nicht?»

«Nein, nein, das ist gut, nur müssen wir uns genau so hinsetzen wie auf dem Gemälde», sagte Herr Franio besänftigend. «Das ist schließlich die erste avantgardistische *performance* in unserer Stadt!»

Doch der Augenblick war ihnen nur dieses eine Mal gegeben – er kam nicht wieder. Hinter den Buchen lief eine schwarze Dogge hervor, rannte mitten in die Gesellschaft, leckte an einem der Modelle, warf den Weinkrug um, wedelte mit dem Schwanz und rannte mit Herrn Franios Barett in der Schnauze wie verrückt um das bukolische Grüppchen herum. Hinter dem Hund kam eine Dame. Würdevoll, in einem hellen Kleid, mit einem Kiefernzweig in der Hand – die Gattin des Malers und Künstlers.

«Wie kannst du es wagen», sagte sie. «Und das in Anwesenheit von Kindern! Und Sie, Herr Ingenieur» – das galt meinem Vater –, «ich muss schon sagen, ich bin erstaunt, dass nicht einmal Sie alle Tassen im Schrank haben!»

Vater versuchte zu erklären, führte ungeschickt Herrn Franios Argumente an, doch das verschlimmerte die Situation nur noch. Die Gattin des Artisten verwandelte sich in eine Furie, und alle versöhnlichen Worte nützten nichts. Als sie dann die beiden netten Damen als Nutten beschimpfte, gab es eine richtige Szene, denn Herrn Franios Versuch, die Ehre seiner Modelle zu retten, die Würde der Kunst und die Reinheit der *performance*-Idee zu verteidigen, brachte seine Frau zur Weißglut. Sie traktierte die fülligen Körper mit dem Kiefernzweig und ließ den beiden nicht einmal die Möglichkeit, sich anzuziehen, Herr Franio rief die Dogge zu sich, die die verschiedenen Teile der Damengarderobe über die ganze Wiese verstreut hatte, und nur mein Vater blieb einigermaßen geistesgegenwärtig. Er sprang in die Haselsträucher und tauschte blitzschnell, gleichsam auf einem Bein, die italienischen Gewänder gegen seine Hose und sein Hemd. Ich glaube, der Vorfall auf der Wiese war ihm furchtbar peinlich, und sicher nahmen wir deshalb den Weg durch den Wald und nicht die Polanki entlang. Am Ausgang der Zielona Dolina, wo das Tal auf das Samborowo-Tal trifft, blieb Vater plötzlich stehen und sagte:

«Gib mir den Film!»

Ich spulte den Film zurück und nahm ihn aus meinem «Druh». Vater steckte ihn in die Tasche. Wir gingen durch dichtes, hohes Gras, dessen süßlicher Duft die Luft erfüllte, in der nahenden Dämmerung waren das Crescendo der Grillen und der entfernte Schrei eines Habichts zu vernehmen, der über den Hügeln kreiste.

«Schau mal» – Vater nahm mich an der Hand. «Siehst du das Auto?»

Mitten im Tal, von der untergehenden Sonne in rötliches Licht getaucht, stand ein blauer Škoda-Oktavia. Neben dem Auto lagen auf einer Decke reglos ein Mann und eine Frau.

«Das ist Herr Cyrson», flüsterte Vater, «mit seiner Geliebten.»

Der Anblick des ehemaligen Besitzers des ehemaligen Kolonialwarenladens in der ehemaligen Freien Stadt Danzig machte keinen sonderlichen Eindruck auf mich. Und das Wort «Geliebte» kannte ich nur aus Gedichten von Mickiewicz. Doch die Karosserie des Autos glänzte verlockend, und seine schlanke Form hatte nichts gemein mit den schwerfälligen, groben Warszawas, den Moskwitschs oder den Trabis aus der DDR. Jener tschechische Škoda, der an dem warmen Augustnachmittag des Jahres 1968 im hohen, wogenden Gras stand, prägte sich mir für immer ein, als Symbol jenes unruhigen Sommers. Später, in der Zeit der üppigen Ewelina, als ich mir in der Polanki Bücher von Hrabal, Kundera und Škvorecký lieh, als ich mit roten Ohren die Beschreibung der Verhaftung der tschechoslowakischen Delegation von Zdeněk Mlynař verschlang, hatte ich immer den Nachmittag in Erinnerung, als der Geist Giorgiones, der europäischen Avantgarde und ein Hauch des technischen Verstands der Tschechen in der Luft lag – in Gestalt des schönen blauen Škoda.

«Was schaust du denn da an?», sagte Anula, als sie ins Zimmer kam. «Willst du heute nicht arbeiten?»

Ich zeigte ihr die Postkarte, auf der die Hofburg nur noch ein großes Museum war. Auf der Rückseite berichtete Liza, sie müsse mich nach gründlichen Recherchen enttäuschen: Der Wiener Antiquar (der in Heimito von Doderers «Dämonen» beschrieben wird) konnte nicht mit meinem Urgroßvater Tadeusz verwandt sein, und die Ähnlichkeit der Namen war – wie das oft der Fall ist, wenn Leben und Literatur aufeinander treffen – rein zufällig.

Anula sagte etwas über den Präsidenten, dass er wohl nie in Wien gewesen sei, worüber ich mir nicht so sicher war. Doch sie war jetzt schon fast eingeschlafen und hörte mir gar nicht mehr zu, genauso wie vier Tage später, als ich verschwitzt und genervt einen Parkplatz suchte und sagte:

«Siehst du, wir hätten ein Taxi nehmen sollen.»

Es war kühl und nieselte. Ein nicht allzu starker, aber durchdringender Wind vom Meer hob immer wieder die Plane des Zeltes an, das im Garten aufgestellt war, und schon bevor die Party richtig losging, lag eine empfindliche herbstliche Kälte über der Ulica Polanki. Als die ersten Klänge des Disco-Polo ertönten, nahm ich an, die Nachbarn des Präsidenten – ganz entschieden gegen eine zweite Amtsperiode – hätten hinter dem Gartenzaun einige Dutzend Watt angedreht. Doch Anula lenkte meinen Blick in die Mitte des Gartens, und dort erblickte ich, auf einer Bühne mit einem kleinen Dach, die ausführenden Organe. In der feuchten Luft erklangen Gitarre, Schlagzeug, elektronisches Klavier, und der Solist stimmte die erste Strophe an:

«Es lebe die Freiheit, die Freiheit, die Freiheit.»

Ich erstarrte, als mir im Rhythmus dieser Klänge mit tänzelndem Schritt der Prälat entgegenkam, in seinem ewig blütenweißen Admiralsjackett. Anula war in der Menschenmenge verschwunden, ich entdeckte sie auf der anderen Seite des Zeltes im Gespräch mit Donald und seiner Frau Małgorzata. Indessen nahm der Prälat zwei Gläser Schampus vom Tablett des Kellners, reichte mir eines davon und sagte:

«Auf den Herrn Präsidenten!»

Ich nahm einen Schluck, und sofort begann er zu erzählen, mein letzter Film gefalle ihm sehr, er bereichere, bekräftige, betone usw. Ich wagte nicht, ihn zu unterbrechen, ich wagte es nicht, ihm zu sagen, dass ich noch nie im Leben eine einzige Szene gedreht hätte, nicht einmal mit einer Amateurkamera, und als er Luft holte, fragte ich, mit einem Blick auf sein leeres, unbefleckt weißes Jackett:

«Warum so bescheiden heute?»

Worauf er präzisierte:

«Sie meinen die Orden?»

«Orden», wiederholte ich mechanisch, «Auszeichnungen, Krummsta...» Ich biss mir auf die Zunge.

«Ach, ich bin inkognito hier», sagte er ohne jegliche Verlegenheit. «Und wissen Sie, man kann sich nirgends zeigen», er tippte an seine Jacke, «ohne dass gleich einer schreibt, man sei eingebildet.»

Ich nickte voller Mitgefühl, der nächste Gesprächspartner kam auf den Prälaten zu, und ich entfernte mich, im Einklang mit den widerwärtigen Gepflogenheiten von Stehempfängen, kein Thema zu Ende zu bringen. In der Menge tauchte kurz die Gestalt des Präsidenten auf, offensichtlich war er mit der Begrüßung der Gäste fertig und konnte endlich einen Moment aufatmen. Die Musiker spielten unverdrossen, die ersten Portionen des kalten Büffets wanderten auf die Teller, doch ich hatte keinen Hunger, ich wollte mich auf die andere Seite durchschlagen, als ich plötzlich, ohne es zu wollen, in dem Gedränge einen grauhaarigen General anrempelte. Mit seinem düsteren, niemals lachenden Gesicht, seinem harten, grimmigen Blick erschien er aus der Nähe noch unzugänglicher als auf dem Bildschirm.

«Verzeihung, Herr General», stieß ich hervor, «es ist so eng hier.»

«Oh, das macht nichts», meinte er und musterte mich aufmerksam, «sagen Sie, was machen Sie denn zur Zeit?»

Es lag eine seltsame Betonung auf den letzten beiden Worten, denn wir kannten uns nicht, wir waren einander nie vorgestellt worden, weder auf einer Abendgesellschaft noch auf dem Truppenübungsplatz, und außerdem mussten seine durchdringenden, intelligenten Augen in mir auf den ersten Blick unmilitärisches Material erkennen.

«Na ja», sagte ich und nahm das Glas, das mir der Kellner beflissen anbot, «ich arbeite hier in Danzig.»

«In Danzig?», wunderte sich der General. «Tut es Ihnen nicht Leid um Warschau?»

Ich wollte schon sagen: «Sie verwechseln mich mit jemandem», aber als ich mir vorstellte, nach diesem Satz könnte seine finstere Miene sich in eine geradezu eisige verwandeln und sein bohrender Blick mitten durch meine Eingeweide gehen, warf ich nur kurz ein:

«Nein, überhaupt nicht, Herr General.» Und ich entfernte mich und ließ ihn auf dem Schlachtfeld zurück.

Doch auf der anderen Seite konnte ich weder Anula noch Donald und Małgorzata entdecken. Sie hatten sich entweder einer anderen Gruppe angeschlossen oder drängten sich ums Büffet, das jetzt – im monotonen Disco-Polo-Rhythmus – die schlimmste Belagerung auszuhalten hatte. Einen Moment lang musste ich an Kwaśniewski denken: Die gleiche Musik, mit der der Präsident hier seine Gäste unterhielt, benutzte der andere auf politischen Kundgebungen und Meetings, nicht überall zwar, aber sehr oft. Wäre es nicht amüsant, wenn die beiden, anstatt sich im Fernsehstudio zu treffen und im Schein der Lampen zu schwitzen, gemeinsam eine Disco-Polo-Platte produzierten? Natürlich war das aus vielen Gründen eine idiotische Idee; aber hatte ich damals, im September 1995, nicht allen Grund anzunehmen, dass – ganz unabhängig vom Ergebnis der Wahlen – weder Kwaśniewski noch Wałęsa den Sieg davontragen würde, sondern der allgegenwärtige nationale Kitsch?

«Der Himmel hat Sie geschickt!» Eine betagte Dame kam auf mich zu. «Machen Sie bei der Festveranstaltung unseres Wohltätigkeitsvereins mit?»

«Ich, warum ich?», fragte ich, inzwischen schon etwas gereizt, denn wie der Prälat und der General schien die Dame mich für jemand anderen zu halten. «Dafür bin ich völlig ungeeignet!»

«Herr Vorsitzender», begann sie ihre Ansprache, «Sie müssen wissen …»

Doch ich hörte ihr nicht weiter zu, sondern dachte, höflich mit dem Kopf nickend, an jenen trüben, regnerischen Tag im August, an dem mein Großvater Karol das Kurhaus in Zoppot verlassen hatte und mit der «Titania» nach Danzig gefahren war. Ja, ich sah ihn vor mir, wie er, zusammen mit anderen Touristen, die Lange Brücke entlangging, neben einem Poller stehen blieb, ein Foto von der Mottlau machte, mit dem Schlepper im Hintergrund, und wie er etwas irritiert war – vom Regen, von Großmutter Maria und von den Hakenkreuzen. Es fängt immer wieder an zu regnen, und immer wieder muss Großvater den Schirm aufspannen, den Fotoapparat und den Stadtplan im Rucksack verstauen. Großmutter Maria ist an jenem Tag unpässlich und verbringt den ganzen Tag im Hotel. Und überall hängen Hakenkreuze: an den Fassaden der Häuser, an den Beischlägen und sogar an den Straßenlaternen. Er geht also weiter bis zum Kohlenmarkt und nimmt von dort aus, weil er keine Lust mehr auf einen solchen Spaziergang hat, ein Taxi nach Zoppot, wo Großmutter Maria noch immer mit Migräne auf ihn wartet. Also steckt er ein paar Gulden in den Geldbeutel und begibt sich ins Kasino, verspielt bei 17 und 4 fast alles und geht dann zum Roulette über, wo er die letzten zwei Chips ganz mechanisch auf *rouge* setzt und gewinnt – und dann, als er den Blick von der wirbelnden Kugel abwendet und den Croupier ansieht, beinahe laut aufschreit:

«Aber das bist ja du, von Moll, was machst du denn hier?!»

Doch der Blick des ehemaligen Kapitäns einer k. u. k. Geschützbatterie gibt ihm deutlich zu verstehen:

«Jetzt nicht, Karol, lass uns später reden …» Und er sagt ihm, er sollte auf *noir* setzen. Großvater gewinnt eine ansehnliche Summe und verlässt den Tisch nicht eher, als bis die Chips sich vor ihm türmen wie Wolkenkratzer und Gustav von Moll seine Arbeit als Croupier beendet hat. Danach, vor dem Kasino, fallen sie einander in die Arme, denn ihre Kameradschaft aus den Schützengräben des Ersten Weltkriegs ist enger als jede Freundschaft, und Großvater möchte seinen Gustav in den «Kakadu» einladen, nicht weit von dort, aber Kapitän von Moll flüstert:

«Nein, da wimmelt es von Geheimpolizei, und außerdem muss ich heute zu Hoffmann. Willst du nicht mitkommen?»

Es folgt ein kurzes Gespräch.

«Nein, das schickt sich nicht», sagt mein Großvater, «ich kenne diesen Hoffmann nicht, und es ist schon ziemlich spät.»

«Das macht nichts», sagt Kapitän von Moll. «Ernst Theodor ist ein ungewöhnlicher Mensch – ein Künstler», fügt er hinzu. «Er wird sich bestimmt freuen.»

Also nehmen sie vor dem Hotel ein Taxi, und dem Wunsch des Kapitäns entsprechend, reden sie nur übers Wetter, die Hotels, den Guldenkurs und die Bahnverbindungen, während der schwarze Dodge sie nach Oliva bringt, wo sie beim Park des Zisterzienserklosters abbiegen. Großvater weiß zwar noch nicht, welcher Schicksalsschlag von Moll hierher geführt und einen Croupier aus ihm gemacht hat, aber er beginnt langsam zu begreifen, dass es selbst hier, in der Freien Stadt, manchmal ratsam ist, zwei Querstraßen zu früh aus dem Taxi zu steigen. Und so gehen sie das letzte Stück durch den Pelonker Weg zu Fuß, im strömenden Regen, dessen Gemurmel den Hintergrund der Erzählung des Kapitäns bildet.

Ist denn sein Schicksal, überlegt Großvater Karol, während er die Regenbäche und Pfützen überspringt, nicht genau das Gegenteil von meinem?

Der Kapitän hatte seine Heimat verloren, als die Monarchie zerfallen war. Er hatte sich in Geschäfte gestürzt und sein ganzes Vermögen eingebüßt. Später wollte er das wieder gutmachen und fuhr für einige Jahre nach Niederländisch-Guayana, aber außer neuen Schulden, Malaria und einer Schusswunde brachte er nichts Außergewöhnliches mit, als er nach Wien zurückkam. Vielleicht war er aufgrund all dieser Umstände zu den Sozialisten gegangen? Aber auch diese Entscheidung Gustav von Molls erwies sich als Fehler. Am Tage des Anschlusses musste er Österreich verlassen, und die Freie Stadt Danzig, jene Enklave unter dem Schutz des Völkerbunds, schien ihm der einzige Ort in Europa zu sein, wo man noch deutsch sprechen konnte, ohne sich zu schämen.

«Du siehst», schloss er seine Erzählung kurz vor dem Haus, das plötzlich aus der Dunkelheit des Parks und der Allee auftauchte, «wie sehr ich mich geirrt habe.»

«Sie irren sich», unterbrach ich die wohltätige Dame. «Ich besitze überhaupt keine Firma, ich kann Ihr edles Unternehmen leider nicht unterstützen.»

Sie war sicher, dass ich sie anlog, warf mir einen vernichtenden Blick zu und entschwand in die Menge, dic sich schon gelichtet hatte. Die Gartenparty in der Ulica Polanki ging entschieden vor der Zeit ihrem Ende zu. Ein atmosphärisches, melancholisches Tief lag über der Stadt und der Bucht, es schien die Verdienste des Präsidenten vergessen zu haben und seine Geburtstagsfeier verderben zu wollen. Sicher aus diesem Grunde entschied man sich, wenn auch zögernd, die Gäste in die Zimmer zu bitten. In der Küche und im anliegenden Wohnzimmer wurde es äußerst eng. Man reichte Kaffee, Likör und Tee.

«Ah, hier bist du», sagte Anula.

«Ja», erwiderte ich.

«Schau mal, gleich fängt er an zu singen», murmelte Donald.

«Bestimmt im Falsett», flüsterte ich.

Auf dem Sofa, inmitten eines Kränzchens lachender Damen, saß mit einem Gläschen perlender Flüssigkeit der christlich-nationale Leader, erzählte Witze und strich alle Augenblicke eine Haarsträhne zurück, die ihm, alles andere als kokett, immer wieder in die Stirn fiel.

«Żal, żal, za dziewczyną, za zieloną Ukrainą ... Ach, wie schade um das Mädchen, um die grüne Ukraine», stimmte er etwas unsicher an, doch als es zum ersten Refrain kam, in dem man nach Wein verlangt und die Bestattung in der Ukraine fordert, schmetterten das Damenkränzchen und die assistierenden Offiziere im Chor das unsterbliche patriotische Lied von den polnischen Ostgebieten.

Indessen setzten sich Großvater Karol und Kapitän Gustav von Moll schon an den Tisch.

«Entschuldigen Sie bitte», sagt Ernst Theodor, «meine Frau fühlt sich heute nicht wohl.» Und als die beiden Herren verständnisvoll nicken, fügt er hinzu: «Bestimmt dieses Wetter.»

Der Regen klopft unablässig an die Fensterscheiben des Salons, und Großvater Karol, der von Anfang an nur zuhört, beginnt zu verstehen, dass er hier Zeuge eines Abschieds wird und dass sein Freund Gustav von Moll morgen mit einem norwegischen Schiff nach Lissabon aufbrechen und von dort aus als Passagier eines Linienschiffs nach New York fahren wird. Die beiden vertrauen ihm, als sie über Löbsack, Greiser und diese ganze kackbraune Bande schimpfen, als sie sich auf eine Adresse einigen, an die Gustav schreiben wird, als sie über die Papiere sprechen, die man um jeden Preis so weit wie möglich fortschaffen sollte. Großvater bietet seine Hilfe an, was er nicht unbedingt hätte tun müssen:

«Ich weiß nicht, worum es geht, meine Herren», sagt er. «Und ich will es auch gar nicht wissen. Aber in zwei Tagen werde ich in Polen sein, weit weg von den Fühlern der Nazis. Sie können sich auf mich verlassen.»

Alle schweigen, nur das Ticken der Uhr, das Klirren des Bestecks und das Gluckern des Wassers draußen sind in der Stille zu hören.

«Herr Huelle», sagt schließlich Ernst Theodor mit einem feinen, freundschaftlichen Lächeln, «ich weiß, dass ihr Polen die Ersten seid in der Konspiration, aber ich muss Sie enttäuschen, die Sache, um die es geht, ist keine politische. Was Ihren Vorschlag betrifft, so ehrt er Sie, und ich möchte dazu nur sagen: Ich danke Ihnen für Ihre Hilfsbereitschaft.»

«Ernst will damit sagen», fährt Gustav von Moll fort, «wenn sie mit den Tschechen fertig sind, dann seid ihr die Nächsten, die für den *Anschluss* in Frage kommen.»

«Aber wir», erwidert Großvater Karol ruhig, «werden schließlich kämpfen.»

«Ja», unterbricht ihn Ernst Theodor, «daran zweifle ich nicht im Geringsten, aber wie lange?»

Und wieder tritt Stille ein im Salon in der Ulica Polanki, dieses Mal länger als zuvor, denn keiner von ihnen – weder der heimatlose Österreicher noch der Pole, der in der Freien Stadt Urlaub macht, noch der Bürger dieser Stadt – kann sich im August 1938 vorstellen, wie lange der Krieg dauern wird, von dem alle drei wissen, dass er unvermeidlich ist.

Ich betrachtete das finstere Gesicht des grauhaarigen Generals. Er stand da, die Hände auf dem Rücken verschränkt, und schaute sich wie die anderen die singende Gruppe an. Seine Miene, die dem Generalstab nichts Gutes verhieß, wurde noch finsterer, als der Leader mit der Strähne vom Sofa aufstand, das Kränzchen der angeheiterten Damen etwas beiseite schob und, direkt an die Offiziere gewandt, intonierte: «Wir sind die erste Brigade.»

In diesem Moment ging, ganz nahe an den Sängern,

der Herr Präsident vorüber, doch er stimmte nicht in den Chor ein und schenkte ihm nicht einmal ein Lächeln. Vielleicht mochte er den Leader mit der in die Stirn fallenden Strähne nicht? Oder vielleicht war er sauer auf seine Frau? Schließlich hätten die Gäste längst zu Hause sein können, niemand hatte ihnen gutes Wetter versprochen, und jetzt richteten sie in den bescheidenen Gemächern des Hauses, das mitnichten ein Palast und nicht einmal eine große Villa war, ein plötzliches und umso gründlicheres Chaos an. Vielleicht dachte er auch, als er die Worte des Legionärsliedes hörte, daran, dass jene Unabhängigkeit, die gerade zwanzig Jahre gehalten hatte, wenigstens zu Anfang den süßen, einzigartigen, unwiederbringlichen Geschmack des mit der Waffe erkämpften Sieges gehabt hatte? Denn die jetzige Situation, deren lebendes Symbol er geworden war, hatte – obwohl sie mit so viel Mühe errungen worden war und so manches Opfer gekostet hatte – etwas Verwaschenes, es fehlte ihr das Moment des Triumphes, doch fehlte es nicht an Kompromissen mit denen, die uns jahrelang die Freiheit abgesprochen und sie mit Füßen getreten hatten, die vor vielen Jahren diese Freiheit im Morgengrauen durch Kopfschuss liquidiert hatten, mit denen, die auf Versammlungen aalglatt «ausgeschlossen» gesagt hatten und jetzt über die eigene Niedertracht lachten, über den Präsidenten spotteten, er sei dumm, ungehobelt und ein Ehrgeizling, sein Polnisch bereite den Grammatikern und Dolmetschern Schwierigkeiten, weil es wie die Sprache eines Arbeiters aus der Werkzeugabteilung klinge.

«Und was soll daran so schlimm sein», dachte ich, «verdammt nochmal?»

Und plötzlich schämte ich mich sehr für die Idee mit der Disco-Polo-Platte, denn – trotz aller Sünden des Herrn Präsidenten – ihn mit Aleksander Kwaśniewski über einen Kamm zu scheren, das wäre gewesen, als wollte man Baron von Trotta in einen Beichtstuhl stecken, wo Gavrilo Princip der Beichtvater wäre, als wollte man Quisling mit den Helden Telemarks oder den Primas Wyszyński seligen Gedenkens mit dem Staatsanwalt Wyschinskij vergleichen – das heißt zusammenbringen, was nicht zusammengehört, wenn man nicht gerade Postmodernist ist oder Texte für Disco-Polo schreibt.

Der Präsident ging an dem Chor vorbei und blieb bei seiner Frau stehen. Frau Danuta, aufmerksam wie immer, unaufdringlich, aber tadellos und elegant gekleidet, sagte etwas zu ihm.

«Wenn nicht er, wer dann?», fragte Donald und reichte mir einen Cognac.

«Vielleicht hast du Recht», sagte ich, «aber deine Partei sollte nicht Union, sondern Mumie heißen, denn wenn die Wahlen kommen, erwacht sie aus ihrer Siesta und liegt voll daneben.»

Donald knirschte mit den Zähnen, und an dieser Bewegung seines Kiefers konnte man ablesen, dass er immer ärgerlicher wurde, wahrscheinlich nicht nur auf mich.

«Nein», mischte sich Anula ein und deutete auf Frau Danuta. «Sie wäre viel besser als Präsident. Frauen haben viel mehr Takt und Sinn für Politik, als ihr denkt.»

«Ihr», fragte ich, «wen meinst du damit?»

Doch Anula ignorierte meine Provokation, hielt eine kurze Rede über den gemäßigten Feminismus und zischte mich dann an:

«Wenn du willst, dass wir zusammen fahren, dann hör auf zu trinken.»

«Ja», sagte ich, «wir fahren gleich.»

«Ich hab nicht gesagt, dass wir uns beeilen müssen», meinte sie, «ich schau noch schnell nach einer Freundin, die ich vorhin gesehen habe.»

Ich musste auf die Toilette. Hinter dem Wohnzimmer, am Ende des Korridors vor einer hellen Tür, hatte sich eine lange Schlange gebildet. Zum Glück sprach mich niemand an, und während ich geduldig wartete, bis ich an die Reihe kam, konnte ich mich in Gedanken in ein anderes Haus in der Ulica Polanki versetzen, in jenes, in dem vor 57 Jahren mein Großvater Karol, Gustav von Moll und Ernst Theodor Hoffmann gerade ihr Abschiedsessen beendeten.

«Und Sie haben das alles selbst gesammelt?», fragt mein Großvater und deutet auf einen Bücherschrank, wo sich hinter der Glasscheibe auf einem Ehrenplatz ein Heft mit Gesprächen Beethovens neben einem Brief von Schubert, einer Partitur von Lortzing und einer Handschrift von Chopin befinden. «Wirklich alles?», wiederholt er ungläubig und berührt die silberne Flöte des preußischen Königs Friedrich, den Taktstock Wagners, eine Geige von Lipiński, einen Manschettenknopf von Liszt, ein Notizbuch von Brahms, die Uhr Robert Schumanns und Mendelssohns geliebte Kaffeemühle.

«Ich baue auf der Sammlung meines Vaters auf», erwidert Ernst Theodor. «Aber den hier haben wir in keinem Antiquariat gekauft.» Und er reicht meinem Großvater einen kleinen, von Motten durchlöcherten Hut. «Den hat der Kaiser der Franzosen im Juni 1807 hier in diesem Haus vergessen.»

Großvater nimmt den Dreispitz Napoleons in die Hand und weiß nicht, was er sagen soll. Er erinnert sich nur dunkel an ein paar Namen aus Askenazys Buch: Dąbrowski, Giełgud, Downarowicz, und dann noch Lefebvre, Marschall.

«Ich sehe, Sie glauben mir nicht», lacht Ernst Theodor. «Kein Wunder, es gibt ja auch acht Höfe am Pelonker Weg, die sich alle um diese eine Nacht im Leben des

Kaisers streiten. Aber ich zeige Ihnen noch etwas, das ist ein schlagender Beweis.»

Die drei beugen sich über eine Landkarte und entziffern eine Notiz, die Lefebvres Hand an jenem Juniabend des Jahres 1807 auf der Militärkarte hinterlassen hat:

«Auf die persönliche Bitte des Gastgebers hinterlässt der erlauchte Kaiser der Franzosen hier seinen Namen, ewig wie die Pyramiden.»

«Was hatte dieser Müllerssohn für einen Stil», scherzte Gustav von Moll. «Wenn man daran denkt, dass er Marschall war ... Und ich, der Sohn eines Barons, hab es bis zum Ende des Krieges nur zum Kapitän gebracht!»

Unter Lefebvres Notiz ist ganz deutlich die schwungvolle Unterschrift Napoleons zu sehen.

«Dieses Haus», erklärt Ernst Theodor, «gehörte damals einer französischen Familie.»

Die Schlange vor der Toilette war noch nicht viel kürzer geworden. Während ich von einem Fuß auf den anderen trat, stellte ich mir die Staubwolken vor, die die Pferdehufe an jenem Junimorgen aufwirbelten, als Napoleon in Begleitung des Marschalls und einer Schwadron polnischer Kürassiere Oliva verließ und über Langfuhr in Richtung Danzig fuhr. Wenn sie an der Stelle der heutigen Bażyńskiego nicht abbogen, sondern bis zum Strießbach den Pelonker Weg benutzten, dann kamen sie genau vor einhundertachtundachtzig Jahren an dem damals noch nicht existierenden Haus des Herrn Präsidenten vorbei, und dann, ein Stück weiter östlich, an dem Haus, in dem ich meine Kindheit verbracht habe und das es damals, 1807, ebenfalls noch nicht gab. Man weiß ja, dass Häuser, die verbrannt und zerstört wurden, ihre Geister haben, aber ist das auch bei Häusern so, die es noch gar nicht gibt? Platon hätte diese Frage sicher bejaht, Aristoteles mit den Schultern gezuckt, und Schopenhauer hätte sich an die Stirn gefasst und gebrüllt: «Junger Mann, man sollte sich wohl eher nach dem Wasserlassen mit Philosophie beschäftigen und nicht vorher!» Doch es gab nur eine Toilette, und in dem engen Flur drängten sich die Leute immer dichter.

«Ich fahre Sie selbstverständlich heim, meine Herren», sagt Ernst Theodor, und alle drei begeben sich zum Ausgang.

Kurz darauf verschwindet der Hausherr in der Dunkelheit, Gustav von Moll und mein Großvater hören, wie sich seine Schritte auf dem Schotterweg entfernen, an dessen Ende, neben dem Seitengebäude, die Garage liegt.

«Schau, es hat aufgehört zu regnen», sagt Großvater. «Und ich wollte dir noch so viel erzählen.»

«Ja», sagt Kapitän von Moll und zieht eine Schachtel Zigaretten der Marke Vineta heraus. «Wir werden uns wohl nicht mehr sehen.»

«Vielleicht nach dem Krieg», scherzt Großvater. «In einem amerikanischen Kasino.»

«O ja», lacht von Moll, «du bist Croupier, und ich komme mit vollem Geldbeutel.»

Der Buick, breit wie ein Schrank, fährt an den Rasen heran, und als die Fahrgäste in die bequemen Ledersitze sinken, setzt sich das Automobil langsam in Bewegung, fährt die Lindenallee hinunter, auf den Pelonker Weg hinaus, gleitet zwischen den in der Dunkelheit schlafenden Gärten dahin, genau auf derselben Route, die hunderteinunddreißig Jahre vorher der kleine Korporal aus Korsika mit seiner polnischen Schwadron genommen hat. Über den Hochstrieß, die Adolf-Hitler-Straße und den Kastanienweg fährt der Buick auf die Straße nach Brösen, um nach einer Viertelstunde Neufahrwasser zu erreichen, wo Gustav von Moll auf dem Dachboden eines ärmlichen Mietshauses am Kanal seine letzte Nacht in Danzig verbringt. Der Abschied ist kurz und sachlich. Ernst Theodor gibt dem Kapitän eine kleine Ledermappe und sagt:

«Alles Gute.»

Großvater Karol reicht Gustav die Hand und sagt:

«Ich habe das Gefühl, wir werden uns wieder sehen.»

Das Auto wendet, und als es wieder die Adolf-Hitler-Straße erreicht hat, biegt es nach Zoppot ab. Als sie schon fast beim Kasinohotel sind, wendet sich Ernst Theodor an Großvater:

«Wissen Sie, was in dieser Mappe ist?»

«Nein, und ich werde Sie auch nicht danach fragen», erwidert Großvater.

«Ich werde es Ihnen trotzdem sagen.» Ernst Theodor biegt schon in die Einfahrt zum Hotel. «Eine Opernpartitur.»

«Ihre?», fragt Großvater, als er schon den kalten Metallgriff in der Hand spürt.

«Ja, in gewissem Sinne meine», sagt Ernst Theodor. «Und ich hoffe, dass Sie in ein paar Jahren mehr davon hören werden.»

«Ja, in ein paar Jahren ...», wiederholt Großvater. «Ich wünsche es Ihnen von ganzem Herzen, und ich danke Ihnen für den außergewöhnlichen Abend.»

In der Hotelhalle, wo ihm der schläfrige Blick des Portiers zum Aufzug folgt, versucht Großvater Karol sich an den Namen der Straße zu erinnern, in der einst Napoleon übernachtet hatte. «Pelonker Weg oder Pelonker Straße?», überlegt er, als er in seinem Zimmer am Fenster steht, hinter dem der helle Streifen des Strandes und das weite, nebelverhangene Meer liegen. Großmutter

Maria wacht auf, als Großvater aus dem Bad kommt. Seine Geschichte von der Begegnung mit Gustav von Moll, dem Abendessen im Pelonker Weg und der Sammlung Ernst Theodors interessiert sie sehr. Ja, sie hat keine Migräne mehr, und morgen, am letzten Tag ihres Aufenthaltes, möchte sie unbedingt am Strand spazieren gehen, und abends werden sie sich zusammen in der Waldoper den «Parsifal» ansehen, in dem eine junge Norwegerin auftreten soll, die noch keiner kennt.

Großvater erzählt Großmutter von der Unterschrift des Franzosenkaisers, der Notiz Marschall Lefebvres und auch von der Partitur, die dieser wunderliche Deutsche Gustav von Moll anvertraut hat, um sie außer Landes zu bringen. Und während er so erzählt, kann er nicht ahnen, dass sein Enkel neunzehn Jahre später, wenn es keine Freie Stadt, kein freies Polen und kein Deutsches Reich mehr geben wird, ganz in der Nähe des Pelonker Weges geboren wird und später, eines Nachmittags im Winter, aus dem Munde von Großmutter Maria diese Geschichte hört, sie jahrelang mit sich herumträgt wie ein unnützes Gepäckstück – vielleicht nur, um sich im September 1995, am fünfzigsten Geburtstag des Präsidenten, in dessen bescheidenem Haus in der Ulica Polanki daran zu erinnern.

Ich war jetzt schon der Vierte in der Schlange, doch dieser Platz, den ich mir so mühsam erkämpft hatte, erwies sich als immer unsicherer. Kurz entschlossen verließ ich die Schlange und lief hinaus: Der Wind hatte nachgelassen und es regnete nicht mehr, im Zelt wimmelte es wieder von Menschen. Sehnsüchtig blickte ich in den Garten, doch der anarchische Gedanke, dort, hinter einem Jasminstrauch versteckt, für einen Augenblick den Bacchus zu spielen, erschien mir dem Ort und der Zeit nicht angemessen. Ich hatte keine andere Wahl. Mit wenigen

Schritten ging ich durch das Tor des Anwesens, lief rasch die Polanki entlang und nahm den ersten Weg, der in den Wald führte. Endlich, vom Terror der Physis befreit, konnte ich tief Luft holen. Ich spürte den ersten wehmütigen Hauch des Herbstes. Im Geruch von gefallenen Blättern, feuchter Rinde, Eicheln und Bucheckern kündigte sich die Zeit langer Spaziergänge und Betrachtungen an. Der Weg führte um einen Hügel herum, ich ging langsam und dachte nicht mehr an den Herrn Präsidenten, an Olek Kwaśniewski, an Disco-Polo, Großvater Karol, die üppige Ewelina, Anula, den korsischen Korporal oder den Geheimrat der ältesten Monarchie in Europa, ich dachte an Arthur, den kleinen fünfjährigen Arthur, der vor seinem Kindermädchen aus dem Park ausgerissen und auf diesen Hügel gelaufen war, von dem aus man damals die Bucht und die Schiffe sehen und in den Rissen der Klostermauern die früheren Jahrhunderte ahnen konnte. Immer hatte mich folgende Szene berührt: Die Kinderfrau klettert langsam und mit Mühe den Abhang hinauf, ihr Rock bleibt am dichten, dornigen Gestrüpp der Brombeeren hängen, und mit flehentlicher Stimme ruft sie:

«Arthurchen, gutes Kind, bring mich nicht zur Verzweiflung, Arthur, mein Schatz, sag mir, wo du bist!»

Doch der kleine Arthur ist keine Gestalt Andersens, eher schon der Brüder Grimm. Ich sehe ihn vor mir, wie er, an eine riesige Buche gelehnt, von Farnwedeln verdeckt, aufmerksam die Kinderfrau beobachtet und mit gleichmütigem Blick jedes Mal registriert, wie sie stolpert, sich an den Fingern wehtut oder sich den Saum des neuen Kleides aufreißt, ich sehe sein Lachen, wenn sie resigniert wieder zurückgeht, durch den Park läuft, den Hof betritt und ausruft: «Gnädige Frau, Arthurchen hat wieder seine Launen!»

Erst wenn Frau Johanna langsam den Hügel hinaufgeht, läuft Arthurchen lachend aus seinem Versteck hervor, direkt in die Arme seiner Mutter, die ihn in Anwesenheit der Kinderfrau – wenn auch nicht zu sehr – rügt.

Und dann stellte ich mir jenen Hof am Pelonker Weg vor, den leeren Hof mit unbeheizten Zimmern, durch deren eisige Fluchten der erwachsene Arthur schreitet, während er leidenschaftlich über Kants Kritik nachdenkt. Und wie er Kants Behauptung, wenn das Bedingte gegeben sei, so müsse auch die Totalität seiner Bedingungen gegeben sein, nach allen Seiten dreht und wendet. Oder wie er gerade, in die Betrachtung der Herbstblätter versunken, über die Vergänglichkeit nachdenkt und ihm der Vers 146 aus dem sechsten Buch der «Ilias» einfällt, den er in seinem Notizbuch zitiert und dazu anmerkt: «So weilt Alles nur einen Augenblick und eilt dem Tode zu.» Ich stellte mir an diesem Ort in der Ulica Polanki gern folgende Szene vor, obwohl das mit der Wahrheit nicht mehr viel zu tun hatte: Die Mutter hat den kleinen Arthur auf den Schoß genommen und erklärt ihm, dass sie für immer von Danzig wegziehen. Dadurch bleibt das Bild des Packens, das sich über Tage hinzog, und des Hofes zwischen den Hügeln für immer im phänomenalen Gedächtnis dieses Menschen, so wie auch der Satz aus den Erinnerungen seiner Mutter, die schreibt:

«Der Preuß ist über Nacht gekommen. Das Unglück überfiel wie ein Vampir meine dem Verderben geweihte Vaterstadt und saugte jahrelang ihr bis zur völligen Entkräftung das Mark des Lebens aus.»

Ich war müde. Auf dem Hof des Herrn Präsidenten verschwanden in kleinen Grüppchen die letzten Gäste.

«Wo warst du denn?!» Anula betrachtete kritisch meine leicht verschmutzten Schuhe und nahm rasch ein trockenes Blatt von meinem Jackett. «Du warst nicht beim Gratulieren und bei der Ballettaufführung.»

«Tut mir Leid», brummte ich, «aber vor der Heimfahrt wollte ich lieber noch etwas Luft schnappen.»

«Wenigstens einmal.» Sie musterte mich genau. «Na gut, ich hol meinen Mantel.»

Kurz darauf rollte das Auto langsam über die Straße, wie gegen den Strom.

«Erinnerst du dich an unseren ersten Spaziergang durch die Ulica Polanki?», fragte ich.

«Nein», gähnte Anula, «es waren so viele, und sie sind alle wie ein einziger alter Film.»

Ich fuhr nicht über Morena. Auf der Słowackiego bog ich nach unten ab, und in Wrzeszcz, das um diese Zeit leer war, gab ich etwas Gas. Sicherlich war Ernst Theodor schon zu Bett gegangen, Gustav von Moll überprüfte nervös das Geheimfach in seinem Koffer, Großvater Karol träumte von der Jagd in den Ostkarpaten, Großmutter Maria lauschte dem Rauschen der Wellen am Seesteg von Sopot, der kleine Arthur folgte mit den Augen dem Flug eines Falters um den Leuchter, der korsische Korporal verließ Danzig durch die Nizinna Brama, und Herr Franio unterhielt sich auf dem Balkon der Villa mit der üppigen Ewelina und malte sie als Diana im Stil Caravaggios, im Hintergrund Pater Michał als Borgia. Kurz darauf sah ich Anula zu, wie sie die Pumps auszog, aus dem schwarzen Kleid, dem Unterrock und dem BH schlüpfte, die Spangen und Klipse abnahm, schnell «Gute Nacht» sagte und in Morpheus' Arme glitt, der mit unsichtbaren Flügeln sanft ihren ins Kissen geschmiegten Kopf bedeckte. In meinem Zimmer, auf dem Schreibtisch des Geheimen Hofrats, lagen der Brief aus dem Präsidialamt und die Karte aus Wien mit der Ansicht der Hofburg. Ich nahm ein Blatt Papier und schrieb zwei Wörter darauf: «Ulica Polanki.» Dann fügte ich hinzu: «Memorandum zum Achtunddreißigsten.»

Wieder regnete es. Bestimmt auch in Oliwa, dessen Dächer, Straßen, Gärten und Winkel ich gegen keine anderen in der ganzen Welt hätte tauschen mögen.

Inhalt